राजेंद्र मोहन भटनागर
की
लोकप्रिय कहानियाँ

राजेंद्र मोहन भटनागर
की
लोकप्रिय कहानियाँ

राजेंद्र मोहन भटनागर

प्रभात
पेपरबैक्स
www.prabhatbooks.com

प्रकाशक

प्रभात पेपरबैक्स

4/19 आसफ अली रोड, नई दिल्ली–110002

फोन : 23289555 • 23289666 • 23289777 ❖ फैक्स : 23253233

इ–मेल : prabhatbooks@gmail.com ❖ वेब ठिकाना : www.prabhatbooks.com

संस्करण

प्रथम, 2016

मूल्य

एक सौ पचास रुपए

अ.मा.पु.स. 978-93-5186-906-1

मुद्रक

आर–टेक ऑफसेट प्रिंटर्स, दिल्ली

★

RAJENDRA MOHAN BHATNAGAR KI LOKPRIYA KAHANIYAN

Published by **PRABHAT PAPERBACKS**

4/19 Asaf Ali Road, New Delhi-110002

ISBN 978-93-5186-906-1

₹ 150.00

प्रिय **डॉ. पद्मा पाटील**

को

उनके गरिमापूर्ण

साहित्यिक सौरभ-संवाद

के लिए

भूमिका

हिंदी कहानी का बदलता चरित्र और मेरी कहानियाँ

समय की सिफ़्त ही यह है कि वह एक पल के लिए कहीं रुकता नहीं और न एक-सा रहता है। यह बात दूसरी है कि वह कितना और क्या बदला? फिर इसमें कतई शक-शुबहा नहीं है कि जब बदलना तै-शुदा है तो कहानी का चरित्र क्यों नहीं बदलेगा? बहुत खोजबीन के बाद इस नतीजे पर पहुँचा जा सका है कि हिंदी कहानी की विधा बाहर से ज़रूर आई है, परंतु उसके संबंध-सरोकार की जमीं-आबोहवा और आबादानी अपने रहे हैं। बराबर यह फ़िक्र भी रही है कि बुरी हवा और निगाह नियत का जादू-टोना उस पर अपना असर नहीं दिखला सके। नजला होना बदलते मौसम की तासीर है। फिर हकीम, वैद्य, डॉक्टर किसलिए?

जब कहानी बाहर से आकर शराफ़त कर उठी, तब अपना देश फिरंगियों का गुलाम था और जद्दोजेहद सिर उठाने लगा था। उस वक़्त की शनाख़्त करनेवाले कल-पुरजे, राजा-महाराजा फिरंगियों की चपेट में आकर भी अपनी शान-शौकत को बरकरार रखने में मशगूल थे। तब, हाँ तब आम आदमी ने अपने सरपरस्तों-सरमायेदारों के साया से बाहर आकर अपनी लड़ाई जारी रखने और वक़्त को फेरने का ऐलान किया था। तब प्रथम विश्वयुद्ध गरमी पा चुका था। उसी के चलते हिंदी में ज़ोरदार धमाका हुआ। चंद्रधर शर्मा गुलेरी की 'उसने कहा था' और प्रेमचंद्र की 'पंच परमेश्वर' कहानी सामने आईं। और उनके आते ही हिंदी कहानी में हलचल मच गई। आज भी यह विश्वास नहीं होता कि 'उसने कहा था' आधुनिक कहानी की तमाम खासियत लेकर कैसे यकायक सामने आ गई और वह भी अखबार में छपी एक छोटी सी खबर के सहारे। प्यार और जंग की हैरतअंगेज गुत्थमगुत्थी, चटकारे लेती आंचलिक भाषा की ताज़ी खनक के साथ कैसे तत्कालीन माहौल को

उकेर डाला—बचो खालसाजी, आने दो लालाजी, हटो बाछा, हट जा जीजे जोगिए, हटजा करमा वालिए।··· गुरुजी का खालसा··· दिल्ली शहर तें पिशोर नूँ जाँदिए। और देर तक और दूर तक गूँजती रही यह लड़ी 'तेरी कुड़माई हो गई।' धत् कहकर वह दौड़ पड़ी। यह करिश्मा हुआ तो कैसे? भाषा-शिल्प की कसावट, चरित्र की गहराई की रंगत! माशा अल्लाह! कहानी की खासियत लिये एक मुक़म्मल और जेहन में सदा अनुगुंजन वाली पायल!

इससे पूर्व आई कहानियाँ, जैसे जयशंकर प्रसाद की 'ग्राम', विश्वंभरनाथ कौशिक की 'रक्षाबंधन', रामचंद्र शुक्ल की 'ग्यारह वर्ष का समय', वृंदावन लाल वर्मा की 'राखी बंद भाई' आदि अपने दौर की नुमाइंदगी ज़रूर कर सकीं किसी निशानबरदार के मानिंद!

प्रेमचंद का कहानी में प्रवेश पूरे रोब, लताफ़त और शान से हुआ चौकस होकर तथा सुघड़ाई लिये। जब इनसान बेहतर जीवन के लक्ष्य को लेकर आगे आता है, तब उसे उस राह में जाल बिछाए संकट-कंटकों को मरोड़ना-हटाना पड़ता है। निस्संदेह इस प्रकार विश्वास और दृढ़ इच्छा शक्ति रचनात्मक क्षेत्र में बेहद कारगर साबित होती है और प्रेमचंद्र ने अपनी कहानियों में उसका भरपूर संज्ञान भी किया। हिंदी कहानी के लिए वह सम्राट के समान थे। वह अकेले साढ़े चार सौ कहानियों का जखीरा खड़ा कर सके। उन्होंने अपने समय के दंशों—कोर्ट-कचहरी के मुंशियों, जमींदारों के कारिंदों, किसानों-मज़दूरों, सामाजिक विसंगतियों, मज़हबी ढकोसलों, जंग खाई रूढ़ियों को सामने लाने में तनिक सी क़ोताही नहीं की। प्रारंभ में उनकी कोशिश रही कि अपनी कहानियों से यथार्थ को आदर्श की ओर ले जाएँ—पंच परमेश्वर, नमक का दरोगा आदि उनके इसी विश्वास का परिणाम हैं।

जैसे ही उनका यह मोह भंग हुआ, वह ठोस ज़मीन पर आ खड़े हुए और अपनी उन कहानियों को तपती, ऊबड़-खाबड़ ज़मीन पर छोड़ने से उन्होंने कोई गुरेज़ नहीं किया। जैसे 'शतरंज के खिलाड़ी' को विराम देने वाली ये पंक्तियाँ—"चारों ओर सन्नाटा छाया हुआ था। खँडहर की टूटी हुई महराबें, गिरी हुई दीवारें और धूल धूसरित मीनारें उन लोगों को देखतीं और सिर धुनती थीं।"

प्रेमचंद ने कहानी में चरित्र की स्थापना की। वह कलात्मकता के साथ मानव प्रवृत्तियों के चितेरे सिद्ध हुए। 'बूढ़ी काकी' को सामने लाए। उन्होंने नई-नई शैलियों के सार्थक प्रयोग कर दिखलाए। नंददुलारे वाजपेयी को कहना पड़ा कि "प्रेमचंद के समय ने उनका इतना साथ नहीं दिया, जितना कि प्रेमचंद ने समय का साथ दिया।"

प्रेमचंद के समय जयशंकर प्रसाद भी कहानी के क्षेत्र में 'मधुआ', 'आकाशद्वीप', 'पुरस्कार' आदि कहानियों से दखल दे सके। भाषा-शैली, कथानक और चरित्र से उनकी कहानियाँ प्रेमचंद से भिन्न थीं, परंतु रवींद्रनाथ ठाकुर के नज़दीक।

अब दूसरे विश्वयुद्ध की काली और भयावह आवाजें सुनाई पड़ने लगी थीं। फिर एक हादसा हुआ, जैनेंद्र आए और प्रेमचंद के सामने ही आए। क्षेत्र कोई सा भी हो, पर जीनियस गुज़रे हुए को दोहराना नहीं चाहता। जैनेंद्र ने अपनी क़ाबीलियत को जाने बिना 'खेल' की तरह 'स्पर्धा' कहानी 'माधुरी' के लिए प्रेमचंद को भेज दी। प्रेमचंद ने उनकी कहानी की पीठ पर यह लिखकर लौटा दिया—'यह किस कहानी का अनुवाद है?' इससे उन्हें बल मिला, उनका आत्मविश्वास बढ़ा और वह जान सके कि जैनेंद्र, तू भी काम का आदमी बन सकता है। वह बने भी। जैनेंद्र कहते हैं कि उनकी पहली कहानी 'खेल', जो 1928 में 'विशाल भारत' में छपी थी, तब से जब तक वे कहानी लिखते रहे, यह कहते रहे, वे कहानी को नहीं जानते, फिर भी, वे कहानी के चरित्र-परिदृश्य को बदलनेवालों में एक हैं।

जैनेंद्र ने अपने पाँत्रों के अंतर्मन को खोलने का प्रयत्न किया। पाप-पंक में डूबी स्त्री उनकी नायिकाएँ बनीं। उनकी कहानियों के पात्र नियतिवादी हैं और जर्मन कथाकार लेंत्स की तरह पराजय में से अपने चरित्रों को खोज-खोजकर खड़े करते हैं और वह जानना चाहते हैं कि विजय की कटुता कहाँ से और क्यों प्रारंभ होती है? जैनेंद्र के पात्र करुणा, अहिंसा, ममता आदि का सहारा लेकर हर विद्रोही मोड़ से पलायन करने लगते हैं। वे संभावित यथार्थ के कहानीकार हैं। उनका अन्याय के प्रति सविनयात्मक रुख रहा है। अतृप्त और दमित इच्छाएँ, काम-वासना की छटपटाहट उनके पात्रों को रेखांकित करती हैं, उससे उनकी भाषा की प्रवृत्ति एवं शैली भी तदनुरूप बदलती है। कथा उनके लिए गौण रह जाती है। 'बिल्ली का बच्चा', 'अ. विज्ञान', 'एक दिन', 'पत्नी', 'पानवाला', 'एक गौ', 'सजा' आदि कहानियाँ इन संदर्भ-प्रसंगों की साक्षी हैं।

इसी समय यशपाल कहानी की चेतना में युगांतकारी प्रवर्तन की सूझबूझ से उतरे। उनकी कहानियाँ में सामाजिक, राजनीतिक तथा आर्थिक चेतना के तेवर तीखे थे। उनके चौदह कहानी-संग्रह अपनी भरी-पूरी जमात को लेकर अमृतराय, भैरवप्रसाद गुप्त, रांगेय राघव आदि सामने आए। इस वर्ग ने भी अपने के प्रति न्याय करना चाहा। प्रायः वे सब एक विचारधारा से संबद्ध थे। उन कहानियों में रांगेय राघव की 'गदल', भैरव प्रसाद गुप्त की 'महफिल' आदि कहानियों ने समय

का ध्यान अपनी ओर खींचा।

अब देश स्वतंत्र हो चुका था। विभाजन की त्रासदी इतनी आतंकमयी और भयानक थी कि उसने वक़्त से सोचने की शक्ति छीन ली और अनैतिकता, हिंसा, क्रूरता, भ्रष्टाचार आदि को निरंकुश होने की खुली छूट दे दी। इन्हीं जटिल, संश्लिष्ट, कुंठाग्रस्त, फ्रस्ट्रेशन भोग रही परिस्थितियों में नई कहानी और संचेतन कहानी का जन्म हुआ। इसके साथ आल्बेयर कामू, ज्यां पाल सार्त्त, लारेंस, जोला आदि के स्त्री-पुरुष के संबंधों की इंटीमेंसी या आत्मीयता की गहराइयों में उतरने के रुख को अपनाकर नए सिरे से तलाश शुरू कर दी। उसमें भी उनके यौन-संबंधों को केंद्र में रखा।

मोहन राकेश 'नए बादल' की भूमिका में नई कहानी को किसी एक व्यक्ति की नहीं, पूरे समय की बतलाते हैं। कहानीकारों के वक़्तव्य आने शुरू हो गए। कमलेश्वर ने कहा कि नई कहानी में विषयवस्तु को नहीं, लेखक के उस प्रस्तावित वक्तव्य को प्रधानता दी, जो उसे जीवन के संसर्ग से प्राप्त हुआ।

विषयवस्तु न केवल संक्षिप्त हुई, अपितु सांकेतिक और ऐच्छिक भी। भाषा अपेक्षाकृत पहले से अधिक संवेदनशील, विंब प्रधान, प्रतीकात्मक और अनुभव-जन्य होती गई। और उसी तरह चरित्र में बारीकी आई। सामाजिक संघर्ष को इतने सूक्ष्म धरातल पर उभारा कि वह व्यक्ति चरित्र का अभिन्न अंग लगने लगा। उसमें संबंधों को जोड़ने की अपेक्षा उनके तोड़ने के सरोकार सक्रिय हो उठे। रक्त के संबध भी आमने-सामने आने लगे। अमरकांत की 'डिप्टी कलक्टरी' राजेंद्र यादव की 'बिरादरी के बाहर', उषा प्रियंवदा की 'वापसी'। तदंतर्गत ऐसा भी हुआ कि पुरानी पीढ़ी के प्रति नई पीढ़ी विद्रोह कर उठी। ज्ञानरंजन की 'पिता', कमलेश्वर की 'कुछ नहीं, कोई नहीं', 'किसके लिए', रघुनाथ सिंह की 'रीछ' आदि कहानियाँ इसकी सबूत हैं।

नारी देह की मालकिन स्वयं नारी बनने लगी। वह पुरुष की मिल्कियत स्वीकार नहीं करती। अपनी यह लड़ाई स्वयं लड़ती है। कृष्णा सोबती की 'मित्रो मरजानी', कमल जोशी की 'कस्तूरी मृग', 'मन्नू भंडारी' की 'यही सच है' इत्यादि नारी के बोल्ड चरित्र के उदाहरण हैं।

हिंदी कहानी के सर्वाधिक नारी विमर्ष और दलित विमर्ष एक आंदोलन के रूप में उठ खड़े हुए हैं। ऐसा नहीं कि पूर्व में इनसे जुड़ी कहानियाँ नहीं थीं। थीं तो, पर वे आंदोलन का हिस्सा नहीं थीं। वे अपनी अस्मिता के संघर्ष को अवश्य आवाज़ दे पाईं।

इस परिप्रेक्ष्य में मैं अपनी कहानियों की चर्चा कर यह कहना चाहूँगा कि इन कहानियाँ का संबंध प्रत्यक्ष-अप्रत्यक्ष हिंदी कहानी के विकास से है। परंतु उस दायरे में, जिससे मानव-मन प्रभावित होता रहा है। यहाँ यह बात मैं स्पष्ट करना चाहूँगा कि कहानी का अपना समाज, अपना व्यवहार, गणित, विज्ञान और मनोविज्ञान, मानव समाज बनने-बनाने या बिगड़ने-बिगाड़ने से कुछ भिन्न है— एकदम उनका दर्पण नहीं।

इसका कारण है कि कहानीकार समाज को सर्वोपरि मानकर बराबर यह चाहता रहा है कि राज्य सरकार सत्ता शनैः-शनैः गौण होकर समाज को अधिक-से-अधिक स्वाधीन और सबल बनाती जाएँ। मेरी इन कहानियों में, चाहे वे किसी कालखंड से संबद्ध हों, बराबर यह चेष्टा रही है कि वे यथास्थिति के मकड़-जाल से बाहर आकर व्यक्ति-मन के सामने स्व-अनुशासित लोकतंत्र में जीने के रचनात्मक पक्ष के लिए संघर्ष करने की पहल कर सकें।

कहानी सिर्फ़ कहानी है और अपने समाज के उतार-चढ़ाव के चरित्र का अभिन्न अंग है—एक संपूर्ण चरित्र को जोड़ने की कड़ी है। सूर के लिए श्यामा क्या थी या कबीर के लिए लोई, जहाँ यह जानना ज़रूरी है, वहाँ इस रहस्य पर से परदा उठाना भी उतना ही ज़रूरी है कि मीनुदी के लिए अरविंद क्या थे? जिन्ना, जिसे दूसरा गोखले माना जाता रहा और जो समग्र भारत के अखंड स्वरूप की रचना का केंद्रबिंदु बना रहना चाहता था, वह क्योंकर उसके प्रति नास्तिष्क हो गया और क्यों पाकिस्तान बनवाकर भारत के स्वप्न देखने का कयास नहीं छोड़ सका?

मेरी इन कहानियाँ में 'मौसम का वसंत,' 'सुराज की ओर' आदि भी सम्मिलित हैं, जो अपने लघु आकार की अहमियत को बड़ी शिद्दत के साथ उकेरना चाहती हैं। वे अपना संघर्ष बड़ी ईमानदारी से स्वयं जारी रखना चाहती हैं। 'गंगा' कोई कहानी नहीं है। वह निष्ठा हमारे समूचे विश्वास का केंद्र है और अपने पर पड़ने वाले घात-संघात के अंतर्द्वंद्व से वह सबको जोड़ना चाहती है।

कोई अंबेडकर यों ही नहीं बनता। उसके लिए 'सत्य के नहीं होते पंख' से गुज़रना पड़ता है। बुद्ध के बाद 'संबोधि-शिला' बोधिवृक्ष यों नहीं बन जाती। 'अंतस की पुकार' एक घटना नहीं, बल्कि नारी की अस्मिता की लड़ाई का आज तक हिस्सा है। 'अजगर' की सुरक्षा का प्रश्न मूक जन की असहनीय वेदना से जोड़ता है। 'गौरैया' के स्वप्न-नीड़ कब तक पेड़ से उखाड़े जाते रहेंगे? 'एफ.आई.आर.' कब तक अमीर और राजनीति के शाहंशाहों और शाहजादों को खुला छोड़ती रहेगी? ऐसे बहुत सारे प्रश्न हैं, जो अंदरूनी मंथन के लिए दावत देते हैं।

अंततः मैं कहना चाहूँगा कि अपनी कहानियों पर बात करना कठिन है। मेरे पाठकों-श्रोताओं का इन कहानियों द्वारा बहुत प्यार मिला है। उनके पत्र-फ़ोन आए हैं, जिनमें उन्होंने मुझे दावत दी है, अपने यहाँ आने की और ऐसी अनेक कहानियों से जोड़ने की, जो अभी तक अपने जिंदा होने का सबूत बनी हुई हैं, अपने आप में; लेकिन उनकी एफ.आई.आर. आज तक कहीं दर्ज़ नहीं हो सकी है। ऐसा मेरे पाठक अपने खरचे पर करते रहे हैं। वहाँ, उन अनजाने लोगों के बीच मैंने अपनी कहानी पढ़ी भी है—और उनसे उस पर संवाद भी हुए हैं।

मैं आशा करता हूँ कि मेरे पाठक बंधु अवश्य इन कहानियों को पढ़कर अपना प्यार जताएँगे या अपनी एफ.आई.आर. दर्ज़ ज़रूर कराएँगे। मुझे उनकी कहानी उन्हें सौंपते हुए सुकून मिल रहा है। अस्तु,

आपका

—राजेंद्र मोहन भटनागर

105 सेक्टर 9 ए, हिरन मगरी

उदयपुर-313002 (राजस्थान)

बृहस्पतिवार

19-03-2016

अनुक्रम

सत्य के नहीं होते पंख

आनंदराव का मन गद्‌गद हो रहा था। उसने प्रसन्नचित्त होकर कहा, ''तू ठीक कहता है।'' तभी गाड़ी ने हिचकोला लिया। कदाचित् इस बार गाड़ी का पहिया किसी गहरे गड्ढे में फँसकर उभरा था। वे दोनों टकराए। दोनों में प्रसन्नता खिलखिला पड़ी।

थे दोनों ही छोटे, पर आनंदराव उससे बड़ा था। यह बात वह भूल नहीं पाता था। उसमें अकस्मात् बड़प्पन आ विराजता था।

''दादा, प्यास लग रही है।''

आनंदराव चारों ओर दृष्टि घुमाता, देखता। दूर-दूर तक कोई कुआँ दिखलाई नहीं पड़ता। यथार्थतः प्यास उसे भी लगी थी।

गाड़ीवान बीच में बोल पड़ा, ''आठ-दस मिनट में गाँव आनेवाला है। वहाँ पानी पी लेना।''

उन दोनों के मन को तसल्ली होती। दसेक मिनट की बात है। गाड़ी की आवाज़ के अलावा सन्नाटा तन्ना जाता। सन्नाटे की आवाज़ पवन के साथ बहती रहती, नदी की कलकल सी धीरे-धीरे अथवा भ्रमरों की गुंजन सी मधुर-मधुर।

गाड़ीवान उनसे बतियाने लगता। वह उनका नाम पूछता, उनके गाँव का नाम पूछता और उनके पिताजी का नाम पूछता। उनके उत्तर देने की शैली से उसका मन गद्‌गद होने लगता। वह सोचने लगता कि एक उसके बच्चे हैं, जिन्होंने ब्राह्मण के घर में जन्म लिया है, लेकिन जो पढ़ने से जी चुराते हैं और जिन्हें बात करने का सलीका नहीं आता। निस्संदेह ये दोनों बच्चे भी ब्राह्मण होंगे। इनके माता-पिता धन्य हैं। यह सोचते हुए वह उनसे पूछ बैठता, ''आप कौन से ब्राह्मण हैं?''

''हम ब्राह्मण नहीं हैं।''

''तो वैश्य होंगे।'' उत्साह से गाड़ीवान पूछता।

तभी अंबेडकर ज़ोर से कह उठता, ''दादा, कुआँ! दादा···!''

अब सबकी दृष्टि उस कुएँ पर जा टिकती। गाड़ीवान बैलों को पुचकारता, उनकी धौली पीठ पर प्रेम से हाथ फेरता और उन्हें पुकारता हुआ कहता, ''कालू-सालू, तुम भी तनिक विश्राम कर लो।'' इसके साथ गाड़ी रुकती। गाड़ीवान पहले उतरता। फिर वे दोनों उतरते। गाड़ीवान उनसे कहता, ''जाओ, सामने कुआँ है। जाकर पानी पीओ।···ध्यान रहे, बबुआ, उधर खेलने-कूदने मत लग जाना। मुझे लौटना भी है।''

''आप पानी नहीं पीओगे?'' भीमराव अंबेडकर पूछता। गाड़ीवान की प्यास प्रश्न सुनकर ही बुझ जाती। कहाँ उसके लड़के! वह चीखता-चिल्लाता रहता तो भी वे पानी लेकर नहीं आते। कभी आते तो बुरा सा मुँह करके सामने खड़े हो जाते। उसकी आँखें छलछला आईं। ये बच्चे कितने साफ़ और क़रीने से वस्त्र पहने हुए हैं और कितने शिष्ट हैं। वह कहता, ''नहीं बबुआ, तुम दोनों पी आओ, मुझे प्यास नहीं है।''

वे दोनों चल पड़ते। गाड़ीवान की दृष्टि उन दोनों पर टिकी रह जाती।

कुआँ खाली पड़ा था। आनंदराव ने चारों ओर दृष्टि दौड़ाई और पाया कि कहीं कोई नहीं है। डोल-रस्सी कुएँ के पास अवश्य पड़ी हुई हैं। आनंदराव डोल को कुएँ में डालता और भर जाने पर वे दोनों मिलकर रस्सी खींचते। थोड़ी देर में डोल ऊपर आ जाता। आनंदराव डोल पकड़कर एक ओर रखता। दोनों की आँखें विजय-गौरव से द्युतिमान् हो उठतीं। मानो उन दोनों ने कोई बहुत बड़ा काम किया हो।

आनंदराव चुल्लू भर-भरकर अपने छोटे भाई भीमराव अंबेडकर को पानी पिलाता रहा। जब वह तृप्त हो गया, तब उसने पानी पीना शुरू ही किया कि एक तेज़ आवाज़ ने उसको जड़ कर दिया।

वह गाँव का मुखिया था। उसके साथ-साथ छह-सात आदमी थे और चार मजदूरिनें। वह मूँछों पर ताव देता हुआ पूछ रहा था, ''तुम लोग कौन हो?''

''बच्चे'' भीमराव ने कहा।

''वह तो मुझे भी दीख रहा है। मैं कोई अंधा नहीं हूँ।···तुम्हारी जाति क्या है?···क्या ब्राह्मण हो?'' मुखिया ने पूछा।

''नहीं।'' भीमराव ने दृढता से उत्तर दिया।

''वैश्य हो?'' मुखिया ने पूछा।

''नहीं।'' आनंदराव ने उत्तर दिया।

‘‘तो क्या क्षत्रिय हो?’’ मुखिया ने टेढ़ी आँख से उन्हें घूरा।

एकबारगी भीमराव उन सबकी गिद्धदृष्टि से सकपका गया। मुखिया कड़कदार आवाज़ में गरजा, ‘‘जवाब क्यों नहीं देते?’’

आनंदराव ने सहमते हुए अत्यंत धीमी आवाज़ में उत्तर दिया, ‘‘महार हैं।’’

‘‘क्याऽऽ कहा, महार हो!’’ मुखिया के तेवर चढ़ गए। भृकुटियाँ तन गईं। होंठ फड़क उठे। वह तड़ित गर्जना करता हुआ बोला, ‘‘तुम शूद्र हो! तुम्हारा ऐसा दुस्साहस कि तुम उच्च कुल के कुएँ से पानी पी सको!…बेशर्म लड़के, इसकी तुम्हें ऐसी सज़ा मिलेगी कि तुम सदा याद रखोगे और कभी भूलकर भी अपनी औकात से बाहर जाने की सोच भी नहीं सकोगे।’’

भीमराव अंबेडकर की कुछ समझ में नहीं आया। मुखिया लाल-पीली आँखें क्यों कर रहा है! उन्होंने ऐसा क्या किया है कि जिससे वह उनपर इतना बिगड़ रहा है!

आनंदराव कुछ-कुछ समझ रहा था। उसने प्रार्थना के स्वर में कहा, ‘‘हमसे भूल हो गई है, मुखियाजी, हमें क्षमा कर दें।’’

भीमराव की समझ में भूल नहीं आ रही थी। वह पूछ बैठा, ‘‘दादा, हमसे कोई भूल नहीं हुई है। हमने प्यास लगने पर पानी ही तो पिया है।…पानी पीना कोई अपराध नहीं है। यदि डोल भरा होता, तो हम तो ख़ैर इनसान हैं, पशु-पक्षी भी पानी पी सकते थे।…चिड़ियों को तो कोई भी नहीं रोकता। वे मज़े में जहाँ चाहे चोंच मार देती हैं।’’

‘‘ये छुटका बहुत चालाक बन रहा है।’’ मुखिया ने तेज़ स्वर में आँखें तरेरकर आगे कहा, ‘‘तुम शूद्र हो। अछूत हो। नीच हो। तुम्हारी जाति नीच है।’’

‘‘इनसान इनसान ही होता है।’’

‘‘नहींऽऽ। इनसान में नीच भी होते हैं तुम जैसे।’’ मुखिया ने इसी के साथ अपनी मूँछों पर ताव देते हुए कहा, ‘‘जो जानवर से बदतर होते हैं।’’

‘‘यदि चिड़िया पानी पी लेती तो?’’

सब चुप। मुखिया भी चुप। क्या उत्तर दे! चिड़िया पानी पी लेती तो पी लेती। उनके घरों में भी वे पानी पी लेती हैं। फिर भी वह बोला, ‘‘वह पक्षी है, उसकी और बात है।’’

‘‘क्या इनसान पक्षी से बुरा है?’’

‘‘हाँऽ…पक्षियों से भी अछूत बुरा है।’’ मुखिया बरस पड़ा।

‘‘क्योंकि पक्षियों की एक जाति होती है—पक्षी!’’ भीमराव ने तुरंत कहा।

"हाँ, होती है।" मुखिया का स्वर पहले की अपेक्षा धीमा पड़ गया।

"खुली चीज़ों को खा लेते हो, जिनपर मक्खियाँ बैठती हैं।" भीमराव ने पुन: उदाहरण का सहारा लिया। उसके सामने अंबेडकर नामक वह ब्राह्मण अध्यापक घूम गए, जो उससे बहुत स्नेह रखते थे। वे उसे अपने खाने में से खाना देते थे, क्योंकि इस बालक को खाना खाने के लिए स्कूल से बहुत दूर जाना होता था। उनका मन पसीज गया और वे अर्धावकाश में उसे अपने खाने में से खाना देने लगे। उन्होंने उससे एक बार कहा था, "भीमराव, जीवन में सदा सत्य और न्याय का साथ देना। उसके लिए बड़ी-से-बड़ी हानि उठानी पड़े तो उठा लेना, लेकिन सुविधा या भय से असत्य और अन्याय के सामने कभी सिर नहीं झुकाना।...सत्य वह है, जिसे मन माने और जिसके मानने से किसी का अहित न हो, सबका हित हो।"

मुखिया ने कुछ देर बाद सोचकर उत्तर दिया, "सब खाते हैं।"

इस पर अंबेडकर का मुखमंडल खिल उठा। वह यही उत्तर तो उससे सुनना चाहता था। वह कहने लगा, "पता है, मक्खियाँ कहाँ-कहाँ बैठती हैं?"

"चुप कर नीच बालक!" मुखिया गरम हो उठा। उसका चेहरा तमतमा उठा।

"मैं बताता हूँ, मक्खियाँ कहाँ-कहाँ बैठती हैं।" अंबेडकर ने कुछ रुककर आगे कहना जारी रखा, "रास्ते में पड़े जानवरों के मांस पर, जोहड़ के गंदे पानी पर, मल-मूत्र पर...और...और...।"

"चुप कर वाचाल छोकरे!" मुखिया क्रोध से चीख पड़ा।

"आप बड़े हैं, कृपया हमें क्षमा करें।" आनंदराव ने अत्यंत विनम्रता से कहा, क्योंकि उसे सवर्ण हिंदुओं की शक्ति का पता था। वे चाहें तो कुछ भी कर सकते हैं उनके साथ। वे सर्वशक्तिमान् हैं।

"मारो इस अछूत वाचाल को!" मुखिया गुर्राया और तैश में आ गया।

"नहीं, मुखियाजी, नहीं।" आनंदराव ने उसके आगे हाथ जोड़ दिए। अंबेडकर को वह स्वीकार नहीं हुआ। इतने में मुखिया के आदमियों में से एक बोला, "गोली मारो मुखिया, इन अछूत बालकों को...नीच के मुँह लगने से अपनी ही जिह्वा खराब होती है।"

"नहीं, इन कमीनों की ये मज़ाल...!" मुखिया अपनी बात पूरी करता कि इससे पहले एक लड़का भागता हुआ वहाँ आया और आते ही बोला, "काका, गाँव में पुलिस आई है।"

पुलिस का नाम सुनते ही मुखिया का गुस्सा ठंडा पड़ गया और वह उन लड़कों को कोसता हुआ वहाँ से चल पड़ा।

थके-हारे मन से भीमराव आनंदराव के साथ लौटने लगा। अब उसे वातावरण की कोई चीज़ नहीं सुहा रही थी। उसे आनंदराव पर क्रोध आ रहा था। उसने पूछा, ''दादा, तुमने उनके हाथ क्यों जोड़े?''

''हाथ नहीं जोड़ता तो क्या करता!'' आनंदराव ने धीमे स्वर में कहा।

''वे मारते, यही न!'' भीमराव अंबेडकर ने कहा।

''हाँ, वे मारते, बुरी तरह मारते।'' आनंदराव ने खीझ भरे स्वर में कहा।

''तो क्या होता, पिट लेते, परंतु अन्याय के आगे सिर नहीं झुकाते।…दादा, यह आपने अच्छा नहीं किया।'' अंबेडकर बोला। उसके स्वर में पश्चात्ताप विगलित हो रहा था, तनाव ऐंठ रहा था।

''मैंने वही किया, जो मुझे करना चाहिए था।'' आनंदराव के स्वर में तल्ख़ी थी।

भीमराव अंबेडकर कुछ कहना चाहता था, लेकिन वह नहीं चाहता था कि परस्पर विवाद बढ़े। वह जानता था कि आनंदराव विषम परिस्थितियों के आगे पल भर में ही समझौते का हाथ बढ़ा देता है।

वे दोनों परस्पर मौन साधे गाड़ी तक आ गए। गाड़ीवान आते ही उनपर बिगड़ने लगा और कहने लगा, ''सामान उतारो!''

''क्यों काका?'' आनंदराव ने पूछा।

''मुझे नहीं मालूम था कि तुम लोग अछूत हो।'' गाड़ीवान ने तेज़ स्वर में कहा।

''मालूम पड़ने से क्या हुआ?''

''अब सारी गाड़ी धोनी होगी। उस पर गंगाजल छिड़कना होगा।…न जाने आज मैंने किसका मुँह देखा, जो मेरी अक़्ल पर पत्थर पड़ गए और बैठे-बिठाए धर्मभ्रष्ट होना पड़ा।'' उसके स्वर में पश्चात्ताप की अग्नि धधक रही थी। वह पुनः ज़ोर से बोला, ''सामान उतारते हो या…?''

''फेंक दोगे, यही न! मैं अच्छी तरह जानता हूँ काका कि तुम ऐसा नहीं कर सकते।'' इस बार भीमराव अंबेडकर ने पारी सँभाली।

''देखो काका, आधे रास्ते तक तुम हमें ला चुके हो।…अब आधा रास्ता और शेष है।'' आनंदराव ने व्यावहारिक गणित समझाने की दृष्टि से कहा, ''इतनी मेहनत की है तो उसका मेहनताना भी लो, काका!''

"नहीं उतारें तो?" भीमराव अंबडेकर ने तुनककर दो कदम आगे बढ़ाते हुए कहा।

गाड़ीवान घबरा उठा। झगड़ा हुआ तो सब जान जाएँगे कि वह अछूतों को अपनी गाड़ी में बैठाकर लाया है। फिर सवर्ण लोग उसका हुक्का-पानी बंद कर देंगे और जुरमाना अलग ठोक देंगे। वह तनिक नम्र स्वर में बोला, "ज़िद मत करो।...कोई देख लेगा तो मेरा धंधा चौपट हो जाएगा। वे लोग मुझे जाति से भी बाहर कर सकते हैं।"

"कोई नहीं देखेगा।" आनंदराव ने कहा, "किसी को क्या पता कि हम कौन हैं?"

"हमें यहाँ कोई नहीं जानता।" भीमराव अंबेडकर ने कहा, "काका, आप इतना क्यों घबराते हैं? आप कोई पाप नहीं कर रहे, श्रम कर रहे हैं।"

"मुझे ऐसा श्रम नहीं करना।" गाड़ीवान ने इतस्तत: देखते हुए कहा।

"हम सामान लेकर कहाँ जाएँगे?" भीमराव अंबेडकर ने कहा।

"मुझे नहीं मालूम।" गाड़ीवान बोला।

"मालूम करो!"

"क्या मालूम करूँ? मुझे मजूरी नहीं करनी। मेरा पिंड छोड़ो।" गाड़ीवान ने कहा।

"तो यहाँ तक क्यों लाए?" भीमराव अंबेडकर ने सोचकर कहा, "एक बात हो सकती है, आप हमें वहाँ छोड़ दें, जहाँ से लाए थे।"

"पादली रेलवे स्टेशन?" गाड़ीवान ने कहा।

"हाँ, पादली रेलवे स्टेशन, ताकि वहाँ से हम सतारा पहुँच सकें।" भीमराव अंबेडकर ने कहा, "आधा लौटने से अच्छा होगा कि आधा आगे की ओर चलो और अपने पैसे लो।"

गाड़ीवान सोच में पड़ गया। अब जो होना था, वह हो चुका था। थूक बिलोने से भी क्या लाभ? उसे चुप देखकर आनंदराव बोला, "हमारी बात मान जाओ, काका!"

"एक शर्त है।"

"क्या?" आनंदराव ने पूछा।

"गाड़ी तुम्हें हाँकनी होगी।"

"गोरेगाँव के अंदर गाड़ी नहीं जाएगी।"

"यानी हमें गोरेगाँव से बाहर उतरना होगा?"

"हाँ। बोलो, मंजूर है?"

"मंजूर है।" भीमराव अंबेडकर बीच में ही बोल पड़ा।

"तो हाँको गाड़ी!"

अब आनंदराव बैलों की पूँछ मरोड़कर गाड़ी हाँक रहा था। गाड़ीवान पैदल गाड़ी के पीछे-पीछे चला आ रहा था। भीमराव सोच रहा था कि लोगों के विचार कितने दोषपूर्ण और संकीर्ण हैं। बड़ा होकर वह इस दुर्व्यवस्था का बड़े ज़ोर-शोर से विरोध करेगा और लोगों के ज्ञान पर जमी पपड़ी को उतार फेंकेगा।

"गोरेगाँव आ गया।" गाड़ीवाला बोला, "गाड़ी रोको!"

आनंदराव ने गाड़ी रोक दी। भीमराव अंबेडकर को शैतानी सूझी। उसने पूछा, "अब लौटोगे कैसे?"

"उससे तुम्हें क्या?" गाड़ीवान बोला।

"उससे बहुत कुछ है।" भीमराव ने कहा, "अब गाड़ी कौन हाँकेगा?"

"पहले गाड़ी धोई जाएगी।"

भीमराव अंबेडकर ने चतुर्दिक् दृष्टि डालते हुए कहा, "आसपास कहीं पानी नज़र नहीं आ रहा है।"

"थोड़ी दूर पर है।"

"वहाँ तक गाड़ी कौन ले जाएगा?" भीमराव अंबेडकर ने तपाक् से प्रश्न किया। इस समय उसका चेहरा खिल गया था। चोर की दाढ़ी में तिनकावाली स्थिति में आ फँसा था गाड़ीवान। प्रश्न उसका समीचीन था। कौन ले जाएगा तालाब तक गाड़ी। उसे ही ले जानी पड़ेगी। उसने कहा, "तुम्हें क्या, कोई भी ले जाए।"

"इसका मतलब हुआ कि हाथी के दाँत दिखाने के और होते हैं और खाने के और।" भीमराव अंबेडकर ने उसे छेड़ा।

"अब चलो भी।" आनंदराव गाड़ीवान के पैसे देकर बोला। भीमराव अंबेडकर आनंदराव के साथ सामान उठाकर चलने लगा और रह-रहकर वह पीछे मुड़कर भी देखता रहा।

गाड़ीवान कुछ निश्चय नहीं कर पा रहा था। अंततोगत्वा अब गाड़ी तो उसे ही हाँकनी होगी। लेकिन उसने उन बच्चों से गाड़ी हाँकने से स्पष्ट इनकार कर दिया था।

गाड़ीवान ने देखा कि वे दोनों बच्चे मुड़ चुके हैं। अब वह किसी की दृष्टि में पकड़ा नहीं जा सकता। वह यह सोचता हुआ प्रसन्न हो उठा।

भीमराव अंबेडकर रुक गया।

''क्या बात है भीम?'' आनंदराव ने पूछा।

''दादा, मैं जानना चाहता हूँ कि अब वह क्या कर रहा होगा! वह गाड़ी तालाब तक कैसे ले जाएगा!''

''मारो गोली उस गाड़ीवान को। सीधे-सीधे आगे बढ़ो!'' आनंदराव ने डाँट भरे स्वर में समझाते हुए कहा।

''मेरे अच्छे दादा! बस एक बार...। हम उसकी निगाह से ओझल हो चुके हैं। अब वह स्वयं गाड़ी हाँक रहा होगा।'' भीमराव ने मिन्नत के स्वर में कहा।

दोनों लौट पड़े, नुक्कड़ पर आकर वे दोनों ठहर गए। आनंदराव ने कहा, ''आगे भी बढ़ो।''

धीरे-धीरे दोनों नुक्कड़ से मुड़े। अंबेडकर खुशी से चीख पड़ा, ''दादा, वही गाड़ीवान है!''

''हाँ भीम, वही गाड़ीवान।''

''अब वह स्वयं गाड़ी हाँक रहा है।'' अंबेडकर ने कहा, ''कितने डरपोक हैं ये लोग!''

''निस्संदेह!''

''गाड़ीवान, ओ गाड़ीवान!'' भीमराव अंबेडकर गला फाड़कर पूरी शक्ति से चिल्लाया।

गाड़ीवान के मन को 'ब्रेक' लग गया।

''खुद गाड़ी चला रहे हो?'' भीमराव अंबेडकर ने पुरज़ोर आवाज़ में कहा।

गाड़ीवान पल भर को रुका। फिर उसने थके-हारे बैलों को पाँच-छह चाबुक जमा दीं। बैल गाड़ी को ले भागे। गाड़ीवान ने पीछे मुड़कर भी नहीं देखा। वह गाड़ी दौड़ता हुआ आँखों से ओझल हो गया।

□

लोई

कबीर गाँव आता, फिर लौट पड़ता। वह देशाटन के लिए दूर-दूर तक निकल जाता था। पाँच-पाँच व छह-छह माह बाद वह लौटता। चारों ओर उसकी ख्याति फैल रही थी। उसमें से आत्मप्रकाश प्रकीर्ण होने लगा था। उसकी वाणी से सत्य व तेज़ प्रकाशित हो रहा था।

समय सरकते देर नहीं लगती, मानो सिर पर से चूनरी सरकी हो। लोई की शादी को हुए पंद्रह बरस गुज़र गए थे। कैसे गुज़र गए, कुछ पता ही नहीं चला।

लोई कुनकुनी धूप सेंक ले रही थी और सोच रही थी कि अब की कबीर लौटकर आएगा तो वह उससे साफ़-साफ़ कह देगी कि वह उसके बिना अकेली नहीं रह सकती है।

कितने दिनों बाद वह कमरे के अँधेरे से बाहर आई थी। उसे ठीक से पता ही नहीं चलता था कि कब दिन उगा और कब रात ढली? रात कभी ढलेगी भी—उसके चिंतन का एक पक्ष यह भी था।

सर्दी आज कुछ कम लग रही थी। यद्यपि हवा चल पड़ी थी तथापि धूप के कारण वह अपना पूरा प्रभाव नहीं छोड़ पा रही थी।

पड़ोसिन दादी ने उसे बाहर खुले में बैठे देखा तो दूर से चिल्लाई—'लोई, क्या मरने का विचार है? जा, अंदर कमरे में बैठ।'

मालूम नहीं क्यों वह उससे इतना अधिक प्यार करने लगी थी? कौन सा रिश्ता था उससे? वह पड़ोसिन मात्र थी। अकेली। कबीर के देशाटन के लिए निकल जाने पर वह उसको अपने पास बुला लिया करती थी और दोनों अपने-अपने अकेलेपन को खोलकर बैठ जाती थीं। बतियाती रहती थीं। कभी न ख़त्म होनेवाला अकेलापन दोनों को अपने-अपने में लौटाकर, उघाड़ा करने के लिए विवश किया करता था। यही उन दोनों की एकता का आधार था, सेतु था।

कबीर लौट आता था। माह–दो माह ठहरता था। तब भी वह उस पड़ोसिन दादी का पूरा खयाल रखती थी।

कबीर का नीरू और नीमा के बाद लगातार पर्यटन में रहना लोगों की दृष्टि में संशय पैदा करने लगा था। यद्यपि लोई अच्छी तरह से जानती थी कि उसका कबीर उससे कितना अधिक प्यार करता है, तथापि वह कहनेवालों की जुबान नहीं पकड़ सकती थी। फिर हर बार कबीर का उसको अकेले छोड़कर चले जाना कभी–कभी उसे भी खलता था।

लोगों में आम फहम चर्चा यह रहती थी कि उससे कबीर ने भावुकतावश शादी की थी। परंतु बाद में उसे अपने किए पर पश्चात्ताप हुआ। उसमें लोई के प्रति लगाव कम होता गया। अब तो वह उससे बेतरह से भागने लगा है। जब वह पानी भरने पनघट पर जाती थी, तब कोई–न–कोई उसे देखकर कबीर का यह दोहा ऊँचे स्वर में सुनाने लगता था—

नारी की झाँई परत, अंधा होत भुजंग।
कबिरा तिनकी कौन गति, नित नारी को संग॥

लोगों की धारणा यहाँ तक बन गई थी कि लोई के कारण वह स्त्री जाति से घृणा करने लगा है।

अकेली रहते–रहते कभी–कभी उसे ऐसा अनुभव भी होने लगा था। परंतु तत्काल वह उस दुष्ट विचार को बाहर ढकेलकर अंदर की साँकल चढ़ा लेती थी। कबीर की ख्याति चारों ओर हो रही थी। वह अकारण नहीं थी। जब भी कबीर घर लौटा, तब उसने उसमें पूर्ववत् ही प्यार पाया। कहीं भी तो तनिक कच्चापन उसके व्यवहार में उसे नज़र नहीं आया। फिर वह कैसे मान ले कि कबीर उसके प्रति उदासीन है?

विचारों की आँधी ने उसे कहीं–से–कहीं ले जाकर धर पटका। कोई उसमें सिर उठाता होता। वह पूछता—क्या तू कबीर की उन्नति में बाधक बनेगी?

—वह मेरा तिरस्कार करे, क्या यह मुझे सह लेना चाहिए?

—कैसा तिरस्कार? तू सोच तो तेरा मान रहा ही क्या है? तिरस्कार तो उसका होता है, जिसका कुछ मान होता है।

—नहीं–नहीं–नहीं··· यह झूठ है। फ़रेब है। धोखा है··· तू कौन है? क्यों मेरे पीछे पड़ी है? मैंने तेरा क्या बिगाड़ा है? क्यों मेरे मन के सुख–चैन को छीन लेना चाहती है? सुख–चैन छीनकर तुझे क्या मिलेगा? उससे मानो तुझे कुछ मिलना ही है तो मुझे उठा ले।···मैं उफ़ भी नहीं करूँगी। किसी से भी नहीं कहूँगी। फिर तुझे

जो लेना है, ले लेना। पर जीते-जी मुझे यों न सता, मैं तेरे हाथ जोड़ती हूँ, पाँव पड़ती हूँ।

इसी समय पड़ोसिन दादी पुकारती—'बहू, ओ बहू,…ओ कबिरा की दुलहनिया… सुनती है?'

लोई पसीने-पसीने हो चुकती थी। उसकी सारी देह चिपचिपा उठती थी। चित्त में घबराहट सी दौड़ जाती थी। वह किसी से इस संबंध में नहीं कहती थी। कहेगी तो तत्काल कोई कह देगा कि इस पर जिन है या प्रेतनी है। फिर स्याने आने लगेंगे। आकर जिन या प्रेतनी जो भी होगी, उसे बुलाएँगे। उससे खेलेंगे। सारा गाँव जुड़ जाएगा। वह बुरी तरह से चीखेगी-चिल्लाएगी, सिर घुमाएगी, चक्कर खाएगी। उससे प्रश्न होंगे। उसे उत्तर देने होंगे। वह तमाशा बन जाएगी। चारों ओर उसकी चर्चा गरमाएगी। जितने मुँह उतनी बातें बनेंगी। कबीर के शत्रु इस प्रसंग को लेकर उस पर धूल डालने का यत्न करेंगे। बड़ा ईश्वर खुदा का जानकार बनता है। पीर, मुल्ला, मौलवी, पंडित, पुजारी आदि की खिल्ली उड़ाता फिरता है। वह अपनी पत्नी को, जिन से नहीं बचा सकता। इस प्रकार ऊँच-नीच सोचते हुए लोई मौन रहती थी।

लोई का जिन-प्रेतादि में विश्वास भी नहीं था। यद्यपि अनेक बार उसने इस प्रकार के करिश्मे देखे थे, तथापि उसका मन उसके अस्तित्व में आस्था नहीं रखता था। न वह जादू-टोने को ही मानती थी, जबकि उसके गाँव में अधिकांश रोगों का इलाज ही जादू-टोने से होता था। दरअसल, उसे सोचने का गम मार गया था। अकेला व्यक्ति अनसोचे रह भी तो नहीं सकता है। कभी अतीत को लेकर बैठ जाती थी और कभी भविष्य को। न जाने कौन-कौन सी स्वप्नाकांक्षाएँ उसमें टूटकर बिखर जाती थीं और कौन-कौन से सम्मोहन गिथक आ ठहरते थे। कभी-कभी वह पागलों सा बहम पाल लेती थी।

गाँव के लोगों को जूड़ी चढ़ना आम बात है। वह जूड़ीग्रस्त होकर भी काम करते रहेंगे। उनका विश्वास है कि काम के सामने रोगों के भूत भागते हैं। रोग आराम में पलते हैं। गाँव में हर रोग के अद्‌भुत टोटके हैं। उन टोटकों में उनका विश्वास है। वही विश्वास उनके रोग-मुक्त होने का इलाज है। परंतु लोई के भाग्य में कुछ और ही बदा था। उसे जूड़ी ने घेरा तो छोड़ा ही नहीं। उसने लंघन किए, दवाई भी ली। लेकिन सब बेकार। आख़िर उसकी दिपदिप सी देह खाट से लग गई। उसका सारा रंग उतर गया। तीन-चार माह में ही वह अस्थियों का ढाँचा बनकर रह गई।

लोई स्वयं की पहचान खोकर खटिया पर पड़ी-पड़ी चक्रवात सी डोलती रहती थी। मरने से पहले उसकी यह तीव्र इच्छा थी कि कबीर लौट आए। कबीर के लिए गाँववालों ने अनेक संदेश भिजवाए थे। कई आदमी उसकी तलाश में भी भेजे गए थे। पता चला था कि कबीर एक संत टोली में बाँगड़ प्रदेश[1] में घूम रहा है। गाँव ने अपना कर्तव्य निभाया। पड़ोसिन दादी ने तो उसकी सेवा में जी-जान लगा डाली। अनेक बार बूढ़ी दादी को काँपते हुए काम करते देखकर उसके नयनकोर भर आते थे, बरस पड़ते थे और फिर सूख जाते थे। वह असहाय थी, विवश थी और लाचार थी।

आख़िर वह उसके जीवन में लौट ही आया। यद्यपि गाँववालों ने कबीर को खूब खरी-खोटी सुनाई थी तथापि उसने अपनी ओर से कोई शिकायत नहीं की थी। उलटे कबीर से उसकी यात्रा की घटनाएँ सुनती रही थी। देश-परदेश की जानकारी लेती रही थी। नामालूम क्या और कैसे हुआ कि कबीर के लौटने पर उसमें आश्चर्यजनक परिवर्तन होने लगा। बुखार कम भी हुआ। कभी-कभी टूटा भी। चेहरे पर भी रौनक सी आ गई और वह खटिया से उठकर आँगन व नौहरे तक चलने-फिरने भी लगी। कहाँ उससे उठा ही नहीं जाता था। पड़ोसिन दादी सहारा देकर उसे उठाती थी। सहारा देकर वह उसे चलाती थी।

पड़ोसिन दादी उसे धूप में बैठा हुआ देखकर इसलिए ही चिल्लाई थी कि धूप खाकर बुखार तेज़ होता है और वह दादी की आज्ञाकारिणी बहू की तरह चुपचाप अंदर लौट आई थी।

कबीर उसके सिरहाने बैठा हुआ, उसके माथे पर हाथ रखे कह रहा था—'लोई, अब मैं तुझे कभी अकेला छोड़कर नहीं जाऊँगा, मैं वादा करता हूँ और जाऊँगा भी तो तुझे साथ लेकर। मैं भी कैसा पगला हूँ कि दुनिया को ज्ञान बाँटता घूमता हूँ और खुद अँधेरे में पड़ा हूँ। और तू भी कितनी पक्की निकली, मर जाना क़बूल है, पर मुँह खोलना नहीं। पगली मेरी साधना की क़ामयाबी में अपने प्राणों की बाज़ी लगाने के लिए तैयार हो गई थी। भला कहीं अपनों से ऐसा परहेज़ किया जाता है, कहीं ऐसा परदा किया जाता है। तूने अपने कबीर को पहचाना नहीं, लोई। कबीर के लिए तेरे से बड़ी कोई साधना नहीं है, कोई सफलता नहीं है। पर इसमें तेरा भी क्या दोष? दोष तो सब मेरा है। मैंने ही कभी नहीं सोचा कि तू अकेले

1. बाँगड़ प्रदेश में बाँसवाड़ा और डूँगरपुर स्टेट के कुछ गाँव आते थे। बागड़ प्रदेश लूअन का घर है। —कबीर

पाँच-पाँच, छह-छह माह कैसे गुजारेगी? किसके सहारे गुजारेगी? मेरे सिवा तेरा है भी कौन? ओह! कहकर कबीर तड़प उठता। लोई उसके मुँह पर हाथ रखकर कहती—यदि फिर ऐसा बोले तो तुम मुझ मरी का ही मुँह देखोगे।

कबीर विचलित होकर उसे टोक देता—'खुदा के लिए ऐसा मत बोल, लोई। तू तो अपने को छिपाकर मुझे पैगंबर बना देखना चाहती थी न। पगली, तू मुझसे भी यही आशा करती है कि मैं तेरी तरह अपने को छिपाता-घुलाता रहूँ, पर यह मुझसे नहीं होगा। कभी नहीं होगा।

लोई की आँखें बह पड़तीं मौन। वह मन-ही-मन सोच जाती कि वह भी कितनी पगली है कि उसने कबीर को इतने नज़दीक रहने पर भी पहचानने में भूल कर दी। तो फिर दूसरे लोग कबीर के बारे में जो कुछ कहें, उसमें उनका क्या दोष? उससे ज़्यादा कबीर को कौन जान सकता था? रह-रहकर उसे यह पश्चात्ताप हिला डालता था।

अभी तक संध्या फुनगियों पर ठहरी किसी का इंतज़ार कर रही थी। लोई की हालत एकदम बिगड़ उठी। उसने कबीर को पास बुला लिया, अपने को छिपाते हुए कहा, 'कबीर, तुमने मुझे अभी तक क्षमा नहीं किया।'

'मैं क्षमा करूँगा कि तू मुझे करेगी।'

'तू।'

'यानी अपराधी क्षमा करेगा।'

'तू ज्ञानी-पुरुष है न। तुझे ज्ञानी पुरुषों की संगत में रहकर तर्क बहुत आ गया है।'

'नहीं, लोई।'

'तर्क छोड़कर सहज हो जा न!'

'सहज तो हूँ ही।'

'तेरी इच्छा।'

'नाराज़ हो गई, लोई।'

'अपनों से नाराज़ होऊँगी, क्यों?'

'फिर?'

'फिर क्या? कुछ भी नहीं।'

'कुछ क्या नहीं।'

लोई उसका हाथ अपने हाथ में ले लेती। उसे टटोलकर देखती। फिर उसे अपनी आँखों, गालों और होंठों से लगाती। कबीर हतप्रभ सा उसका यह बचपना

देखता रहता। वह अचानक कह उठती—'कबिरा, तू एक काम कर।'

'कह न।'

'करेगा ना।'

'संदेह है।'

'किस पर?'

'मुझ पर।'

'तुझ पर क्यों?'

'तो?'

'अपने पर क्यों नहीं?'

'अपने पर कैसे?'

'तू ही तो कहता था न, मनुष्य अपने पर जब अविश्वासी होता है, तब दूसरे पर अपने अविश्वास को आरोपित कर खुद बच निकलना चाहता है। कहता था न।'

'तुझे सब याद है, लोई।'

'पीतांबर पीर ने ही तो तुझसे कहा था और तूने यह गुरुमंत्र पथबंधु चिदानंद को दिया था।'

'तुझे ये सब भी याद है।'

'सब याद है। तू सुनेगा क्या? फिर कुछ सोचते हुए—ना रे, अब वक़्त कहाँ रहा है?'

कबीर उसकी इस प्रकार की शब्दावली से घबरा उठता था। घबराकर पूछता था—'कैसा वक़्त?'

अचानक लोई के पीतवर्णीय चेहरे पर ललाई झलक पड़ती और वह प्राणों के तारों से स्मित रेखा खींचकर उसे सहज उँड़ेलते हुए कहती—'संध्या न जाने कैसे अभी तक फुनगियों पर उलझी खड़ी है। उसे किस यायावर प्रीतम की प्रतीक्षा है? होगी रे, हमें क्या? हमारा प्रियतम तो हमारे सामने है। है न।'

कबीर उसके प्रलाप का क्या उत्तर दे और क्या नहीं? इससे उसमें अजीब सा भय गहरा जाता। वह अनबोले रह जाता।

'कबीर, तूने कुछ सुना?'

'नहीं तो।'

'अरे, मैं तुझे पुकार रही हूँ, तुझे यह सुनाई ही नहीं पड़ा रे!'

'कबीर मुसकराकर संताप ओढ़े रह जाता था। उसका मन कहता—'कबीर

लोई की असामयिक मृत्यु के लिए तू ज़िम्मेदार है। ये प्रलाप तेरे बोए हैं। तू तो उस अभागिन को सुहागिन बनाकर लाया था न। उसे यह विश्वास देकर पाया था न, कि उसकी मनोकामना और तुषाराच्छन्न बसंत तू उसे लौटा देगा। तूने उसे यह आश्वासन दिया था न, कि तू उसकी खंडित मूर्ति को पुनः मन-मंदिर में स्थापित करेगा। कहाँ गया रे तेरा वह आश्वासन? तेरी वे दिलासाएँ?'

इससे कबीर एकदम स्याह पड़ जाता और लोई की तरफ़ इस तरह से जड़वत् होकर देखता, मानो वह लोई नहीं, स्वयं उसमें वह पथराकर समा गया है।

'क्या देख रहे हो, कबीर?' लोई उसे अपनी ओर अपलक देखते हुए टोक देती।

'तुम ऐसा सोचते हो, कबीर।'

'मैं कुछ भी नहीं सोचता, लोई। सोचने को रह ही क्या गया है?'

'इतनी निराशा और इतनी उपेक्षा जीवन के प्रति जीवन आशा है।'

'फिर वही अलगाव? फिर वही ग्रंथियाँ? फिर वही थका-हारा अविश्वास? फिर वही विनश्वर वितृष्णा? सब का सब वही, कबीर, वही। ना, ना मुझे तुम में अगणित बुझे हुए प्राणों को उद्दीप्त करनेवाली ज्योति देखनी है, कबीर। तुम कर-बीर[1] बनो। शत-शत हुतात्माओं के लिए संजीवनी सिद्ध होओ। तुम्हारे प्राण का तार-तार मानव-सृष्टि की शतशः मंगलाकांक्षाओं और दिव्यानुभूतियों का संपूरक बने। मुझे विश्वास दो, मेरे अलौकिक प्रियतम, कि तुम मेरे विश्वास की थाती का अलख हमेशा जगाए कोटिशः प्राणों के अंतरतम में अनहद अमरत-वर्षा करते रहोगे। बोलो कबीर, बोलो, यह कहते-कहते लोई की साँस धोंकनी सी उखड़ आई थी। उसका चेहरा तमतमा गया था। उसकी आँखों से दिव्यलोक आभासित होने लगा था। उसमें दैवी प्रतिभा सी उतर आई थी, मानो वही कबीर को निर्देश दे रही हो।

'लोई, हमें अभी बहुत दिनों साथ-साथ जीना है।'

'तो क्या हुआ? एक बार जीना संभव हो अथवा नहीं, परंतु जीने का विश्वास कभी नहीं मरता, कबीर। वह अमर है।'

'है तो।'

'फिर?'

'कुछ मत सोच, लोई।'

---

1. कर्मवीर/सबसे महान्।

'यही सोचती हूँ, कबीर।'

'काश!'

'तुमने मुझे आश्वासन नहीं दिया, कबीर।'

'पहले स्वस्थ हो जाओ। फिर तुम जो-जो कहोगी, तुम्हारा कबीर वही-वही करेगा।'

लोई मुसकराकर रह गई, कुछ बोली नहीं। कुछ देर बाद जैसे अचानक उसे याद आया हो, वह कहने लगी—'कबीर, मैं कैसी पगली रही कि रोने को लाख समझाने पर जीवन-शक्ति मानती रही। मुझसे पत्थर नहीं बना जा सका। सोचती हूँ, निर्धन की यही तो अमूल्य पूँजी है, यदि यह भी उससे छिन गई तो किसके सहारे जिएगा? कौन देगा उसे दिलासा? कौन भरेगा उसके व्रण?'

'तुमने ठीक सोचा है, लोई।'

'पता नहीं, कबीर कि मेरा सोचना ग़लत रहा है अथवा ठीक, परंतु मुझे उससे राहत मिली है। जीवन अपने विश्वास की पूँजी है। वह मेरे हमेशा खोए हुए विश्वास को मुझमें लौटाता रहा है। मुझ दिग्-भ्रमिता का पाथेय बनता रहा है।'

कबीर कनखियों से उसमें आलोड़ित-विलोड़ित होनेवाली अंतर्वेदना की झाँकी लेता रहा। उसमें डोल आई बीते कल की ताप-दग्ध अनुभूतियों को काँच सा पिघलकर अपने में उतरता हुआ अहसास करता रहा।

लोई ने फिर कहा, 'अरे, फुनगियों पर से साँझ अपने पथबंधु के साथ जाने कब की चली गई, कबीर। तुमने अभी तक दीयाबाती भी नहीं की। जाओ, दीया-बाती कर दो। काश, मैं कर पाती।'

कबीर उठा। उसने दीया-बाती की। वह कक्ष पीत-प्रकाश से जगमगा गया। कबीर ने वातायन से बाहर की ओर देखा। आकाश में तारे निकल आए थे। घरों पर धुआँ जमता जा रहा है। हवा में सिहरन फिसल आई है। उसने खिड़की बंद कर दी। इस पर लोई चिल्लाई सी कबीर, खिड़की खोल दो। हवा आने दो। और तुम यहाँ चले आओ, मेरे पास।'

कबीर ने वैसा ही किया।

लोई ने कबीर की ओर अत्यंत आत्मीयता से निहारा, मानो वह हमेशा-हमेशा के लिए उसे अपने में उतार लेना चाहती हो। फिर बोली, कबीर…।'

'हाँ लोई, तबीयत ठीक है न!

'तुम्हें नहीं लगती क्या? देखो, कैसी भली-चंगी सी बात कर रही हूँ।'

'वो तो दीख रहा है, पर…।'

'मेरी एक इच्छा है ···।'

'बोलो।'

'तुम वह गीत सुना दो, कबीर, वही···जिसे कई बार तुमने मुझसे भी सुना था।'

'वो न··· हम वासी उस देश के जहाँ बारह मास विलास। प्रेम भरे विकसै कँवल, तेज़ पुंज परकास।'

''वह नहीं··· वो··· कुछ याद करते हुए—हाँ याद आया। वही झीनी-झीनी बीनी चदरिया···'

'वह बहुत अच्छा लगा है, लोई?'

'गाओ न, कबीर।'

कबीर तन्मय होकर गा उठता है—

'झीनी-झीनी बीनी चदरिया।
काहे का ताना काहे की भरनी,
कौन तार से बीनी चदरिया।
इंगला पिंगला ताना भरनी।
सुषमन तार से बीनी चदरिया।
आठ कमल दल चरखा डोलै,
पाँच तत्त गुन तीनी चदरिया।
साँई सो सियत मास दस लागे,
ठोक-ठोक के बीनी चदरिया।
सो चादर सुर नर मुनि ओढ़ी,
औढ़ि के मैली कीनी चदरिया।
'दास' कबीर जतन सों ओढ़ी,
ज्यों की त्यों धर दीनी चदरिया।'

कबीर गाते-गाते रो पड़ा। न मालूम उससे यह गीत आज क्यों नहीं गाया जा रहा था? गीत ख़त्म होते ही कबीर ने आँखें खोल लीं। पूछा, 'क्यों लोई, गीत पसंद आया न?'

लोई ने कोई उत्तर नहीं दिया।

कबीर ने पुनः कहा। फिर वही निरुत्तर! वही अवकाश! कबीर ने उसकी ओर ध्यान से देखा।

उसे लगा, लोई आँखें खोले, मुसकान लिए, मानो उसे अपलक निहार रही

हो। कबीर ने उसे झकझोरा। पर अब झकझोरने से क्या होता था? वह अकेले ही पथ–बंधु के साथ यात्रा पर जा चुकी थी।

कबीर ने उसे चादर ओढ़ा दी और गुमसुम बाहर आ बैठा। कुछ देर बाद पुकारकर उसने कहा, 'दादी, लोई नहीं रही।' और बिलख पड़ा। पथराया हुआ सन्नाटा तोड़ता हुआ वह कसमसाकर रह गया था।

कबीर फिर अंदर लौट आया।

उसके सामने 'जतन सों ओढ़ी चदरिया सी' लोई पड़ी थी।

उसका हृदय हाहाकार कर रहा था। टिमटिमाते दीप के प्रकाश में वह चीख पड़ना चाहता था। तभी उसके कानों में किसी की आवाज़ नूपुरों सी उठी—'कबीर, दुःखी न हो। हम फिर मिलेंगे। हमेशा मिलते रहेंगे।'

'हमेशा मिलते रहेंगे।' कबीर मन–ही–मन दोहरा देता।

'पर अब तो तुझे याद रहेगा न।'

'क्या?'

'अभी से भूलता है रे! तुझे मेरी स्वप्नाकांक्षाओं और सूनी कल्पनाओं की माँग भरना शेष है।…भरेगा न।'

कबीर कुछ कहने को होता कि तभी बाहर से लोगों के आने की आवाज़ सुनाई पड़ती और वह बाहर की ओर घूम पड़ता।

□

अक्स का सच

गिलगिलिया चिड़िया अपने झुंड से बिछुड़कर रास्ता भूल गई। उसे आसमान समंदर-सा नज़र आ रहा था। वह हैरान सी इधर उधर घूमघाम कर लौट आई थी। उसे नहीं मालूम था कि वह वहीं लौटी है या नहीं, जहाँ से वह उड़ी थी।

आसमान सूखा था। शांत था।

धरती पर भी ख़ामोशी थी। तेज़ हवा का उस पर कोई असर नहीं था। उस पर से पपड़ी उखड़ी हुई थी। लगता था कि सालो-साल से वहाँ कहीं तिनका भी नहीं जनमा था। जिधर देखो, उधर ढोर-डंगर मरे पड़े थे। कहीं उनके ढाँचे बिखरे पड़े थे तो कहीं सन्नाटा। कैसा था वह आलम! साँस लेने का स्वर भी सुनाई नहीं पड़ रहा था। 'मान जाओ, स्वामी।···अकेले जीने की ज़िद छोड़ो। जो हुआ, वह हो चुका। गया हुआ लौटकर नहीं आता। सब्र करना पड़ता है।'

गोविंद गिरि ने कोई जवाब नहीं दिया। उसके मन पर तो बदली पहरा दे रही थी। कितनी चाह थी। कितना मन था। पगली ने कहा था, 'यहाँ हम अकेले हैं। मन कभी-कभी डरपत है। यहाँ से निकलकर तुम्हें कुछ याद नहीं रहता कि पीछे किसी से वादा करके आए हो। वहाँ कोई याद करती होगी और दरवाज़े पर खड़ी अपनी आँखों को कभी आसमान पर तो कभी रास्ते पर टाँगें देती होगी।'

'याद तो आती रही। कभी-कभी यादों ने रातों को नींद भी छीनी। परंतु···।' परंतु का खुलासा करने बैठा जाए तो···। उसका गुस्सा उचित होगा। ऐसे में उसे तनाव न घेरे, यह दायित्व उसका भी है।

'गोविंद, मैं नहीं जानती कि प्यार क्या है? सम्मोहन क्या है? क्यों रीझते जाना है? आख़िर किसलिए। मैं अपने आपको नहीं सँभाल पाती? क्यों मैं जानते-बूझते तुम्हें लेकर अकेले ही दूर तक निकल जाती हूँ और ऐसा अनुभव करने लगती हूँ कि तुम्हीं वह पुरुष हो, जिसे महादेव ने मेरे लिए बनाया है और मेरे पास

भेजा है। पर मैं नहीं जानती कि सच क्या है।' बदली मगरी के दूसरी ओर जहाँ से जंगल शुरू होता था और जहाँ नाहर, तेंदुए आदि का डर भी बना रहता था, उधर चली आई थी और गोविंद गिरि का हाथ थामे बतिया उठी थी।

'जानता मैं भी कुछ नहीं हूँ। तुझे देखकर पहली बार ही मुझे लगा कि तू मुझ पर बदली बनकर छाती जा रही है और मैं बिना बारिश भीगता जा रहा हूँ। चाहते हुए भी मैं किसी कंदरा-गुफा की शरण नहीं ले पा रहा हूँ, तन-मन दोनों रिमझिम वर्षा में भीग चुके हैं। बारंबार होंठों पर पिघल आई बूँदों को अपनी उँगलियों से हटाता हूँ और वे बूँदें फिर घिर आती हैं। हवा में हिम-सी सिहरन दौड़ पड़ती है। देह में कँपकँपी होने लगती है, परंतु मैं वहाँ से कहीं भागने की नहीं सोच पाता। मानो बचने की मुझे ज़रूरत नहीं है, तुम्हें अपनी साँसों में घुलता हुआ पाए जा रहा हूँ और तुम गा उठी हो मेरे साथ भीगती हुई, मस्ती में झूमती हुई और बिन नदी के नदी में तैरती हुई—'सुरंगी रुत आई म्हारे देस,/भलेरी (भली) रुत आई म्हारे देस,

मोटी-मोटी-छाँटया ओसरयों ऐ बदली/तो छाँट घड़े के मान, मेवा-मिसरी। सुरंगी रुत आई म्हारे देस,/भलेरी रुत आई म्हारे देस।'

'ये ये क्या कहते हो?' बदली उनकी बाँहों में अपने को सिमटा पाकर घबरा जाती और एकांत में मन की दिशाओं से पूछती, 'ओ अनदेखी दिशाओं से म्हारे नूँ क्यों अपनी बाँहों में कसे जा रहे हो और मैं क्यों इतनी विवश हो उठी हूँ कि थारे कू रोक नहीं पा रही हूँ। यह मुझे क्या होता जा रहा है। मैं अपनी गोरी बाँहों में तुम्हें भरकर अपने में नहीं समा पा रही हूँ और एक तुम हो कि मुझ पर आसमान बने छाते जा रहे हो। ओ कंदील, तू मेरा साथ कभी मत छोड़ना।'

'गोविंद देह क्यों जल उठी है? सुना है कि जब कोई दीपक राग उठाता है, तब देह जल उठती है। यहाँ तो किसी ने दीपक राग नहीं उठाया है। क्या थाने उठाया है।' जंगल में छनकर आती हवाएँ देह गुदगुदा रही होतीं और बदली उसके जवाब की प्रतीक्षा करती होती।

'नहीं, म्हाने नहीं उठाया।'

'तो गोविंद, किसने उठाया?'

'नहीं मालूम।'

'थारे कूँ यह तो मालूम है कि थे नदी में तैर रहा हो।'

कुछ देर बाद गोविंद गिरि आँखें झपकाकर कहता, 'हाँ, नदी है बदली, और मैं भी उसमें बहे जा रहा हूँ। पूरा चाँद भी है?'

'हाँ-हाँ, एकदम पूरा चाँद है, उसकी रिमझिम उतरती जुन्हाई भी है।'

'वहीं तन-मन से लिपटे जा रही है।'

'हाँ, अब आँखें मिच रही हैं। उन्हें खोले रख, गोविंदा।'

'यह मुझसे नहीं बनता।'

'थे पानी में हो। ऊपर से अमरित जुन्हाई बाहर-अंदर समाती जा रही है, कठ गुलाब की प्यारी-प्यारी गंध की तरह। क्या फिर भी तन-मन जल रहा है?' बदली के स्वर में कचनार के फूल महकने लगते।

'हाँ-हाँ, बदली, हाँ तन भी जल रहा है और मन भी।···थारा बदली?'

'म्हा थारे सूँ अलग हूँ क्या? सच झूठ नहीं जानती।'

'प्यार भी। क्या प्यार भी झूठ नहीं जानता?'

'जानता होता तो वह प्यार नहीं होता।'

'प्यार होने का अरथ है, नहीं जानना।'

'जाने हुए को बिल्कुल भूल जाना। ये तू क्या कहता है, गोविंद?'

'जो प्यार कहलवा रहा है। क्या थारे में पपीहा का पी कहाँ, पी कहाँ का अमरित नहीं झर रहा है। म्हारे में तो वो पपैया···।' कहते हुए बदली चुप हो जाती।

'कौन-सा पपैया! कहीं वह तो नहीं···।' सिर खुजाता गोविंद रह जाता।

'वही-वही, गोविंद वही···।' कहते-कहते बदली का कंठ कुहकता।

'जो रसाल की गुठली में बनाया जाता है।'

'और जिसे फूँक मारकर बजाया जाता है। बचपन में म्हाने और म्हारी सहेलियों ने जंगल में जाकर, चोरी से आम तोड़े, फिर ताल के किनारे बैठकर चूसे।···जब छक उठे, तब उनकी गुठली को पानी में धोया। फिर उनसे सीटी बनाई।···एक साथ कई सीटियाँ बन उठीं। जितने हम उतनी सीटियाँ—पपैये बज उठे। मोर नाच उठे। कोयल कुहकने लगी। हम उछल पड़े और बिना किसी से पूछे-ताछे भाग खड़े हुए। भागते हुए साँसें भर आईं, हाँफी धौंकनी-सी चल पड़ी। चोली के बंद कस उठे। धौंसा (नगाड़ा) भी बज उठे बिन धौंसिया के।' बदली गोविंद के कमर कसते हाथों की रस्सी से छूटकर कहती अपनी चोली को आँख के इशारे में डाँटते हुए। उसकी बिजली सी चमकती आँखें पूछतीं, 'क्या प्यार यही है। क्या प्यार का पलाश यही है। क्या प्यार की ऋतु यही है। ऋतुराज का आगमन यही है!' तब बदली के हाथ में होता पेहँटा (मक्के के खेत में होनेवाली एक लता, जिसके फूल की कचरी और सब्जी बनती है।) और होंठों पर होती रंग-बिरंगी तितली।

'अभी पैंचा (मँगनी) भी नहीं हुई और बिना झूल के पेंग मार उठा मन।

लड़ने लगे पेंच और खिलने लगे कठगुलाब। क्यों···क्यों होता है यह सब कुछ?' बदली गोविंद की बाँहों से छिटककर दूर जा खड़ी हुई और पूछने लगी, 'यही होता है क्या प्यार? क्या यही होता है ठगलाडू? क्या यही होता है? बनो जा··· कुछ तो बोलो, गोविंद, गूँगे मत बन। मन म्हारा पूछता है और हम खाली दिशाओं की ओर देखते रह जाते हैं। थे सच बोलना, थारे कूँ रामजी की सौंह।'

'बदली म्हारे कूँ थारे से ज़्यादा कछु पता नहीं, म्हारा विश्वास कर।' गोविंद गिरि कंठ छूकर कहता।

'फिर किससे पूछें?' भौजाई से पूछा तो वह तुनककर बोली, बखत आने दे लाडो। थारे कूँ सब मालूम पड़ जाएगा।'··· 'जे बखत कब आएगा?'

'जब थारा दिल बरसाती नदी होकर लहरों सा उठने लगेगा।··· थे अपने में नहीं रहेगी। पहाड़ी नदी सी दौड़ती-फाँदती कूदकर सारे जग को पार कर लेने को उतावली हो जाएगी।'

'थे तो हुई होगी।··· थे म्हारी नहीं, अपनी बात कर।'

'थारी क्यों नहीं। थारी तो बाँकी उमरिया भी हम से ज़्यादा है।'

'पर म्हा थारी सी हूर की परी नहीं हूँ कि जो देखे तो देखता रह जाए पागल की तरह। थे जिधर जाए, उधर की थारे पाछे लट्टुअन की घूमन-झूमन लगे है कतार। ऐसा म्हारे में क्या है?'

'ये तो थारा प्रेमी पागल बतलाएगा या वो जो थारा बीन बनकर घोड़ी पर आएगा और तोरण के तलवार छुआएगा, म्हारी चहकती चिड़िया, बातूनी रसवंती।'

गोविंद गिरि भावुक हो उठता। उसमें वय:संधि की वनाग्नि अभी सुलगी नहीं थी। सिर्फ़ उसके होने का आभास दे रही थी। दरअसल, वह सबसे अलग था। उसके लिए जगत् सिर्फ़ देखने से ज़्यादा नहीं था। उसे अपने अंदर अनुभव का स्वर किसी अज्ञात और गुम हुई नदी सा बहता लगता था। उसमें जनमते थे अनोखे और अनसोचे प्रश्न, जैसे आसमान का आकाश कहाँ। जिस प्रकार धरती का आसमान ऊपर नज़र आता है की आसमान की भी तो अपनी धरती है। वहाँ क्या करते हैं? वे क्या करते हैं? वही, जो हम।'

वे साधु क्यों जंगल-जंगल की खाक छानते घूमते हैं? वे कुछ काम क्यों नहीं करते? मानुख मेल-जोल से क्यों नहीं रहता? दो जून का खाना उसे क्यों नहीं मयस्सर होता? एक तरफ़ इतने अमीर क्यों हैं और दूसरी ओर इतने गरीब क्यों, यह कैसा समाज है—एक तरफ़ अधिकार से खिले चेहरे मनमानी करते हैं और दूसरी तरफ़ निरीह मानुख केवल मामूली सी दिहाड़ी पर अधिकार वंचित होकर

काम करते हैं। इस प्रकार के प्रश्नों से जूझते हुए उसे कभी समय ही नहीं मिला कि वह प्रेम के बारे में सोचे। कैसे सोचता, क्योंकि कई बार उसके परिवार और उसे महुआ सेंककर और फुमाड्या खाकर दिन गुजारने पड़े थे। ठीक से उन दिनों में भी उसने मूड़ा (महुआ) का मधुरस सेवन नहीं किया। जब मेले में से बाहर आने पर वह लड़की मगरी पर उसके पीछे-पीछे भागती आई और उसकी कलाई पकड़कर बोली, 'क्यों रे गोविंद, क्या कहता है?' गोविंद की देह में कलाई पकड़ते ही धूजणी (कँपकँपी) दौड़ गई। .

वह पूछ रही थी, 'क्यों, क्या कोई और मन में बसा ली है···थारे कूँ कभी किसी और लड़की के साथ नहीं देखा। फिर भी, थे म्हारी तरह अपनी मरजी का मालिक है।···जहाँ तक म्हारा संबंध है तो सुन ले, मन के राणा, म्हारे कू थे पसंद है। म्हाने थारी पसंद के नाम का। जे देख···।' उसने अपनी बाँह दिखाते हुए कहा, 'गोदड़ो गुदवा लिया है।··· धारदार चाकू से जो गूदना निखर आया है। जा में टोंचा दे-देकर साँप की चमड़ी जलाकर राख भरवाई है—सरसों का तेल मिलाकर।'

गोविंद गिरि अपनी कलाई छुड़ाकर उसकी ओर देखते हुए चकित रह गया। वह कुछ बोल नहीं सका।

'थारे कू मालूम है, जा मगरी (पहाड़ी) पर म्हारे-थारे कूँ जाते हुए कई जनों ने देखा है। थारे म्हारे माँ-बाप भी जा रिश्ते से राजी हैं। यदि थे नहीं चाहता कि विवाह पर लगाता जानेवाला टीली वराड (विवाह के समय का कर) दिया जाए तो न सही।··· न म्हारे माँ-बाप कोई रकम माँगते हैं।··· म्हे भी थारे सूँ कांगसी, बिंदी, काँ आदि का इच्छा नहीं रखती हूँ··· तब तो थे···। आगे क्या कहूँ। थारी बीननी बनकर म्हारा मन···।' कहते-कहते वह रुक गई। उसकी आँखों में ललाई छाने लगी और उसकी छाती पर झूलती साँकली (गले का आभूषण) थिरक उठी। उसकी घुटनों से सटी फड़की (साड़ी) और चिपक गई। उसके माथे पर माँडा गोदना आँख बन गोविंद गिरि पर जा टिका।

अब तक गोविंद गिरि ने अपने को सँभाल लिया था। इससे पहले उसने एकांत में और इतने नज़दीक से किसी लड़की से बात नहीं की थी। आज एकांत में उसने जाना कि कुँवारी जवान लड़की में कैसा जादू होता है, जो मानुख के मन पर तत्काल छा जाता है। अब उसे लगा कि वह युवती उसे एकांत का अर्थ समझा रही है। एकांत में जब लड़की युवक पर भारी पड़ने लगती है, तब वह युवक कितना दयनीय होने लगता है। यदि वह उसे उत्तेजित करती है। उसने गोविंद गिरि को घबराता पाकर ही कहा था, 'थारे कूँ घबराने की रत्ती भर ज़रूरत नहीं है। मर्द का

जिगर रखता है तो मिमियाता क्यों है।''' यदि किसी पर दिल आ जाए तो वह पीछे नहीं हटता और ईश्वर उसका साथ दे तो उसका बढ़ा हुआ क़दम सारे फले में मिसाल बन जाता है।'

'कौन मिमियाता है? किसका मिसाल बनने का मन नहीं।'

'झूठल (झूठ) मत बोल।'

'झूठल बोलकर मुझे क्या मिलेगा। सच यह है कि म्हाने आज तक कभी जे बात सोची नहीं।'

'तो अब सोच ले।'

'जा बखत संभव नहीं।'

'तो तू क्या जानता है? के जे भी पता नहीं।'

'साधु बनने का मन है क्या?'

गोविंद गिरि चुप रह जाता।

'साधु भी विवाह रचाते हैं। वे भी अच्छे गिरस्थी बनकर जीते हैं।'

गोविंद गिरि फिर चुप रह जाता। तभी ढोल के दमाकों की ऊँची गूँज आसमान सिर पर उठा लेती। गोविंद गिरि लौटने लगता। आगे वह जा नहीं सकता था, क्योंकि उससे आगे घना जंगल था। उधर कोई जाता नहीं था। वह सामने आकर रास्ता रोककर कहती, 'थे म्हारी बेइज़्ज़ती करके नहीं जा सकता।'''समझा कि नहीं।

ये थे क्या कहती है?'

'कोई लड़का किसी लड़की को लेकर मगरी पर चढ़ जाए तो बाका के मतलब हुआ?'

'मैं थारे को ऊपर लेकर नहीं आया।'

'आगे कौन था—थे या म्हा।'

'उससे क्या, म्हाने तेरी तरफ़ देखा तक नहीं।'

'म्हाने तो देखा, करम जले।'

'गले मत पड़ भवानी।'

'इतना तिरस्कार। प्यार का अपमान। थे देवी-देवता कूँ मानता हूँ। चावंडा लालां फूँला, अबाव-मेलड़ी केशरियाँ गलालैंग, राइका भूणाभेंद्द किसी को तो मानता होगा, तोहे बाकी सौंह।' पर गोविंद गिरि वहाँ नहीं रुका। उसने भी पीछा नहीं किया। तब का अनुभव बदली को देखते ही उसके सिर जा चढ़ा। उसकी तरफ़ खिंचता चला गया। आज उसे अकेला बैठा अपने पर रिस आने लगी। वो

कैसा मरद है। बदली को भी टका सा ज़वाब दे देता। पर कैसे? बो तो बाके मन का भा गई थी। उसने तो बाको पागल बना डाला था!

पर अब? काला अँधेरा! अकाल दैत्य!···सबन कूँ निगल गयो। काहे को नहीं छोड़ा। न जवान, न बूढ़ा, न मरद, न बय्यर, न छोरा, न छोरी! न ढोर, न डंगर! गाँव के गाँव खाली। चारों ओर जिधर देखे, उधर ही मरघट। चील, कौओं की उड़ाई दावत, नर-कंकालों का ढेर! भयानक दुरबास (दुर्गंध)! का कसूर! साचे मानुष के साथ जे कैसी विपदा! किस जनम कूँ बदला!

गोविंद गिरि पगला गया। बाका माथा चढ़ गयो। रो पड़ा! हाय म्हारी बदली! थाने कित्ता रोका था। हाथा जोड़ी की थी। कहा था, न जा, दिन पूरे हो चले हैं। जाने कब···। थारा भी तो···।'

'हाँ-हाँ, म्हारा भी तो···। जे हम दोनों की निशानी ही तो है। के म्हारे कूँपता नहीं। पण तू चिंता-फिकर न कर। जा दफ़े जे गयो, वो आयो। सच री, म्हारी सौंह!'

बदली चुप! का कहे। मरद तो मरद ठहरा—भूत, वर्तमान, भविष्य कूँ जानकार बा के सामने काहू की न चले। नऽऽहींऽ···। गोविंद गिरि चीख पड़ा। मगरी गूँज उठी। पण ज़वाब खाली। कहीं कोई नहीं। ढोर-डंगर···कुत्ता-बिल्ली तक नहीं।

नर-कंकाल का प्रेत/ठठरी! बास ही बास! इत्तो बड़ो थान समसान। हे भगवान्। की करे वो! का सूँ लड़े-भिड़े! का मुँह लेकर! फिर भी वो घूमा। सारा बागड़ छान मारा। कुछ मानुष मिले। उनमें अग्नि थी। ज्वाला। उनका एक ही सवाल था—महारावल के मतबल। डूँगरपुर रो महारावल··· राजा··· परजा कूँ मालिक।···थू।

महरावल विजय सिंह···राजामाता···दुरग···महल···शान-शौकत···जे किसके बूते!

अपनी परजा सूँ इत्ती नफरत। मुट्ठी भर अनाज कूँ तोड़ा!

का खबर नहीं थी। बाकी परजा को भूख खाए जा रही है।···भयानक अकाल पड़ौ है।···बारह-पंद्रह बरस बाद। 'जे महारावल की ऐसी तैसी।··· फिरंगियों के आगे-पीछे दुम हिलाता डोले है।'

'अब और जुलम नाहीं सहा जा सके है।···आर-पार की लड़ाई।'

इस प्रकार उठ रहे थे आम आदिवासी के गुबार! मर-मिटने की बात! गोविंद गिरि का सोच भी चक्कर खा उठो। वे अपनी पर आ जाएँ तो···। तो आगे आग थी···जुद्ध या छापोमार जुद्ध! थूक गटककर गोविंद गिरि ने कहा, 'बुरा बखत गयो।··· आज भी बाकी परछाइयाँ डंक मार रही हैं। म्हाने सब कुछ राख होता

देखा है।··· म्हारा मन, म्हारा शक्ति··· सब कुछ टूट-बिखर चुकी है।'

'तब?'

'तब जे, म्हारे भगतो, प्रसन से प्यारो साथियो, आग में घी नहीं, बा पर माटी-पानी डालो। खबर जब्र सूँ, ठंडे मन सूँ जा बेहद बुरी घड़ी में अकल सूँ काम लो। करोध खुद के डंक मारता है। आवेश अक़्ल कूँ हरता है।'

'म्हा महारावल सूँ मिलता हूँ। बा कर्नल साहब को खबरदार करता हूँ। चेताता हूँ, फूस में आग की एक चिनगारी काफ़ी है सर्वनाश के लिए।··· सूँ कौन जीता है।···एक बार हम सब सँभल लें। आगे से ऐसी स्थिति का सामना करने के लिए ढाल तै कर लें।···म्हारे संग मानुखो, एक बार म्हारी बात मान लो।'

उसने हाथ जोड़ हा-हा खा उन सबको आधे, पूरे मन से राजी कर लिया।

कूरीया को साथ लिया। सबन से मिला। रामा स्यामा की। परजा की हालत बताई। उसका क्रोध समझाया। उबलते दूध पर पानी के छींटे मार और चूल्हे से देगची उतार लेवें। अब जे ही रास्ता बचता है। सोच-समझ लो, परजा एक बार तांडव कर उठी तो···।

महारावल विजय सिंह डरपन लगौ। मंत्रीगण भी घबरा उठे। उन्होंने सारी स्थिति को पहले ही बता दिया था। एकमात्र कर्नल साहब था, जो काबू में नहीं आ रहा था। लेकिन उसको भी यह रिपोर्ट लील चुकी थी कि गोविंद गिरि चाहे तो तख्ता पलटवा सकता है। सारा बागड़ उसके पीछे है। यों बात बन बना गई। गैल निकल गई। चिनगारी बुझती नज़र आई, धुआँ पड़ा रह गया।

फिर अपने गाँव बैडसा और बागड़ दोनों को आख़िरी बार नमन कर गुजरात के सूँथरामपुर की तरफ़ होता हुआ अंत में गोधरा को अपना मुकाम बनाया।

धीरे-धीरे गोधरा में गोविंद गिरि ने भगत पंथ का प्रचार किया और सभ्य सभा के उद्‌देश्यों से सबको परिचित करना प्रारंभ किया। परंतु अभी तक उसके मन पर से बदली की अकाल मृत्यु का असर उतर नहीं रहा था। कभी बदली ने उससे कहा था—गोविंद, मेरे मामा ने मुझे समझाया था कि गोविंद का मन संसार में नहीं रमेगा। इसकी रिश्तेदारी भी नहीं के बराबर है। मेरा मन डरता है। मुझे और तेरी मामी को यह चिंता सताए जा रही है। उसने मरते समय कहा था, 'बदली थारे हवाले छोड़े जा रही हूँ। इसको म्हारे जैसा धणी नाहीं मिले, जे बात ध्यान रखना।' उसकी बात म्हारे मन में धणी छाया सी छाए हुए है।···म्हारा मन थारी पसंद को भी नकार नहीं सकता, क्योंकि तेरी ज़िंदगी का सवाल है। थे जिसके साथ खुश, वही म्हारे लिए सौगात है।'

'फिर भी थाने मुझे स्वीकार कर लिया।'

'म्हाने नहीं, म्हारे मन ने, म्हारे दिल ने, म्हारी आत्मा ने थारे को धणी मान लिया। म्हारी माँ ने भी हम दोनों को आशीर्वाद दे दिया।'

'थे म्हारे कूँ पाप में क्यों ढकेलता है। वो औरत बड़ी भाग्यवाली होती है, जाकि अरथी को धणी का कंधा मिले।'...'बदली...।'

'नाराज़ हो गया पण सुहागिन का स्वर्ग यही है, गोविंद।'

'थे अभी से बड़े-बड़ों के कान काटने लगी है।'

'पर थारे नहीं।' कहकर बदली हँस पड़ी। उसके मोतियों से दाँत दमकने लगे। उसकी चंचल आँखें सुरमई हो गईं।

गोविंद गिरि कैसे भूले उसे। वह उसकी ज़िंदगानी थी। गोधरा के गाँवों में गोविंद गिरि घूम रहा था। भगतों की संगत को जीवनदान दे रहा था।

वह वर्षा की रात थी। बिजली रह-रहकर चमक रही थी। कभी-कभी बादल गरज उठते थे और बिजली भी कड़क उठती थी।

गोविंद गिरि के साथ कोई नहीं था। वह अकेला था। उसे थोड़ी दूर तक ही जाना था। साँझ हो रही थी। आकाश साफ़ था। धूप चमक रही थी। कई भगत साथ चलने को तैयार थे। परंतु उसने सबको मना कर दिया। उसे पहुँचाकर ही तो उन्हें लौटना था। वह कुछ दूरी की बात कहकर उन्हें मना कर गया।

अभी वह गाँव से कुछेक दूरी पर ही पहुँचा था कि बदली घिर आई। बूँदें गिरने लगीं। उसे सामने कुछ झोंपड़ी दीखीं। वह उधर ही बढ़ गया। बढ़ता गया।

वर्षा ने जोर पकड़ा। मोटी-मोटी बूँदें गिरने लगीं। उसने पहली झोंपड़ी को खटखटाया और पूछा, 'अंदर कूण है?'

'थे...।' एक युवती बाहर आई।

'एक मुसाफिर। वर्षा से बचने के लिए...।' कहता हुआ वह रुक गया।

'अंदर चला आ।'

गोविंद गिरि अंदर चला आया! वह भीग चुका था सिर से पाँव तक। ठंड भी उसे लगने लगी थी। वह जानता था कि भीलों के घरों में कपड़ों का सदा तोड़ा होता है। ओढ़ने-बिछाने के लिए भी कपड़े गिनती के होते हैं, जो कपड़े पहने हैं, उन्हें वे ही कपड़े पहने सोना पड़ता है। लेकिन उसके कपड़े तरबतर हो चुके थे। ठंड बढ़ चली थी। उसने पूछा, 'घर में कोई और है क्या?'

'है क्यों नहीं? माता-पिता हैं और मैं हूँ, पर इस बखत केवल मैं हूँ।'

'तो मुझे चलना होगा।'

'कहाँ जाएगा?'

'पास ही में।'

'बाहर घणी रात है। हवा फर्राटे भर रही है। ओले भी बरस रहे हैं। बीजुरी चमक रही है। ऐसे में कहीं नहीं जाया जा सकता। यहीं ठहर।'

'तुम्हारे माता-पिता?'

'वे भी आ जाएँगे।'

'वे भी कहीं इसी तरह फँस गए होंगे तो…?

'हो सकता है।'

'तब मुझे चलना चाहिए।'

'डर लगता है?'

'किससे?'

'अपने से।'

गोविंद गिरि सोच में पड़ गया। युवती ज्ञानी है। तत्त्व को समझती है। 'तुम्हारे पिता…।'

'मजूरी करते हैं। छोटा सा खेत है, उसे माँ सँभालती है और मैं भी।'

'और… और क्या?'

'पूजा-भजन-कीर्तन आदि।'

'वे स्वामी गोविंद गिरि के भगत पंथ में जाते हैं।'

'तुमने गोविंद गिरि को देखा है क्या?'

'नहीं।'

'क्यों?'

'मेरा मन पूजा-पाठ में नहीं रमता।'

'क्यों?'

'बस यों ही।'

'फिर भी?'

'किसकी पूजा, किसका पाठ? पाप न करो तो सबसे आजाद।… फिर न भगवान् चाहिए और न धरम-करम। जितना समय उधर दो, उतना कुछ काम क्यों नहीं करो। मेहनत-मजूरी से टके अधिक पाओ। मन भी शांत रहे।'

'और?'

'और क्या, समय की बरबादी से छुटकारा।'

'क्या नाम है?'

'म्हारे नाम सूं थारे कूँ क्या?'

'समझदार हो।'

'समझदार तो यहाँ सभी हैं। पर यह ज़रूरी नहीं कि हर एक समझदारी के साथ-साथ चले।''' समझदारी से हर एक का मतलब आज जे ही है—अपना ही फायदा, भाड़ में जाए दुनिया सारी।'

'तुम्हें बहुत ज्ञान है।'

'अनपढ़ हूँ इसलिए।'

'पढ़े-लिखों के कान काट सकती हो।'

'ना बाबा ना। मैं किसी के कान नहीं काटती।'

'मेरे तो काट लिये।'

'क्यों तोहमत लगाता है।'

'चलो नहीं लगाता। अपने शब्द वापस ले लेता हूँ। अब तो ठीक।'

'कुछ खाएगा?'

'तुमने खा लिया?'

'नहीं।'

'अपने माता-पिता को आने दे।'

'उनका आज उपवास है। वे कुछ नहीं खाएँगे।'

'तुम्हें भूख लग रही है?' उसने कुछ रुककर धीरे से कहा, 'खाने का समय भी हो गया है। हम लोग सूरज डूबते-डूबते खाना खा लेते हैं।'

'तुम मांसाहारी हो न।'

'स्वामी गोविंद गिरि से जुड़कर क्या कोई मांसाहारी रह सकता है। पहले ज़रूर लाल मुँह के बंदर, खरगोश, मछली, चिड़िया आदि पकाया करते थे, परंतु अब उधर देखते तक नहीं। आज नागली (ज्वार) और मक्का का आटा, मिर्च की चटनी, गुड़-राब है। बस रोटी पटकनी है। तो''।'

'बना लो। एक रोटी काफ़ी है।'

'आती हूँ।' कहकर वह उठ गई।

गोविंद गिरि को भूख लग आई थी। वह झोंपा जैसी झोंपड़ी थी। उसके बीच ऊँचा खंभा था, उसी तरफ़ रसोई बनती थी। मोखा (खिड़की) के नाम पर सिर्फ़ छोटा सा खुला झरोखा था। उस पर टाट का परदा पड़ा था।

बारिश कुछ कम पड़ी। गोविंद गिरि ने दरवाज़े के पास जाकर देखा। अँधेरा-ही-अँधेरा था चारों ओर। बारिश भी हो रही थी। दूर-दूर तक कुछ दिखलाई नहीं

पड़ रहा था।··· 'कहाँ गया? खाना तैयार है।'

गोविंद गिरि ने खाना खाते हुए पूछा, 'तुम्हारा नाम क्या है?'

'क्यों, क्या खाना पंसद नहीं आया?'

'खाना अच्छा बना है।'

'सच कहता है।'

'झूठल क्यों कहूँगा?'

'झूठल बोलना मनुष्य की आदत है। बिना झूठल बोले उसे खाना हज़म नहीं होता। समझ नहीं पड़ती कि मनुष्य झूठल क्यों बोलता है। साँच बोलने में वह क्यों अपनी बेइज़्ज़ती समझता है।··· ख़ैर जो है, सो है। जासूँ म्हारे कूँ क्या।'

गोविंद गिरि सोचने लगा कि वह एक ईमानदार, कर्मठ और सीधे-सादे सोच की युवती है, जो सच सोचती है, सच कहती है और भय नहीं खाती। उसने उसे याद दिलाया, 'तुम्हारा नाम?'

'गनी। जाति से गोबपलिया। कभी हम भी बनजारे थे पर अब नाहीं।'

आगे वह पूछने लगा, 'गनी का मतलब जानती हो।'

'नाम से मतलब का क्या लेना देना, नाम तो नाम है। फिर भी··· ।'

'गनी—उदार, बहुत बड़ा दाता, धनवान को कहते हैं। सो तुम हो—खाना खिलाया, न नाम पूछा, न जाति और न गाँव।'

'क्या पूछना? बारिश में भीगते आनेवाले से क्या पूछना? गब्बर तो मोहे लगे नहीं। कुछ-कुछ ज़रूर-गबरू हो। गपोड़िया नहीं हो।'

'तुम बातें अच्छी कर लेती हो।'

'बुरी तुम भी नहीं करते। नीयत साफ़ हो तो आदमी जाति सोने में सुहागा बनकर जीती नज़र आए, पर··· ।'

'पर क्या गनी?'

'अब सो जाओ। रात चढ़ चली है।'

'जाऊँगा।'

'पागल मत बनो। घणी धहरघट अंधी रात है। ऊपर से बरसात का ज़ोर ताबड़-तोड़ और हवा मरखने बैल सी मुँह मार रही है। तब तुम्हें क्या पड़ी है कि जबर्दस्ती सिर ओखली में दो और मूसल की चोट सहो। चुपचाप उस कोने में जा सोओ और सुबह अपना रास्ता पकड़ो।··· मुझे भी नींद नहीं आ रही है।' गनी ने उठते हुए बरतन उठाए। कुछ रुककर कहा, 'बिछौना तो है नहीं—वो टाट पड़ौ है, उसे बिछा लेना।'··· गनी चली गई। गोविंद गिरि सोचता रहा कि गनी तेज़ भी है,

दो टूक बात कहने-करनेवाली भी है। भोली भी है और सीधी भी, पर अक़्ल-गाँठ की पूरी है।

'सुनो, यह थोड़ा सा गरम दूध है। ये गुड़ की डली। दूध का घूँट लेते हुए गुड़ की डली को कुतर लेना।' गनी कहकर चली गई। रुकी नहीं। चलते हुए बाँस खपच्चियों से बना दरवाजा खींचती गई और एक तरफ़ से डोरी से उसे बाँध गई।

गोविंद गिरि भीगे कपड़ों को पहने जमीन पर लेट गया। ऊपर से उसने टाट ओढ़ लिया। थोड़ी देर बाद शरीर कुछ गरम हुआ और वह सो गया। उसने पाँव अवश्य मोड़कर पेट से लगा लिये थे।

□

बिच्छू पौधा

आज गरमी बहुत तेज़ थी। सूरज आग बरसा रहा था। नेत्रपाल को झुँझलाहट हो रही थी। किस पर? यह वह तय नहीं कर पा रहा था। उसे लग रहा था कि यदि वह यह तय करने लगा तो झुँझलाहट का पारा और तेज़ हो जाएगा। सुबह सबसे पहले अखबार के उस पेज पर निगाह डाली, जहाँ बिजली बंद होने की सूचना होती है। उसने चैन की साँस ली, क्योंकि आज वह इलाक़ा सुरक्षित था, फिर भी···

''हाँ सर, फिर भी बिजली जाती है और सारे-सारे दिन नहीं आती।''

''कंपलेंट।''

''कोई फ़ायदा नहीं, सर। फ़ॉल्ट—वही पुराना फ़िक़रा।··· पॉश कॉलोनी में कोठी होने का यही फ़ायदा। मैंने पहले ही कहा था कि पॉश कॉलोनी में अव्वल तो कोई कोठी बिकाऊ होती नहीं है। होती है तो भाव आसमान छूते हैं। माल एक दफ़े लगता है, पर आराम ताज़िंदगी भर का। कोई झंझट-फ़ॉल्ट नहीं। सब आला अफ़सर, हाई क्लास बिज़नसमैन।''

''परंतु···।''

''इससे अपार्टमेंट··· बिजली गुल कि जेनरेटर चालू।··· एकदम जेन्युइन।''

''अब सोचने से क्या लाभ, पाल। तुम्हें ब्रोकर पसंद नहीं।··· उसने कितने प्लॉट, कितनी कोठी···कितने ब्रोशर बताए थे। पर नहीं, आभा।···क्योंकि वह तुम्हें चीट लगते थे।''

''प्लीज़, जले पर नमक नहीं।··· कोपरेट मी।'' नेत्रपाल आभा के कमरे से बाहर जाने के बाद सोचने लगा कि बिजली आ गई। सोचना बंद। कूलर चल पड़ा घरघड़ाता हुआ। आभा को उसकी आवाज़ से एलर्जी थी। सुर-ताल मिले तो कैसे? लव अफ़ेअर में किसने सोचा था कि आगे मैरिज के बाद धीरे-धीरे ताजमहल

में भी दरारें आने लगीं और सारी ताजपोशी मुँह चिढ़ाती लगती।

"चलना नहीं है क्या?"

"ड्राइवर को आने दो।"

"वह नहीं आया तो?"

"उलटा मत सोचो।"

आभा को लगता कि उनमें जरा-जरा सी बात पर उलझन आ खड़ी होती है। वह ड्राइव कर सकते हैं, पर करेंगे नहीं। कार उसे ड्राइव करनी होगी, यदि जाना है तो ऐसे छोटे-छोटे अवसर पर उसे मक्खियों की भिनभिनाहट सुनाई पड़ने लगती है। अपोजिशन की फ़िक़रेबाज़ियाँ याद आने लगतीं।

"उठो, ड्राइवर आ गया।"

मन नहीं हुआ कि··· परंतु दूसरे ही पल भूल सुधार ली।

पार्टी चहक रही थी। आभा की निग़ाह नेत्रपाल पर थी। वह जान चुकी थी कि उसे पार्टी में जाना पसंद नहीं है। वह उसका मन रखने के लिए जाता है। उसे अकेला रहना पसंद है। खालीपन का तूफ़ान उसमें नहीं उठता। लगता नहीं कि वह इरीटेट हुआ हो, परंतु भीतर-ही-भीतर उसमें कुछ घुल रहा है। वह पूछती, "आगे से कहीं नहीं जाएँगे।"

"आभा, हम-तुम बहुत लंबा सफ़र तै कर चुके हैं। हमारे बच्चों की शादी हो चुकी है। एक यू.के. में और···।"

"दूसरा जर्मनी में सेटल्ड हो चुका है। मनी इज़ नो प्रॉब्लम। हमारी तुम्हारी पेंशन वन लेक सेवंटी थाऊजेंट से ऊपर है।"

"तुम अपने लड़कों के पास जा सकती हो।"

"पाल, तुम कितनी सरलता से कह जाते हो। जैसे कुछ हुआ न हो। यह तुग दिल से चाहते हो क्या?"

नेत्रपाल ऐसे मौक़े पर ठूँठ हो जाता। अपरिचित। अनदेखे शहर सा! संवेदना की एक बूँद नहीं। आभा के चेहरे पर फीकी हँसी ठहर जाती। उसकी आँखों में सन्नाटा होता, किसी झील के एकांत में पड़े होने का।

आभा दोनों लड़कों के पास जाकर देख चुकी थी। उनकी रुटीन लाइफ़। सुबह जाना और रात को लौटना। सैटरडे-संडे पिकनिक मनाना या किसी होटल में कमरा बुक करवाकर मौज़-मस्ती से एक रात गुज़ारकर, दूसरे दिन शाम डूबने से पहले लौट आना। उन दोनों के बीच नो संवाद, नो डिस्कस। न प्यार, न घृणा। वहाँ क्या मिला उसे! सिर्फ़ अजनबियों के बीच समुद्री यात्रा करने के!

उन दोनों को कॉन्वेंट स्कूल में डाला, हॉस्टल में रखा, यह निर्णय उसका ही था। फिर बाहर पढ़ने भेजा। उनकी छोटी-से-छोटी ख़्वावाहिशें पूरी करने का ध्यान रखा। उन्होंने वहीं शादी की और वहीं के होकर रह गए। नेत्रपाल उसके फ़ैसले के बीच कभी नहीं आया।

यह कोठी भी उसकी चॉइस थी। तीन बड़े कमरे, डाइनिंग-ड्राइंगरूम अलग-अलग और किचन गार्डन और लॉन। नेत्रपाल ने अपने बैडरूम को स्टडी रूम बना लिया था। वहीं अलमारी भरी किताबें। मेज़, बेड, आदि सब जगह किताबें, कोई खुली, कोई बंद और बेतरतीब। कई बार वह यही प्रश्न दोहरा चुकी थी, ''पाल, तुम पढ़ाते थे तब, जो किताबें वर्षों से कोर्स में लगी हुई थीं और तुम्हें उन्हें पढ़ाते-पढ़ाते लंबा अरसा हो गया था, फिर भी उन्हीं किताबों को उलटते-पलटते रहते थे।''

''भूलना मेरी आदत है, आभा। मैं मेधावी नहीं हूँ। फेल भी हुआ हूँ। इससे डरता हूँ कि प्रोफेसरी फेल न हो। इस कारण पढ़ाने जाने से पहले खूब रट्टा मारता हूँ।''

''झूठ! स्टूडेंट तुम्हारे पढ़ाने की बहुत तारीफ़ करते हैं।''

''क्योंकि वे पढ़कर नहीं आते और न पढ़ने आते हैं। उनकों क्या मालूम, मैं क्या पढ़ाता हूँ?'' नेत्रपाल एक ही लय में शांति से, सहज ढंग से कह जाता।

आभा को नहीं याद कि कभी वह पढ़ाने के लिए पढ़ी हो। यदाकदा कंप्यूटर-इंटरनेट खोल लेती है, ग्लोबल की जानकारी ले लेती है, ताकि वह अपटूडेट लगे ज्ञान के संधान में। वह सुझाव देती, ''पाल, तुम दुनिया में रहते हो। अपनी लिटरेचर नेटवर्किंग साइड पर अपलोड करके देखिए तो सही। लॉबिंग का लुत्फ़ उठाइए।''

''चाहता तो हूँ पर··।'' नेत्रपाल इधर-उधर घूमकर देखता। फिर इत्मीनान से कहता, ''डार्लिंग, यह रहस्य मैं तुम पर प्रकट कर रहा हूँ, किसी पर ज़ाहिर मत करना—तुमने मेरी बर्थडे पार्टी पर लेपटॉप दिया था न।''

''हाँ-हाँ··।''

''वह मैं खराब कर बैठा।''

''एक साल की वारंटी थी।''

''कोई मेरी कमअक़्ली जान सके, यह मैं नहीं चाहता था।''

''छिपाते हो, पाल। दरअसल, तुम ग्लेज़िअर यानी खिड़कियों पर शीशे लगानेवाला कारीगर नहीं बनना चाहते हो और न मैराथन के लिए पच्चीस मील

लंबी दौड़ का अभ्यास करना। न मशीनरी के कलपुरजे खोलने-बैठाने में तुम्हारी दिलचस्पी है।''

''तुम मेरी डायरी भी पढ़ती हो, आभा।''

''तुम तक पहुँचने के लिए, पाल।''

''मैं तुम्हारे सामने हूँ।''

''तभी तो तुमने आराम से कह दिया था, जाओ, आभा, विज़िटिंग प्रोफेसरी मिलना आफ्टर रिटायरमेंट गौरव की बात है और वह भी विदेश में।''

''तुम भी चलोगे।''

''इस ग्रामोफ़ोन को ले जाकर अपना फ्यूचर··· नो-नो··· नेवर।''

''यू मीन, आई एम नेटल।''

''हू कैन डेअर। किसकी शामत आई है, जो तुम्हें बिच्छू-पौधा कह सके।''

''तुम्हारी, पाल, तुम्हारी।···ज़िंदगी स्लेट पर लिखी गई इबारत नहीं, जिसे लिखा और मिटा दिया।''

नेत्रपाल सन्नाटे में आ गया। आभा ने उसकी डायरी पढ़ ली है।

''जो जन्मपत्री खुद बनाने की ताक़त रखता है, वह डायरी लिखता है—न वह, आत्मकथा लिखता है और न लिखाता है। वाइफोकल चश्मे से दूर और पास को अलग-अलग देखा जा सकता है; ज़िंदगी नहीं जी जा सकती।''

''हाँ, यह मेरी डायरी से है। तुमने मेरे साथ ऐसा क्यों किया, पाल? कभी मुझे रोका-टोका नहीं,··· मैं ज़िंदगी भर भागती रही—ज़िंदगी से, ज़िंदगी के लिए परंतु तुमने चलाकर कभी यह सलाह नहीं दी कि परछाइयों के पीछे नहीं भागते।···एक दिन ऐसा आएगा कि··· ।''

''आगे कुछ नहीं, आभा, माई एवरलास्टिंग लव। मुझमें झूठ बोलने की ताक़त नहीं थी।''

''इस कारण मौन बने रहे। मुझे बिच्छू-पौधा समझकर मेरे डंक सहते रहे।'' आभा पगला उठी। उसकी आँखें अपनी को और रोक नहीं सकीं। उसने हवाई जहाज़ के टिकट फाड़ते हुए कहा, ''मुझे नहीं चाहिए विजिटिंग प्रोफेसरी।''

''पर मुझे चाहिए, आभा।'' इससे आगे वह बोल नहीं पाया और आगे बढ़कर उसे उसने बाँहों में थाम लिया।

□

इनसाफ

रहीम जो सोचते थे, वह होता था। मुझे जिस बात का डर था, वह बात होकर ही रही। वह बोले, 'बेगम, घबराने या चिंता करने की कोई बात नहीं है। धूप-छाँह का साथ है। यह दुनिया तो मरहला है। मुसाफिर मरहला को तरज़ीह देता है, वैसी उसे अपने आपको देनी चाहिए। अच्छे दिनों में हमने अपने बेदारवख्त को सराहा था, बुरे वक़्त में हमें उससे खफ़ा होने का कोई हक़ नहीं है। आख़िरी दम तक क़ोशिश यही रहनी चाहिए कि कोई काम ऐसा न हो कि जिससे शर्मिंदगी का एहसास पैदा हो। ज़िंदगी की मुर्दमी भी यही है।... इनसान न अनवर है, न ताक़तवर। वक़्त का खेल है।' रहीम कितने शांत और गंभीर होकर मुझे समझा रहे थे। मैं अनुभव कर रही थी कि ज़िंदगी ख़्वाब है। सबकुछ ख़्वाब के मानिंद ही तो गया था।

दिन फिरने में देर नहीं लगती। ख़ामोशी ओढ़कर गर्दिश के दिनों को जी लेना चाहिए। इस पर भी फख्र होना चाहिए। दुनिया की तवारीख के सफ़ों को पलटकर देख लीजिएगा कि लोग-बाग गर्दिश में पैदा हुए और आख़िरी साँस तक गर्दिश को गले लगाए रहे। उन्हें उससे कोई गिला नहीं रहा। दुनिया आज तक उन्हें याद करती है, आगे भी करती रही। ज़िंदगी जवाहिरातों का ऐसा बेशकीमती ख़ज़ाना है कि आप उसमें गोता लगाने की अपने में रब्त पैदा करते जाइए। एक दिन आप उन रत्नों से ज़रूर मालोमाल हो जाएँगे। यह सब कुछ रहीम ने मुझे समझाया था।

वह फाज़िल थे। इजमाल के जरिए वह सब्र-जब्र की रब्त मुझमें पैदा करना चाहते थे। मुझ से वह नहीं होता था। पुराने दिन काश याद नहीं रहा करें तो इनसान कितना सब्जबख्ती रहे। वह कितना मस्त रहे। उसे जरा-सा सुख समुद्र-फेन सा उछाल देता है और जरा सा दुःख समंदर की गहराई में डुबो देता है। उस पर हमेशा अफ़यून का नशा रहता है। काश, वह इस नशे से हटकर सिर्फ़ अपने

को जीये बेहद ईमानदारी और मशक़्क़त से तो दुनिया की कोई ताक़त नहीं, जो उसे रुला सके।

रहीम समझा रहे होते, तब मुझे यह क्या हो गया था कि मेरे कानों ने सुनना बंद कर दिया था, आँखों ने देखना बंद कर दिया था, नाक ने सूँघना बंद कर दिया था और हाथ ने स्पर्श करना बंद कर दिया था। दरअसल मैं अपने में नहीं रही थी। मुझे अपने पर इत्मीनान नहीं रहा था। ज़िंदगी सदक़ा के कौआ के मानिंद स्याह हो गई थी, उसका शबीह रंग उड़ चुका था।

बेगम, जहाँपनाह को यदि अच्छे-बुरे का विवेक रहता तो यह नौवत ही नहीं आती। वह अफ़यून के नशे में अपने को ख़त्म कर चुका है, अब यह अपनों को मिटा देना चाहता है। वह बादशाही अधिकार को आख़िरी सत्य मान बैठा है। हुआ यह कि उसने अपने सगों को गद्दी की खातिर मौत के घाट उतार दिया। उसमें एतदालवाली खूबी नहीं रही है। फिर भी, हमें उसके लिए अल्लाताला से दुआएँ माँगनी चाहिए, ताकि वह अवाम की बदनसीबी की वज़ह न बन सके।

वह दिन काला दिन था। मानो उस दिन को पूर्णग्रहण लगा हो। चारों ओर भयावह अँधेरे का सफ़ूफ़ उड़ रहा हो काली आँधी के मानिंद। वह गए थे तो भी गंभीर थे और लौटे तो और भी ग़मगीन होकर। मैंने बहुत पूछा, वह बोले ही नहीं। बराबर टहलते रहे।

'आख़िर कोई बात तो होगी। वह चाहे कितनी बुरी क्यों न हो, चाहे आसमान ही क्यों न फट रहा हो, पर मेरे सरताज वह बात मुझे तो बताओ। आपकी पथराई हुई चुप्पी मुझसे बरदाश्त नहीं होती। खुदा के लिए मेरे पर रहम करो।' मुझसे उनका चेहरा नहीं देखा जा रहा था। अजीब दहशत मेरे में खौफ़नाक परछाईं-सी उतरती जा रही थी पिघलते हुए काँच-सी।

रहीम पर जहाँपनाह जहाँगीर अपने अब्बा हुजूर मरहूम अकबर से भी ज़ियादह मेहरबान थे। उनका पहले से भी ज़ियादह रुतबा था, ऐश्वर्य था और प्रशासन में प्रभाव था। उन्होंने एक दोहा लिखा था, उसे अजीज मित्रों की दाद भी मिली थी। किसे पता था कि उस दोहे में बारूद भरा हुआ है, जरा सी चिनगारी से धमाका हो जाएगा और सारे सुखों को आग लग जाएगी।

रहीम का मन उस दिन दरबार में जाने का नहीं हो रहा था, परंतु जाना पड़ा, क्योंकि उन्होंने अपने दोस्तों से वादा किया था। वे दरबार में गए। उस दिन जहाँपनाह जहाँगीर बेहद खुश थे और दोस्ताना व्यवहार पर उतर आए थे। बात रहीम पर टिक गई। उनसे कुछ सुनने की फरमाइश हुई थी। वे सुनाने लगे—

यों रहीम सुख-दुःख सहत, बड़े लोग सह भाँति।
उवत चंद जेहि भाँति सो, अथवत ताती भाँति॥

बहुत खूब···बहुत खूब··· सुभान अल्लाह, माशा अल्लाह··· से तारीफ़ के पुल बाँध दिए गए। रहीम पर जहाँपनाह की नज़रे-इनायत थीं, इसलिए भी सबको रहीम की तारीफ़ में शरीक होना पड़ता था। रहीम के कोई ख़ैरख़्वाह बोले, 'वह दोहा हो जाए···'

रहीम ने हैरत से उनकी ओर देखा और सोचा, कौन सा दोहा? उन्हें कुछ याद नहीं पड़ रहा था।

वे कुछ याद करते हुए से बोले, 'अरे वही, रहिमन राज सराहिए···वाला, और कौन सा?'

जहाँपनाह जहाँगीर समझे कि इस दोहे में रहीम ने हमारे राज की प्रशंसा की होगी। वे कह उठे, 'ज़रूर हो जाए, ज़रूर···।'

अपनी प्रशंसा भला कौन सुनना नहीं चाहेगा? हुकूमत की तारीफ़ हो और जहाँपनाह उससे महरूम रह जाएँ, यह ज़ियादती उन्हें कैसे बरदाश्त हो सकती है। रहीम चक्कर में पड़ गए। क्या करें? वह दोहा तो उन्होंने हक़ीक़त बयान करने के लिए लिखा था। भरे दरबार में सुनाने के लिए तो नहीं लिखा था। आख़िर जहाँपनाह अकेले होते तो भी कोई बात नहीं थी। खुद बेगम महाबानो ने उस दोहे को सुनकर आगाह किया था, 'मेरे सरताज, यों तो आप शायर हैं, योद्धा हैं और फ़ाजिल हैं, मैं आपको क्या मशविरा दूँ। लेकिन अपनी मोटी अकल से इतना हुज़ूर की खिदमत में पेश करना चाहूँगी कि वह इस दोहे को किसी दूसरे को नहीं सुनाएँ!'

'हमने तो अपने अज़ीज़ मित्रों को सुना भी दिया है। उन्होंने हमारी जिंदादिली की तारीफ़ भी की थी। कहा था कि शायर किसी का गुलाम नहीं होता, वह आज़ाद तबीयत होता है और अपने में जीता है। यह बात खानखाना आपने साबित कर दी है।' कितनी वाहवाही मिली थी उन्हें। वयह चाहते भी थे कि वही लिखूँ, जो अनुभव किया है। मेरी जिरह की वज़ह थी। मेरा कहना था, 'वह मत कहो, जिससे किसी के मन में टीस पैदा हो जाए। सच वही नहीं है, जो दिखलाई पड़ रहा है। हो सकता है कि जो देखा हो, वह सच हो ही नहीं। कई मर्तबा आँखें धोखा दे जाती हैं।'

रहीम में कभी-कभी ज़िद खूँटे गाड़ देती थी। उन पर किसी बात का असर नहीं होता था। वही हुआ, जिसका मुझे डर था।

रहीम ने सोचा कि यदि वह दोहा अब नहीं सुनाया, तो उसके वे दोस्त, जो उसकी ज़िंदादिली की तूफ़ानी तारीफ़ कर चुके थे, उनका मज़ाक उड़ाएँगे—बहुत बनता था इनसाफ़-पसंद और बेखौफ़ इनसान की दुम, अब कैसी टें-टें फिस हुई। धरी की धरी रह न गई न सारी बहादुरी और हक़ीक़तराना अंदाज में बयाँ करने की बेमिसाल ताक़त। हाथी के दाँत दिखाने के और होते हैं, खाने के और। रहीम अपने ही जाल में फँसे हुए थे। वे बड़े पसोपेश में थे। आख़िर उन्होंने वह दोहा जहाँपनाह को अर्ज़ कर दिया, 'रहिमन राज सराहिए, ससि सम सुखद जो होय। कहा बापुरौ भानु है, तप्यो तरैयन खोय।।'

अब क्या था कि कि सारे दरबार की निगाह जहाँपनाह पर फिसलकर ठहर गई। मानो दरबार को साँप सूँघ गया हो। एकदम अटूट और पथराई हुई खामोशी।

रहीम समझ गए कि खेल ख़त्म हो गया। जहाँपनाह को यह दोहा अंदर तक चीर गया। जहाँगीर ने भयावह चुप्पी को तोड़ते हुए ऊँची आवाज़ में कहा, 'आख़िर इसके कहने का मकसद?'

रहीम थूक निगलते हुए उस दोहे का अभिप्राय समझाने लगे थे कि जहाँपनाह ने चिढ़ते हुए गरजकर कहा, 'खानखाना, इतनी हिंदवी हमें आती है कि ऐसी हुकूमत की प्रशंसा करनी चाहिए, जो चाँद के मानिंद सबको सुख देनेवाली हो। उस बेचारे सूरज का क्या, सारे सितारों को ख़त्म कर स्वयं दमकता है।··· यही है इन इसका मतलब?' जहाँपनाह ने आँखें तरेरकर चारों ओर देखा। दरबारी साँस रोके हुए थे।

'हाँ जहाँपनाह, यही अभिप्राय है।'

'यह हुकूमत आपको कैसी लगती है?'

रहीम चुप।

रहीम की चुप्पी ने उन्हें उखाड़ दिया। वे चीखते हुए बोले, 'हमारी हुकूमत तुम्हें रास नहीं आई, खानखाना?'

रहीम फिर चुप। ज़वाब में था ही क्या? जो था, उसका नतीज़ा जानते थे।

'बहुत खूब, आप इस हुकूमत की तारीफ़ नहीं कर सके। जाने क्या बिगाड़ा है आपका इस हुकूमत ने, जो आप इसके इतने खिलाफ हैं?'

'जी, कुछ नहीं। मुझे तो उलटे और इज्ज़त दी है।'

'इस दिन के लिए कि तुम हमारी और हमारी हुकूमत की भरे दरबार में तौहीन करो! उस पर सरेआम इलज़ाम लगाओ! उस पर लानत भेजो! बोलो खानखाना, यह सब किसलिए? तुम अब किस साज़िश में पड़े हुए हो? ज़वाब दो!'

रहीम को अपना अस्त होता हुआ सूरज साफ़ नज़र आ रहा था। वे मन-ही-मन कर रहे थे, 'रहीम, तुम यह बाजी हार चुके हो। तुम्हारा जादू ख़त्म हुआ। इसी दरबार में जहाँ तुमको पदवी नज़र की गई थी, जहाँ तुम्हारी प्रशंसा के पुल बाँधे गए थे और जहाँ तुम्हें हुकूमत का खैरख़्वाह सिद्ध किया गया था, आज तुमसे वह उजाला छीन लिया जाएगा।...नहीं-नहीं, ऐसा नहीं होगा। आख़िर मैं बादशाह का उस्ताद रहा हूँ। वे ज़रूर उसका लिहाज़ करेंगे।...नहीं...नहीं, उन्हें मेरे बुढ़ापे का भी ख़याल रहेगा।' मैंने जैसे-तैसे साहस बटोरकर कहा, 'कोई साज़िश नहीं, जहाँपनाह।'

'फिर ऐसी नफ़रत भरी तारीफ़ किस खुशी में, खानखाना? कोई तो ज़रूर बात होगी।'

'क्या बात होती, जहाँपनाह, कुछ भी तो नहीं।'

'खयाल रहे कि आप हमारे उस्ताद रहे हैं। हमको अपने दोहे पढ़ाते हुए कहते थे कि जो कुछ भी आपने लिखा है, वह अनुभव और हक़ीक़त की बुनियाद पर लिखा है और अपनी तरह से सच-सच लिखा है। क्या यह झूठ है?'

रहीम ने कहा, 'सच है, जहाँपनाह! आपका यह ख़िदमतगार झूठ नहीं बोलता है और न ही लिखता है।'

'तो इसका मतलब जो कुछ तुमने इस दोहे में हमारी हुकूमत के बारे में कहा, वह सच है?' जहाँगीर ने तेज़ आवाज़ में पूछा।

'मुझे उम्मीद है कि आप भी अपने मरहूम अब्बाजान महान् अकबर की तरह शायरों को आज़ाद रहने देंगे।'

व्यंग्य से हँसते हुए जहाँगीर ने कहा, 'यानी हम शायरों को अपनी तौहीन करने की इज़ाज़त दे देंगे! शायर बादशाह से ऊपर नहीं होता। और जिसमें तो आप इस हुकूमत में ज़िम्मेदारी के पद सँभाले हुए हैं। बोलो, क्या इरादा है?' मुआफ़ी माँगने को तैयार हो या नहीं, इसका यह साफ़ अर्थ था। भरी सभा में मुआफ़ी का मतलब थूककर चाटना है।

'अब ऊँट पहाड़ के नीचे आया है।'

'देखो क्या होता है?'

'क्षमा माँग लेगा।'

'देखो, यह क़िस्सा क्या गुल खिलाता है?'

'रहीम के कई ख़ैरख़्वाह हैं।'

'क्यों नहीं, क्यों नहीं...खानेआजम अज़ीज़ कोका के होते हुए खानखाना

का कुछ नहीं बिगड़ेगा। वे हिफ़ाजत से बने रहेंगे। आख़िर पहुँच किस काम आएगी!'

इस तरह की खुसुर-फुसर रहीम के कानों से टकराकर उनके ज़ेहन में टूटे हुए काँच की कतरनों के समान उतर गई। आज उनकी इज़्ज़त का सवाल है। उन्हें अपना ही दोहा याद आने लगा। खुद तो उन्होंने कहा था कि 'रहिमन पानी राखिए, बिन पानी सब सून। पानी गए न ऊबरे, मोती मानस चून।' वे समझ रहे थे कि बात बिगड़ चुकी है, अब वह बन तो सकती नहीं है। एक बार दूध फट जाने पर, फिर उसे लाख बार बिलोया जाए, लेकिन उससे मक्खन नहीं निकल सकता। लिहाजा अब कोई रास्ता नहीं रहा।…उनके मन में दृढता आई। सच्चाई के लिए दीवाने सूली पर चढ़ गए। सच्चाई को पोशीदा रखने से क्या फ़ायदा? होनहार बलवान होती है, वह होकर रहती है। उस परवरदिग़ार पर विश्वास रखना चाहिए, वही शअत है, पाक रास्ता है।

रहीम के चेहरे से चिंता के घटाटोप हट गए। उनमें अद्‌भुत तेज़ तमतमाया। मानो खुदा का नूर उनमें उतर आया हो और वह चारों ओर देखकर मुसकरा रहा हो।

रहीम ने दरबार की ओर पुरअमन नज़र से देखा। चेहरों के पीछे मुसकाते हुए चेहरों का एहसास किया। जहाँपनाह पर नज़र ठहरी, फिर झुकी। बाअदब खखारकर रहीम बोले, 'सच्चाई मेरे जीवन का अकेला ऐसा मक़सूद है, जहाँपनाह, जिसके लिए मैं बखुशी सिर कटा सकता हूँ, परंतु डर से या सुविधाओं का ध्यान कर मैं उससे मुकुर नहीं सकता। दरअसल शायर के शख्सीयत की यही कमज़ोरी है। लेकिन यह गुज़ारिश ज़रूर करूँगा कि हुजूरआला जहाँपनाह, यानी दुनिया को पनाह देनेवाले बादशाह, इस मामले को इतनी गंभीरता से मत लीजिए।'

'माबदौलत अच्छी तरह से समझते हैं कि क्या करना चाहिए; क्या नहीं हमने आपसे मशविरा नहीं माँगा था, ज़वाब चाहा था और वह भी इसलिए कि आपने इस खानदान की दिल लगाकर ख़िदमत की है। वरना हमें आपको इतना मौक़ा देने की ज़रूरत ही नहीं पड़ती। हमें मालूम है, बखूबी मालूम है कि क्या करना चाहिए!' जहाँगीर को ताव आ गया था, वे रहीम के प्रति सख़्त कदम उठाने की मनःस्थिति बना चुके थे।

असदबेग ने इशारा किया कि वह मुआफ़ी माँगकर इस मामले को यहीं दफ़ना दें। अज़ीज़ कोका तो कई बार इशारा करके हार गया था। रहीम का उधर ध्यान ही नहीं गया। राजा मानसिंह सोचकर रह गए थे कि क्या मोड़ दिया जाए,

जिससे बात रफ़े-दफ़े हो जाए।

रहीम समझ गए कि बादशाह का रुख बदल रहा है। वह इस गुस्ताख़ी पर बेहद नाराज़ हैं। शायर और बादशाह की यह टकराहट ज़रूर रंग लाएगी। उस रंग में शायर की ज़िद रह तो सकती है, लेकिन उसके लिए शायर को ही कुर्बान हो जाना पड़ेगा। रहीम ने कहा, 'हुजूरआला जहाँपनाह, इस सच्चाई के लिए जो चाहे सज़ा दें।'

'खानखाना ऽ ऽ…' जहाँगीर क्रोध से उफन पड़े। उनका चेहरा लाल हो गया। मुट्ठियाँ बँध गईं। जबड़े भिंच गए। वे बोले, 'सरपरस्त आप शाहज़ादा सलीम के थे, शहंशाह जहाँगीर के नहीं। हम इनसाफ़ पसंद शहंशाह हैं। आपको भी इस हमारे इनसाफ़ की तराजू में तौला जाएगा और गुस्ताख़ी की वाज़िब सज़ा दी जाएगी।'

मामला बेतरह से बिगड़ चुका था।

कुछ होकर रहेगा…अजीब होगा। सभी दरबारी चित्रलिखित मुद्रा में बैठे हुए थे।

रहीम और कभी बादशाह पर उनकी दृष्टि जा अटकती थी।

नूरुद्दीन मुहम्मद जहाँगीर बादशाह गाज़ी के रूप में आ चुके थे। शहज़ादे सलीम वहाँ नहीं थे।

रहीम भी साँस रोके आगे की काररवाई का इंतज़ार कर रहे थे। भरे दरबार में उनकी तौहीन हो रही थी। वे जैसे-तैसे अपने को जज़्ब किए हुए थे। ज़िंदगी की उनको क़तई परवाह नहीं रही थी। मुगल खानदान के लिए यह कोई नई बात नहीं थी।

जहाँपनाह जहाँगीर बोले, 'हम एक मौक़ा और देना चाहते हैं, ताकि आप खूब सोच लें।'

'क़तई ज़रूरत नहीं, आलमपनाह! आपका इनसाफ़ तवारीख़ में फ़ख्र से सिर उठाए रहे। हमें ग़म नहीं कि हम रहें या नहीं रहें। बादशाह तो इनसाफ़ की जान है। मुगलिया इनसाफ़ एक अदने से इनसाफ़ के लिए डगमगा जाए, यह मैं नहीं चाहता। आप जो चाहे, कीजिएगा।' रहीम ने बुलंद आवाज़ में कहा। उन का शायर दरबार में गूँज उठा।

जहाँगीर भी कम परेशान नहीं थे। वे ख़ानख़ाना की बेशक़ीमती सेवाओं से परिचित थे। वे नहीं चाहते थे कि वे एक वफ़ादार सेनापति को खो दें। पर करें क्या? बात तो दरबार में अड़ चुकी थी। वे जानते थे कि खानखाना का चाहे सिर

क़लम करने की सज़ा क्यों न सुना दी जाए, लेकिन मुआफ़ी नहीं माँगेंगे।

बीरबल ने एक कागज़ के परचे पर लिखकर भेजा, 'ख़ानख़ाना, मुआफ़ी माँग लो। अज़ीज़ कोका की भी यही सलाह है। तब हम तुम्हारी मदद करेंगे। बात नहीं बिगड़ने देंगे। इसमें कुछ भी बेइज़्ज़ती नहीं है।' रहीम ने उस परचे को जेब के हवाले कर दिया। कुछ मुसकराए।

'गाज गिरेगी ही।' अज़ीज़ कोका ने बीरबल से कहा।

'देखो, क्या होगा? पर रहीम नहीं मानेंगे। वे अड़ गए हैं। हटेंगे नहीं।'

इनसाफ़ लफ़्ज बारंबार वहाँ गूँज रहा था। कुछ देर पहले कितना खुशनुमा माहौल था और कुछ देर में सारी रंगत ही जाती रही। सब तक़दीर का खेल है। तक़दीर के सामने कोई तहरीर नहीं ठहरती। वह तो पूरी तरह से खुद मुख़्तियार है।

जहाँपनाह जहाँगीर तनिक हिले। उन्होंने चारों ओर नज़र घुमाई। पुरअमन था चहुँओर। पर था वह दहशत भरा, आतंक पर थमा। जहाँपनाह ने कड़कती आवाज़ में कहा, 'अब्दुर्रहीम खानखाना वल्द बैरम खाँ को बतौर मुल्ज़िम माबदौलत के सामने तुरंत पेश किया जाए।'

दरबार हिल गया था एकबारगी। सब सकते में आ चुके थे। तेज़ी से मानो बिजली चमकी हो और तुरंत ही स्याह मेघों के स्याह अँधेरे में समा गई हो, ऐसा कुछ हुआ। जहाँपनाह के हुक्म की तुरंत तामील हुई। रहीम खुद अपने स्थान से शांत भाव से उठे। मुज़रिम के बतौर वे जहाँपनाह के सामने पेश हुए। चेहरे पर कोई शिकन नहीं, कोई शिकवा नहीं, कोई अफ़सोस नहीं, वही चिरपरिचित बुजुर्गानापन, खुशनुमा चेहरा था।

पल भर में रहीम की खुशनुमा हयात के पुरजे-पुरजे होनेवाले थे। अब किसी प्रकार के पसोपेश की गुंजाइश नहीं रह गई थी। रहीम की पस्त क़िस्मत का जनाज़ा शाही दरबार से ही निकला जा रहा था।

रहीम नाजुक ख़याल थे। पर उससे क्या होता है?

गंग कवि वहीं बैठे हुए वह नाजुक और दर्दीला नज़ारा देखकर सहम उठे। गंग कवि के एक छंद पर खुश होकर रहीम ने सात लाख रुपए दिए थे। वे उनके प्रशंसक थे। गंग देख रहे थे कि वह दानवीर, नेकदिल और फ़क़ीरनुमा इनसान बँधे हाथ, झुकी गरदन, नंगे सिर, शांत मन से चुपचाप जहाँपनाह के सामने खड़ा है।

जहाँपनाह जहाँगीर ने खखारकर सबका ध्यान अपनी ओर आकृष्ट किया। वह पहले से सुस्त पर तेज़ आवाज़ में बोले, 'मुज़रिम ख़ानख़ाना पर इल्ज़ाम है कि उन्होंने शाह से बगावत की है। वह दोहा इसका सबूत है, जो अभी-अभी ख़ानख़ाना

ने सुनाया था। मुज़रिम के नसीब का फ़ैसला करने से पहले माबदौलत मुजरिम को एक मौक़ा अपनी सफाई पेश करने के लिए देना चाहते हैं। हमारे इनसाफ़ का यही दस्तूर है। हाँ तो मुजरिम, बताओ, क्या तुम्हें अपने जुर्म से कुछ एतराज़ है?'

'जहाँपनाह का इनसाफ़ तवारीख़ के सफ़ों पर हमेशा यादगार रूप में बना रहे। लेकिन यहाँ मुझे एतराज़ है। ख़ानख़ाना मुगल खानदान से ख़्वाब में भी बगावत नहीं कर सकता। उसकी रगों में मरहूम बैरम खाँ का खून दौड़ रहा है, जिन्होंने मुगल सल्तनत को फिर से जमाने में खून-पसीना एक दिया था। शहंशाह मुज़रिम के पिछले इतिहास पर ग़ौर करें तो पाएँगे कि मुज़रिम सल्तनत के प्रति वफ़ादार रहा है। दोहा हक़ीकत है, बगावत नहीं।' रहीम ने वज़नदार तथा रुतबेवाली आवाज़ में कहा, 'आलमपनाह ने अभी फ़रमाया था कि वह शहजादे सलीम नहीं, जहाँपनाह जहाँगीर हैं, तो सेवक कहना चाहता है कि मुज़रिम के रूप में शहंशाह के सामने जिसे लाकर खड़ा किया गया है, वह अब्दुर्रहीम ख़ानख़ाना है, जबकि यह दोहा कवि रहीम का है। लिहाज़ा बादशाह से इल्तिज़ा है कि वे अपने महान् इनसाफ़ को मद्देनज़र रखते हुए इनसाफ़ करें।'

यह सच था।

यह भी सच था कि शहंशाह कभी हारता नहीं है। रहीम की बात का कोई ज़वाब नहीं था। जहाँगीर ने खुन्नस की मुद्रा में कहा, 'मुज़रिम को ताक़ीद दी जाती है कि वह उस पर लगाए गए जुर्म की सफ़ाई में कुछ कहना चाहता है, तो कहे। अनर्गल लफ़्फ़ाजी से वह अदालत का समय बरबाद नहीं करे।'

'यह हक़ीक़त है, जहाँपनाह, लफ़्फ़ाजी नहीं। और हक़ीक़त, तवारीख़ गवाह है, कभी भी किसी बादशाह को पसंद नहीं आई है।'

फिर आज कोई आलमपनाह तवारीख़ की क़िस्मत को कैसे बदलकर सचाई को क़बूल कर कसता है? लेकिन सचाई कभी मर नहीं सकती। वह हमेशा ज़िंदा रहती है। सचाई को अपनाना यदि कोई जुर्म है तो यह सेवक सज़ा पाने के लिए तैयार है।' रहीम ने पहले से भी बुलंद आवाज़ में कहा।

'बग़ावत की सज़ा मालूम है?'

'जहाँपनाह जानता हूँ, सचाई की सज़ा सज़ा-ए-मौत है और जिसके लिए मैं तैयार हूँ।'

'ख़ानख़ाना, तुम कवि हो और दरबार को गुमराह करना चाहते हो। शहीदाना अंदाज़ की हम क़द्र करते हैं, ख़ानख़ाना! परंतु हमें अफ़सोस है कि हमारे इनसाफ़ के सामने कवि की मुतफ़न्नी नहीं चल सकेगी। शक नहीं कि हम तुम्हारे मुतअल्लिक़

रहे हैं। इनसाफ़ की तालीम आपसे ली है। इस वक़्त हम इनसाफ़ करेंगे और ऐसी सज़ा तजवीज़ करेंगे, ताकि कोई सिरफिरा दरबार में ऐसी गुस्ताख़ी नहीं कर सके।'

'बंदे को खुशी होगी कि उसने मुगलिया इनसाफ के लिए सबूत बनने की खुशनसीबी पाई।'

'वह आप जानें।' जहाँगीर बोले, 'हम आपकी पुरानी खिदमत और वफ़ादारियों को मद्‌देनज़र रखते हुए सज़ा-ए-मौत नहीं दे रहे हैं। आपको हुकूमत से अलग कर रहे हैं, आज से सारे औहदे, खिताब, ज़ागीरें तथा सुविधाओं से आपको महरूम किया जाता है। जो कुछ भी हुकूमत से मिला है, उसे कल तक लौटा दें।'

इसके बाद जहाँपनाह ने दरबार को बरख़ास्त कर दिया।

उठ लिये।

रहीम भी खामोश लौट आए।

महाबानो ने गहरी साँस ली।

अब तो सबकुछ लुट चुका था। कुछ भी नहीं रहा था। सबने आँखें फेर ली थीं। वक़्त का तकाज़ा है। वक़्त हमेशा किसी पर एक सा मेहरबान नहीं रहता। अपने ही अतीत के उजाले अँधेरे की परछाईं बने तन्हाई में घेर लेते हैं। वक़्त फिरता है तो अपना साया भी साथ नहीं देता। फिर क्या सोचना और क्या मलाल करना? जो अल्लाह हुज़ूर का फ़रमान, वह सिर-माथे। अब अनजान साये उनकी ज़िंदगी का एक ज़रूरी हिस्सा बनकर उन्हें अपना हमसफ़र बना लेंगे और रहीम ख़ानख़ाना फिर से रहीम बनकर भी दौलत के बग़ैर जी लेंगे, उसी ठाट-बाट के इरादों से, जिसकी बदौलत वे अपनी शायरी के लिए मशहूर हैं।

□

प्रतीक्षा

कुछ दिनों से आभा को दफ्तर से घर लौटने पर यह अनुभव होने लगा था कि वह बहुत थक चुकी है, उसकी रग-रग दर्द करने लगी है और उसे आराम की सख़्त ज़रूरत है। हालाँकि उन दिनों उसके पास न तो दफ़्तर में कुछ ख़ास काम था और न ही घर में।

एकाएक आभा को अपरिचित बेचैनी महसूस होती थी। कभी-कभी तो वह दफ़्तर से सीधे घर आकर किसी पेड़ की टूटी शाखा की तरह बिना कपड़े बदले पलंग पर आ गिरती थी। बटन दबाकर बत्ती जलाना भी उसे कठिन जान पड़ता था। धीरे-धीरे अँधेरे की गोद में वह ऐसे दुबक जाती थी, जैसे कोई बच्ची माँ की गोद में।

आभा घंटों आँखें बंद किए लेटी रहती। जब-तब बीच में आँखें खोलती तो उसे लगता कि वह अकेली सन्नाटे भरे अँधेरे के मध्य खड़ी है। उसे कहाँ जाना था, कुछ पता नहीं था। वह यह भी नहीं जानती थी कि वह कहाँ है।

आभा ने इतनी लंबी यात्रा बिना रुके कैसे पूरी कर ली? कैसे जिम्मेदारियों के अंबार को वह निभा सकी? कैसे समय के प्रहारों को अनदेखा करती हुई एक पल के लिए भी नहीं सुस्ताई और न ही कभी अपने बारे में सोचा? ऐसी ग़लती उसने कैसे की?

आभा के पिता की छत्रछाया जब वह दस-ग्यारह वर्ष की थी, उसके सिर से उठ गई थी। उसे जन्म देकर माँ का निधन हो गया था। पिता ने दूसरी शादी की थी। उससे चार संतानें हुई थीं—तीन बहनें और एक भाई।

पिछले माह आभा तीसरी बहन की शादी कर चुकी थी। उससे पहले भाई की शादी हुई थी। उसका भाई घरजँवाई हो गया था। इधर वह खुद पैंतीस की दहलीज़ पर आ खड़ी हुई थी।

उसके और माँ के सिवा घर से सब पक्षी उड़ चले थे।

माँ भी शादी के बाद अपनी बहन के पास चली गई थीं। अत: वह घर में अकेली रह गई थी। सूना घर उसे खाने को आता था।

अक़सर वह आईने के सामने खड़ी होकर अपने को घूरने लगती थी। उसकी निगाह कान के पास के इक्के-दुक्के सफेद बालों पर आकर रुक जाती थी।

'क्या मैं बुढ़ापे की ओर बढ़ रही हूँ? नहीं⋯नहीं!' मन-ही-मन कहती हुई आभा पलभर के लिए स्तब्ध रह जाती थी।

एक दिन उसके विभाग के दो अधिकारी परस्पर बातें कर रहे थे। एक कह रहा था, "आभाजी जवानी में बूढ़ी हो चली हैं।"

दूसरे अधिकारी ने कुरसी खींची और बैठने का रुख बदलते हुए बोला, "बिस्तर गरम करने के लिए अभी भी बुरी नहीं है।"

"पर वह शौहर चाहती है।"

"अब कौन करेगा उससे शादी?"

"शायद कोई-न-कोई अक़्ल का अंधा उसकी दौलत पर रीझ जाए। यह मुरगी रोज अंडे देनेवाली है।"

"सारा पैसा खींचकर वह चलता बनेगा।"

"उसे अभी इसकी चिंता नहीं है। इस समय तो उसे शौहर चाहिए।"

"तो तुम कुछ चक्कर चलाओ न!"

"कैसे चलाऊँ! वह तो किसी को घास डालती ही नहीं है।"

"डालने लगेगी।"

"वह कैसे?"

"नाटक करना होगा।"

"कैसा नाटक?"

"कि तू अपनी पत्नी से तलाक ले रहा है।"

"और पत्नी⋯"

"वह तुम मुझ पर छोड़ो। एक बार क़ब्ज़े में आ जाए। फिर क्या है, उसका कुछ भी नहीं, सब अपना।"

"फिर तो वह चालू हो जाएगी।"

"एकदम चालू हो जाएगी। औरत को जीतने का यही एकमात्र रास्ता है। फिर तो वह जीवन भर इशारों पर नाचनेवाली दासी बनी रहेगी।"

उसके बाद आभा वहाँ खड़ी नहीं रह सकी। उसका सिर दर्द से फटने लगा।

ये दोनों अधिकारी तो प्रकट में उसकी बड़ी इज्जत करते हैं, इनके इतने

निम्न विचार!' आभा तिलमिलाकर रह गई। 'अब वह क्या करे? किससे अपने मन की व्यथा कहे? ओह, इस छटपटाहट से वह अंदर-ही-अंदर घुटने लगी।'

उसी वक़्त दरवाज़े पर दस्तक हुई।

"घंटी क्यों नहीं बजाई, कितनी बार कहा है। ओह, यहाँ कितना सूनापन है!" उसने बटन दबा दिया।

"हैं," उसने पंखा चलाकर देखा। बिजली ही गायब थी, 'यह मुझे क्या होता जा रहा है! मैं जरा-जरा सी बात पर उखड़ जाती हूँ। आवेश में आ जाती हूँ और उत्तेजना से भर जाती हूँ।'

आभा ने दरवाजा खोला। उसने एक अपरिचित व्यक्ति की तरह मदन से पूछा, "कहिए, किससे काम है?"

"आभाजी, आप ही हैं न?" मदन ने भी बनते हुए पूछा।

"जी हाँ, मैं ही हूँ।" आभा ने खीज से भरकर उत्तर दिया।

"क्या मैं अंदर आ सकता हूँ?"

आभा ने उसकी ओर ग़ौर से देखा और कहा, "क्षमा कीजिए, मैं आप को पहचान नहीं पा रही हूँ।"

"जरा बैठने की इज़ाज़त दें तो आप मुझे पहचानने भी लगेंगी।"

"नहीं।" आभा ने तेज़ स्वर में कहा।

अब मदन हकलाकर बोला, "मैं मदन हूँ, मैं आपकी माताजी का भाई। मामा का ऐसा सत्कार!" मदन के होंठों पर कुटिल हँसी थी।

"पर माँ घर में नहीं है, बाहर गई हुई हैं, पता नहीं कितने दिनों में आएँगी!"

आभा ने दरवाज़ा बंद करना चाहा तो वह बोल पड़ा, "मैं जरा…"

"नहीं जनाब, मुझे खेद है।" आभा ने तुरंत दरवाजा बंद कर दिया।

मदन माँ का धर्म भाई है। मुझसे शादी करने की ख़्वाहिश रखता है, जाहिल! कितनी बार मना कर दिया है, लेकिन वह बेशर्म ऊँट की तरह मुँह किए सीधा घर में चला आता है। सौतेली माँ है न। चाहती हैं मेरा विवाह मदन से हो जाए। इसमें उन्हें भी कुछ मालपानी हाथ लग जाएगा। छिह, क्या माँ ऐसी होती हैं? क्या यही है माँ की ममता?

'सौतेली माँ ने मुझे कितने दुःख दिए हैं, मारा-पीटा है, फिर भी मैं उसे सगी माँ का आदर देती रही। उसकी आज्ञा का पालन करती रही। मैं भी कितनी मूर्ख हूँ! सबकुछ जानते हुए अनजान बनी रही। सदा अपने फर्ज़ के बारे में सोचती रही। लोगों पर भरोसा करती रही।'

उस दिन भी तो आभा के साथ ऐसा ही हुआ था। उन अधिकारियों की बात सुनकर वह खिन्न मन से अपने कैबिन में लौट आई थी। तभी सुधीर आ गया।

''कब आए?''

''सुबह आया था। सीधे बैंक के मुख्य कार्यालय गया। वहाँ से छूटा तो आपके सामने हाज़िर हूँ।'' सुधीर ने मुसकराते हुए कहा। उसके चेहरे पर सहज मुसकान की आभा थी और उसकी बड़ी-बड़ी आँखों में भोलापन था।

''अब क्या कार्यक्रम है?'' आभा ने न चाहते हुए भी पूछ लिया।

''रात को लौटना है। आरक्षण हो चुका है। इस बीच···'' उसने कलाई में बँधी घड़ी की ओर देखते हुए कहा, ''साथ दो तो कुछ खरीदारी कर ली जाए। खाना भी रास्ते में कहीं खा लेंगे। पाँच-छह घंटे आपकी मेहरबानी पर हैं।'' सुधीर एक ही साँस में सबकुछ कह गया।

आभा सोच रही थी कि सुधीर जरा भी नहीं बदला। वही पहले की तरह जल्दी-जल्दी बातें करना और सीधे मुद्दे की बात पर आ जाना।

आभा को सोचता हुआ पाकर वह बोला, ''चाय का ऑर्डर दे दो। बिस्कुट मिल जाएँ तो चलेगा। आज दोपहर का खाना नहीं ले सका। समय ही नहीं मिला। मिला तो था, पर मुझे एक रिपोर्ट पेश करनी थी। उसमें ऐसा उलझ गया कि कुछ याद ही न रहा।''

आभा साश्चर्य सुधीर की ओर देखे जा रही थी। सुधीर में वही पहले जैसी चपलता और सहजता थी। उसके सिर के बाल घुँघराले और काले थे। उसके चेहरे पर भी कोई खरोंच नहीं थी। उसने पूछा, ''तुम चश्मा लगाते हो?''

सुधीर चौंक पड़ा। उसने अचकचाकर कहा, ''नहीं।''

''पर मैं लगाती हूँ।'' कहते हुए आभा ने ऐनक लगा ली।

''तुम ऐनक लगाकर बहुत जँचती हो।'' सुधीर ने उसकी ओर दृष्टि गड़ाते हुए कहा।

इस बार चौंकने की बारी आभा की थी। वह कुछ देर पहले अपने सहयोगी अधिकारियों की वार्त्ता सुन चुकी थी, जिसका विष उसके मन को उद्विग्न कर रहा था। आभा ने पूछा, ''तुम्हारे कितने बच्चे हैं, सुधीर?''

सुधीर ने कुछ सोचकर जवाब दिया, ''एक।''

''लड़का या···''

वह अपनी बात पूरी भी नहीं कर पाई थी कि सुधीर बीच में ही तपाक से बोल पड़ा, ''लड़का।''

''क्या नाम रखा है उसका?'' यह प्रश्न करते हुए आभा का मन बैठा जा रहा था। कभी सुधीर कहता था कि शादी करेगा तो उससे, नहीं तो वह उम्र भर ब्रह्मचारी रहेगा। सब पुरुष एक से होते हैं। उसने गहरी साँस लेकर कहा, ''नाम बताओ न, सुधीर!''

''क्या करोगी जानकर, आभा?''

''फिर भी, बताने में क्या हर्ज है?''

''क्या तुम सचमुच उसका नाम जानना चाहती हो?'' सुधीर ने गरदन झुकाए हुए गंभीर स्वर में कहा।

''जी हाँ'' आभा ने जोर देकर कहा।

''आभा, एक बार नहीं अनेक बार पूछो, मेरा उत्तर एक ही होगा वह है—सुधीर।''

खिड़की की ओर देखते हुए आभा ने तनिक घबराकर पूछा, ''क्या मतलब?''

''तुमने अभी तक शादी नहीं की?'' सुधीर ने ज़वाब न देकर आभा से प्रश्न किया।

''नहीं।''

''क्यों?''

आभा इस प्रश्न का सामना नहीं कर सकती थी। उसने कहा, ''सुधीर, तुम अभी तक अपनी प्रतिज्ञा पर अडिग हो, यह ठीक नहीं है।''

''क्या ठीक है, क्या नहीं है—मैं कुछ नहीं जानता और न ही जानना चाहता हूँ।'' सुधीर आगे कुछ और कहता कि चाय आ गई।

तब उसे एहसास हुआ कि वह आभा के कार्यालय में था, घर या एकांत में नहीं।

चपरासी चाय और बिस्कुट रखकर चला गया। आभा ने चाय बनाई और एक कप सुधीर की ओर बढ़ाते हुए कनखियों से उसकी ओर देखा। सुधीर में जरा सा भी बदलाव नहीं आया था।

कॉलेज में सुधीर प्रतिभाशाली विद्यार्थी के रूप में प्रसिद्ध था। वह सदैव अव्वल आता रहा और स्वर्ण पदक पाता रहा था।

आभा भी हिंदी वाद-विवाद प्रतियोगिता में अंतर-विश्वविद्यालय स्तर पर प्रथम आई थी। उसे छात्रवृत्ति नहीं मिली होती तो वह आगे न पढ़ पाती। घर उसके लिए साक्षात् बंदीगृह था। सौतेली माँ के दुर्व्यवहार से वह सदैव पीड़ित रहती थी। लेकिन उसने चुप रहकर वह भी सहा, जो उसे नहीं सहना चाहिए था।

आभा वाद-विवाद प्रतियोगिता में प्रथम पुरस्कार लेकर अकेली अपने घर की ओर जा रही थी कि सुधीर ने उसे पीछे से आवाज़ दी। वह रुक गई। सुधीर को भला कौन नहीं जानता था! सुधीर और किसी लड़की को आवाज़ लगाए, यह आभा के लिए अजूबा ही था। वह तो लड़कियों की छाया से भी सदा दूर ही रहता था।

पास आकर सुधीर ने उसे बधाई देते हुए कहा, "आभा, तुम बहुत अच्छा बोलीं, विषय के साथ तुम्हारी आवाज़ में एक निराली क़ोशिश थी, जिसने मुझे झकझोर डाला।"

आभा ने उसे धन्यवाद दिया। दरअसल, उस समय उसकी आँखों में खुशी के आँसू आ गए। पहली बार कोई इतना गद्‌गद होकर उसकी प्रशंसा कर रहा था।

वह चलने को हुई तो सुधीर ने कहा, "एक बात कहूँ?"

"कहिए!" आभा थोड़ा घबरा गई।

"तुम बुरा तो नहीं मानोगी?"

आभा ने इनकार में सिर हिला दिया।

"मैं तुम्हारे पुरस्कार में शरीक होना चाहता हूँ।" सुधीर ने कनखियों से आभा के चेहरे के भाव पढ़ना चाहे।

अब आभा बेतरह घबरा गई। पहली बार कोई नवयुवक उससे एकांत में अद्‌भुत प्रस्ताव कर रहा था। उसने स्वयं को सँभालकर कहा, "हमें चलना चाहिए।"

"मेरे प्रश्न का यह उत्तर नहीं है, आभा!" सुधीर ने कहा, "कृपया, कुछ तो कहो, ताकि मेरी दुविधा कुछ कम हो।"

"मैं कुछ समझी नहीं।"

"या समझना नहीं चाहतीं?"

"सचमुच, मैं कुछ नहीं समझी।"

"तो सुनो, आभा! यह मैं नहीं, मेरा दिल कह रहा है और दिल जब कुछ कहता है, तब उसका बहुत कुछ अर्थ होता है। मैं तुमसे प्यार करता हूँ। क्या तुम मुझे इसका हक़ दे सकती हो? दिल से उत्तर देना, दिमाग से नहीं।" सुधीर ने इतना सब एक ही साँस में कह डाला। आभा के होंठ काँपकर रह गए। वे कुछ कह नहीं पाए। उसकी सारी देह झनझनाकर रह गई और चेहरे पर पसीने की बूँदें तैरने लगीं। वह जड़ हो गई। गरदन झुकाए बिफरी साँसों का अनुभव करती रह गई। कुछ भी तो नहीं कह पाई। सुधीर जा चुका था।

सुधीर ने उसे चुप पाकर टोक दिया, "क्या तुम गुँगेरीलाल की तरह खुली

आँखों से सपने तो नहीं देखने लगी हो?''

आभा और भी गड़बड़ा गई और उसका बदन एकबारगी काँपने लगा। अब वह वर्तमान में लौट आई थी और सुधीर पूछ रहा था, ''आभा, तुम कुछ परेशान सी लग रही हो?''

''ना ना···नहीं तो, सुधीर!''

''अपने को छिपाने की आदत अभी तक गई नहीं!''

''ऐसी कोई बात नहीं है।''

''आभा, सुधीर तुम्हारा मन पढ़ना जानता है। मैं तो आज चला जाऊँगा। फिर तुम छिपाती रहना, कोई नहीं पूछेगा। तुम्हारे मन में क्या ऐसा कुछ है कि जिसे मैं जान सकूँ?''

''दर्द की अभिव्यक्ति देने के लिए ज़बान की ज़रूरत नहीं होती। कम-से-कम कुछ घंटों का हक़ तो मुझसे मत छीनो। वैसे अब तुम्हारा कौन है, आभा? चारों ओर रेगिस्तान है या भावनाओं का तेज़ अंधड़। क्या अब भी तुम अकेले जी लेने की मानसिकता से ग्रस्त हो?'' सुधीर ने चाय का प्याला मेज पर रखते हुए पूछा।

आभा के होंठ खामोश थे। उसका हृदय प्रेम की सुगंध से भर गया। तभी उसके मन में संदेह कुलबुलाया, 'कहीं सुधीर की भी ज़िद न हो कि···' आभा की कल्पना में अपने कानों के पास उग आए सफेद बाल आ गए। उसका मन चीख उठा। वह मान बैठी थी कि अब उसे जीवन की शेष यात्रा अकेले ही तय करनी होगी। कोई उसका हमसफ़र नहीं हो सकेगा। कोई भी तो नहीं।

आभा को चुप पाकर सुधीर ने अपना प्रश्न दोहराया, ''क्या तुम खरीदारी के लिए मेरा साथ देना पसंद करोगी या···''

आभा के मन ने कहा कि वह अपने में मोह न पाले और सुधीर को भी अपने मोह से मुक्त कर दे। इसलिए वह बोली, ''सुधीर, मेरे सामने एक दुविधा है।''

''क्या है?''

''आज एक ज़रूरी मीटिंग है। पता नहीं, वह कब तक चले।'' आभा ने कुछ सोचते हुए रुककर कहा।

सुधीर मुसकरा दिया। फिर उठकर बोला, ''यह मेरी विडंबना है, आभा! अच्छा चलता हूँ। फिर कभी मिलेंगे यदि जीवित रहे तो।''

सुधीर चला गया। जाते वक़्त उसका चेहरा बुझ-सा गया था। आभा उसे रोक नहीं सकी।

सुधीर के जाने के बाद वह अपने आप को कोसती रही और मलाल करती

रही। उसे क्या हक़ है कि वह किसी दूसरे के जीवन को रेगिस्तान की ओर ढकेल दे? हाँ, उसने साग्रह सुधीर से यह ज़रूर कहा था कि वह किसी से विवाह कर ले, इससे उसे खुशी होगी। इस पर सुधीर कातर दृष्टि से उसकी ओर देखता रह गया था। कुछ बोला नहीं था।

वह अँधेरा उसका अपना था और अपनी करनी का फल था।

मदन के जाने के बाद आभा ने अपने को बेचैन पाया, 'उसका इतना दुस्साहस कि वह यह जानते हुए कि वह उससे नफ़रत करती है, बार-बार यहाँ आए!' उसे डर लगने लगा, मदन एक ख़तरनाक इनसान है। कभी...उफ़...कौन करेगा मेरी रक्षा? मदन जबरदस्ती अंदर आ गया तो मैं क्या करूँगी? चीखूँगी, चिल्लाऊँगी तो मेरी ही बदनामी होगी। मुझ पर उँगलियाँ उठने लगेंगी। मेरा जीना दूभर हो जाएगा।

'ओह, यह मैं किन खयालों में खो गई!' आभा ने कलाई पर बँधी घड़ी में समय देखा। अब छह बजे थे। 'काश, आज मैं सुधीर के साथ बाजार चली जाती तो कुछ समय आनंद से कट जाता। दिमाग़ और मन भी हल्का हो जाता। सुधीर कितने अरमानों से आया था! जब वह पिछली बार आया था, तब मैं दौरे पर थी। पगला, परचा छोड़ गया था।'

उस पर लिखा था—'तुमसे मिलने आया था, जा रहा हूँ। तीन दिन दिल्ली में रहा। कहीं मन नहीं लगा। काश, तुमसे मुलाक़ात हो पाती। अच्छा, फिर मिलेंगे। तुम्हें पत्र तो लिखना व्यर्थ है, उत्तर दोगी नहीं, इसलिए यह परचा छोड़े जा रहा हूँ।

—सुधीर'

'ओह, यह एकांत मुझे खा जाएगा! मैं क्यों अपने-आप से विद्रोह करने पर तुली हूँ? क्या मिलेगा मुझे इस सबसे? क्यों मैं अपने साथ सुधीर को मिटाने को तत्पर हूँ? बार-बार मेरे पास क्यों आता है सुधीर? वह क्यों नहीं समझ लेता कि मैं अहल्या बन चुकी हूँ? वह मेरा मुक्तिदाता नहीं है।

'सारे दुःख मेरे हैं। मुझे उन्हें अकेले ही झेलना है। वह पगला यह सब क्यों नहीं समझता है? परंतु वह शायद सब समझता है। हर बार जब दिल्ली आता है, मेरे घाव हरे कर जाता है। काश, मेरा हैदराबाद स्थानांतरण हो जाए, जिसकी मैं एक बरस से उम्मीद किए हूँ, तो सारा झगड़ा ही ख़त्म हो जाए।'

आभा अपने मन से लड़ती रही। पर वह कब तक मन से लड़ सकती थी, 'क्या मैं भावनाओं के उस तूफान से हैदराबाद जाकर मुक्ति पा सकूँगी? कहीं वहाँ भी मदन जैसा कोई पीछे पड़ गया तो?'

वह काँप गई। उसके चेहरे पर दहशत छा गई। साँस तेज़ चलने लगी।

एक बार फिर किसी ने दरवाजा खटखटाया। आभा का माथा ठनका। बिजली अभी तक नहीं आई थी, 'कहीं वही बदमाश मदन हुआ तो···'

वह सहमी सी चुप रही।

कुछ देर के लिए दरवाजा खटखटाना बंद हो गया। आभा ने चैन की साँस ली, 'चलो, बला टली!'

वह फिर से पलंग पर लेट गई। उसका मन उठने को नहीं कर रहा था, 'क्या मुझे अपनी ज़िंदगी के शेष दिन इसी तरह काटने होंगे? ओह, यह तनहा सफर कितना निर्मम होगा!'

दरवाज़े पर फिर थाप पड़ी। इस बार पहले से तेज़ दस्तक थी। वह उठी। उसने दृढनिश्चय कर लिया था कि वह दरवाज़ा नहीं खोलेगी। अंदर से ही पूछ लेगी कि कौन है। होगा कौन, वही होगा। अत: उसने दरवाजे के पास आकर पूछा, ''कौन?''

''मैं···दरवाजा खोलो···सुधीर···''

आभा ने सुधीर की आवाज़ पहचान ली। वह सहम उठी। उसने काँपते हाथ से सिटकनी गिराई। दरवाजा खोला। सुधीर ने कहा, ''क्या बात है, आभा! अँधेरा क्यों किए बैठी हो?''

''वह बिजली···''

''सब जगह तो आ रही है।''

आभा ने बटन दबाए, ट्यूब नहीं जली, पंखा भी नहीं चला।

''तुम जरा यह पकड़ो और टॉर्च के साथ जरा सा तार भी लाओ। शायद फ्यूज़ उड़ गया है!'' सुधीर ने सामान से भरा थैला आभा को पकड़ाते हुए कहा।

आभा ने यंत्रवत् वैसा ही किया।

सुधीर नीचे गया। सचमुच फ्यूज़ उड़ा था। उसने उसे ठीक किया। ऊपर आया, मगर वहाँ अब भी अँधेरा था। उसने कहा, ''आभा, जरा जाँच तो करो। बटन दबाओ।''

आभा ने बटन दबा दिया। ट्यूब जगमगा उठी।

सुधीर ने पूछा, ''दरवाज़ा बंद कर दूँ?''

''हाँ!'' आभा ने मद्धिम स्वर में ज़वाब दिया।

''अरे, तुमने अभी तक कपड़े नहीं बदले! लगता है, मीटिंग से अभी लौटी हो!''

''हाँ!'' आभा को बात बनानी पड़ी।

"मीटिंग किस विषय पर थी?"

"थी, उसका जिक्र करने से क्या लाभ?" आभा ने टाल दिया।

"तो जनाब, अब तुम हमसे अपने को छिपाने लगी हो। पहले तो तुमने घर के उत्तरदायित्वों की सीमाओं में खुद को क़ैद कर लिया था। अब असत्य की रेखा खींचकर मुझसे दूर चली जाना चाहती हो।"

"तुम मुझे भूल क्यों नहीं जाते, सुधीर?"

"अपने आपको भी क्या भूला जा सकता है, आभा? सच कहना, क्या तुम मुझे भूली हो?" सुधीर ने उलटा प्रश्न किया।

आभा क्या कहती! वह चुप रही। शायद उसका चुप रहना ही ठीक था।

"असत्य का सहारा तुम लेने लगी हो, आभा! मुझसे साफ़-साफ़ कह देतीं कि तुम्हें मेरे साथ बाजार जाना अच्छा नहीं लगता, तो मुझे यों जासूसी नहीं करनी पड़ती। मुझे इसका बड़ा अफ़सोस है। क्षमा करना, आभा! मैंने यह ग़लती की। मुझे दूसरे के जीवन में झाँकने का कोई अधिकार नहीं है। मैं शायद पगला गया था। मुझे यह भी ध्यान नहीं रहा कि मैं अब भी पराया··"

"सुधीर··इससे आगे कुछ मत कहना!" आभा काँप गई।

कुछ देर सन्नाटा छाया रहा।

आभा की कल्पना में एक बार फिर अतीत उभरने लगा। जाने कितने दृश्यों ने करवट ली। विवाह का प्रस्ताव सुधीर ने उसके सामने पत्र रखकर किया था। कहा था, 'घर पर शांति से पढ़कर उत्तर देना।'

उस दिन सुधीर ने बैंक में अधिकारी पद पर चुने जाने के उपलक्ष्य में उसे 'निशात' में आमंत्रित किया था। पत्र उठाते हुए उसके हाथ काँपे नहीं थे। उसने सुधीर की आँखों में झाँककर पाया था कि वह कामायनी के सामने मनु का प्रस्ताव है। पत्र में लिखा था—

'आभा, मैं जिस समय की प्रतीक्षा में था, वह समय अब आ चुका है। मैं अधिकारी बन गया हूँ, यानी जीवन का भार उठाने के लिए मैं तैयार हो चुका हूँ। अब मुझे तुम्हारा साथ चाहिए, जो मेरे अधूरे जीवन को पूरा कर सके और मेरे खाली मन को प्रसन्नता से भर सके।

'आभा, मैं बहुत सोच-समझकर इस निर्णय पर पहुँचा कि तुम्हीं मेरे जीवन की आभा हो। कब से इन पंक्तियों को लिखने के लिए मैं बेसब्री से प्रतीक्षा कर रहा था। यह शायद तुम नहीं जान सकोगी।'

'तुम मेरा पहला और अंतिम प्यार हो, मेरा जीवन हो, मेरा विश्वास हो।

उसकी तुमसे प्रार्थना है किसी निर्णय पर पहुँचने से पहले इतना अवश्य ध्यान रखना कि तुम अपने ही जीवन को स्वीकार या अस्त्रीकार कर रही हो। तुम्हारे बिना मेरा जीवन व्यर्थ है। मैं तुम्हारी स्वीकृति की प्रतीक्षा जीवन के अंतिम क्षण तक करता रहूँगा।'

उस पत्र का एक-एक शब्द आभा के मस्तिष्क में गूँज रहा था। आभा ने उत्तर दिया था। उसने उत्तरदायित्व की सीमाओं की ओर संकेत करते हुए इस बात से इनकार नहीं किया था कि उसे सुधीर से प्यार नहीं है। उसने सहर्ष स्वीकार किया था कि वह खुद तब तक प्रतीक्षा करने के लिए तैयार है, जब तक वह अपने उत्तरदायित्व को पूरा नहीं कर लेती। उसने सुधीर से कहा था, 'सुधीर, तुम्हें प्रतीक्षा को तो कह नहीं सकती। आगे तुम्हारी इच्छा।'

'ओह, मैं और नहीं सोचूँगी, नहीं तो पागल हो जाऊँगी।'

अब उसके सामने वही सुधीर तो बैठा हुआ था, जिसने कभी अंत तक प्रतीक्षा करने का प्रण किया था। लेकिन कनपटी के पास उग आए सफेद बालों का वह क्या करे! वह उसे डराते थे। फिर उन अधिकारियों का संवाद।

'कितनी देर हो चुकी है, सुधीर?' वह यह कैसे कहे? कैसे कहे कि जाते हुए वसंत से अपने प्राणों को मत बाँधो? पता नहीं, वह जो सब कुछ उसने अपने आप में चंदन-सा सँजो रखा है, कहाँ तक निभा पाएगी? कहीं ऐसा तो नहीं होगा कि दीर्घ प्रतीक्षित स्वप्न बिखर जाएँ? आख़िर, सुधीर ने ही उस प्राणघातक सन्नाटे को यह कह तोड़ा, "क्या अभी भी और प्रतीक्षा करनी शेष है? अगर है तो मैं वह भी करूँगा; पर तुम यों मेरे जीवन से भागने और अपने आप को छलने का प्रयास मत करो। इस प्रकार तो दो जीवन बिखर जाएँगे।

"तुमने मुझे वचन भी दिया था। कभी दुष्यंत शकुंतला को भूला था? यहाँ शकुंतला दुष्यंत को पहचानने से इनकार करने की तैयारी जानबूझकर कर रही है। मुझे कब तक बिछोह की यह छटपटाहट सहनी होगी? आज मैं अपने प्रश्न का स्पष्ट उत्तर चाहूँगा। तुम्हें उत्तर देना ही होगा।"

आभा को लगा, मानो मनु कामायनी से कह रहा हो कि उसे स्वीकृति देनी ही होगी। अब वह प्रतीक्षित मौन उसके लिए असहनीय हो गया है।

आभा ने धीरे से कहा, "सुधीर, मैं खुद नहीं जानती हूँ कि मुझे क्या होता जा रहा है।"

"तुम सबकुछ जानती हो, आभा! खूब अच्छी तरह जानती हो। अब तुम समस्त उत्तरदायित्वों से मुक्त हो चुकी हो। इस बार तुमने मुझे अपनी बहन के

विवाह में आमंत्रित नहीं किया था, क्योंकि तुम्हारे उत्तरदायित्वों का अंतिम छोर था और उसके बाद मेरे जीवन में प्रतीक्षा की उस घड़ी का अंत होनेवाला था, जिसके लिए मैं जाने कब से अधीर था। आभा, सच कहो, तुम मुझे किस अपराध की सज़ा देना चाहती हो?''

''नहीं सुधीर, ऐसा मत सोचो।''

''तो कैसे सोचूँ! कहीं मैं पागल न हो जाऊँ और तब तुम मुझे…''

''नहीं, सुधीर…'' आभा ने बढ़कर उसके होंठों पर अपना हाथ रख दिया। साथ ही सिसकियाँ भर-भरकर रोने लगी।

सुधीर ने उसे पास खींचकर कहा, ''पगली, तुम्हारा सुधीर अभी मरा नहीं, ज़िंदा है, उसे तुम्हारी देह नहीं, तुम्हारे प्राणों का अक्षय स्पंदन चाहिए।''

आभा को उसके स्पर्श से अद्‌भुत शांति मिल रही थी। उसे लग रहा था कि वह अकेली नहीं है, उसके साथ कोई ऐसा अपना भी है, जो उसे मदन जैसे दानवों से बचा सकेगा और वासना से अंधे अधिकारियों के ग़लत इरादों से सुरक्षा दे सकेगा।

धीरज का बाँध टूटने लगा था। संशय मिट रहा था। आभा ने एक बार सुधीर की ओर देखा। फिर अपना चेहरा उसके सीने में छिपा लिया।

□

जड़ों की तलाश

मुहम्मद अली जिन्ना शयनकक्ष में लेटा हुआ था। अभी-अभी सरकारी डॉक्टर और उनके साथ कई और डॉक्टर उसका परीक्षण करके गए थे।

जिन्ना ने बाहर तख़्ती टँगवा दी थी, जिस पर लिखा हुआ था, 'वे सो रहे हैं।'

डॉक्टर जाले पटेल ने सख़्त हिदायत दी थी कि उन्हें आराम करना बहुत ज़रूरी है।

जिन्ना समझ रहा था कि वह अब और जीवित नहीं रह सकेगा। साँस उखड़ने लगती तो सारी देह को हिला जाती। फेफड़े उसका साथ छोड़ रहे थे। ब्रोंकाइटिस का अलग प्रहार हो चुका था। प्लूरिसी थी ही।

वह अपने चित्र की ओर देख रहा था और सोच रहा था कि उसने इतने कम समय के लिए क्या दुर्व्यवस्था कर डाली! इतनी अंधी आसक्ति क्यों हो उठी थी उसमें अपने प्रति?

गांधी ने तो बहुत पहले जिन्ना को क़ायदेआज़म से संबोधित किया था और वे बारंबार उससे मिले थे। हालाँकि अब्दुल कलाम आज़ाद को गांधी का यह व्यवहार इसलिए अनुचित लगा था कि उससे जिन्ना भाव खाने लगा था।

असल में 22 अगस्त, 1947 आया। दिन शुक्रवार का। कराची। कराची की पाकिस्तान कॉलोनी की मसिज़द। ख़ुशक़िस्मत दिन।

आकाशवाणी से सीधा प्रसारण। दुनिया सुन रही थी। जिन्ना के नाम का खुतबा पढ़ा जा रहा था। सिंध के शिक्षामंत्री की आवाज़ सुनाई पड़ने लगी थी। वह कह रहा था : मुसलमानों में एक रिवाज़ यह है कि जुमा और ईद की नमाज के बाद मुसलिम मुल्क के बादशाह या ख़लीफ़ा का नाम खुतबे में पढ़ा जा सकता है। आज वही खुतबा जिन्ना के नाम का पढ़ा जा रहा है। वह एक मुसलिम राज्य का अध्यक्ष हैं।

12 अगस्त, 1947 को उसके अनुयायियों ने उसे 'क़ायदेआज़म' की उपाधि से अलंकृत करने का प्रस्ताव केंद्रीय विधान में रखा और पास हुआ। और वह क़ायदेआज़म भी बन गया।

तमाम हक़ जिन्ना ने अपने नाम करवा लिये थे। पाकिस्तान के अस्थायी संविधान, 1947 के तहत गवर्नर जनरल में सारी शक्तियाँ सिमट आई थीं। वह मंत्रियों का ख़ुद चुनाव कर सकता था और मंत्री उसकी मरज़ी तक ही अपने पद पर बने रह सकते थे। वह अंदर से डरा हुआ था, क्योंकि मुसलमानों में तख़्त के लिए ख़ूब जंग चलती रही हैं। वह अपनी सेहत से चिंतित था और चिंतित था अपने साथियों से, वफ़ादारों से।

वह गावतकिए के साथ फैल गया। अब वह हड्डियों का ढाँचा भर रह गया था। अपने साथियों की मचलती मुसकराहट को वह नहीं झेल पाता था।

उसने छत की ओर देखा। कुछ नज़र नहीं आया। शून्यता से भरकर रह गया उसका डूबा हुआ मन।

कहीं उनमें से कोई उसे जीते-जी न मार दे। यह कैसे पता किया जाए कि उसके साथियों में कौन ऐसा नहीं है, जो उसके कूच कर जाने का बेसब्री से इंतज़ार नहीं कर रहा हो? सब कर रहे हैं, सब।

'ठहरो, जिन्ना।'

जिन्ना ने पीछे मुड़कर देखा। वहाँ उसकी ही फ़ोटो टँगी हुई थी—एक आँखवाला चश्मा लगाए हुए।

'यह तूने कैसा रास्ता चुना?'

'कैसा?' उसने कुछ सोचते हुए घबराकर पूछा, 'इसमें क्या हुआ?'

'अब पाकिस्तान कहाँ रहेगा?'

'क्यों?'

'तू तो गिनती के दिनों का मेहमान है···उसके बाद···हाँ, उसके बाद तेरे ख़िलाफ़ अधिकांश मौलवी हैं। मौलवी आम जनता पर ख़ासा असर रखते हैं।'

'फिर मैं क्या करूँ? मैं पाकिस्तान का भाग्यविधाता हूँ····क़ायदेआज़म हूँ। मेरे ऊपर कोई नहीं है।'

उसे ज़ोर से हँसने की आवाज़ सुनाई पड़ी—कर्कश और धमाकेदार भारी आवाज़।

'तू कौन है? जो भी है सामने आ।'

'उसने फिर ज़ोर की धमाकेदार आवाज़ सुनी। शायद कान के परदे न फट

जाएँ, इसलिए उसने अपने कान पर हाथ रख लिया। उसने फिर पूछा, 'तू कौन है? क्या चाहता है?'

'तू जो मज़हब का बंदा नहीं है?'

'हाँ, नहीं हूँ।'

'तो तूने क्यों चीख़-चीख़कर बुलंद आवाज़ में यह नारा लगाया कि इसलाम ख़तरे में है? उसे किससे ख़तरा था? शायद तेरा इशारा हिंदुओं की ओर था। तू बता उन हिंदुओं के नाम, जिन्होंने इसलाम के विरुद्ध कभी आवाज़ उठाई हो? उनकी मसज़िदें तोड़ी हों?'

'नारा लगाया''''तो फिर?'

'लगाना पड़ा।'

'हाँ, लगाना पड़ा।'

'क्योंकि तुझे अपने थोथे वजूद की चिंता थी।'

'हाँ, थी। सभी को होती है। इसमें मैंने क्या ग़ुनाह किया?'

'क्या तुझे शिया और सुन्नी नज़र नहीं आए? वे तीन और छह के अंक हैं।'

'आए, तो?'

'अहमदियों से क्या ख़तरा नहीं था?'

'था और अब भी है।'

'वहाबी तुझे ख़तरनाक नहीं लगे?'

'लगे। आज भी लगते हैं।'

'मुल्ला-मौलवियों को तू क्या समझता है? क्या वे दूध के धुले हैं?'

'नहीं, कदापि नहीं। वे तो सारे झगड़ों की फ़साद हैं।'

'तो फिर पाकिस्तान किनके लिए? कौन है इसलाम का जानी-दुश्मन? उसने व्यंग्य से उससे आगे पूछा, 'तुझे क्या यह विश्वास है कि पाकिस्तान में मुसलमानों की हिफ़ाज़त हो सकेगी? जिनके लिए तूने बहिश्त की कल्पना की है, क्या उन्हें वह मयस्सर होगा?'

'तू ऐसी बातें इस वक़्त क्यों कर रहा है?'

'तो कब करता?'

'क्यों?'

'क्योंकि तू कुछ समय का मेहमान है, क़ायदेआज़म जिन्ना!'

'तो क्या तू मौत है?'

'तूने ठीक समझा, जिन्ना! तूने हज़ारों-हज़ार निर्दोष और सीधे-सादे लोगों

को मरवाया, घर से बेघर करवाया, उन्हें बलात्कार की सज़ा भोगने के लिए विवश किया और उन्हें कंगाल बनाया। ऐसा भयावह और घिनौना मंजर मात्र सीधी कार्रवाई के नाम पर 16 अगस्त, 1946 से 19 अगस्त, 1946 तक भी तू करवाकर देख चुका था। सिर्फ़ तूने लोगों की भावनाओं को ही नहीं भड़काया, बल्कि उनको झूठा स्वप्न भी दिखलाया। तूने 'बँटवारा करो और राज्य छोड़ो' का नारा उछलवाया और वह भी तब, जब तेरे साथ दस प्रतिशत मुसलमान भी नहीं थे। इसके लिए तू और तेरी चांडाल चौकड़ी पूरी तरह ज़िम्मेवार है।'

'तो अब?'

'अब?' ज़ोर का दहशत पैदा करनेवाला अट्टहास गूँजा। गूँजता रहा। फिर सब कुछ शांत होने पर भारी आवाज़ में संवाद गूँजने लगा, 'मुसलमान इस देश के वाशिंदे हैं और रहेंगे। तवारीख़ गवाह है कि मज़हब के कारण लोग जुदा हुए हैं, उन्होंने असहनीय मुसीबतें झेली हैं, पर वे एक तो कदापि नहीं हुए।'

'यह सच है। मैं अच्छी तरह से इस सच से वाक़िफ़ था, पर क्या करूँ? मैंने कभी इसी दिशा में पूरी क़ोशिश की थी कि हिंदू-मुसलमान एक हो कर रहें। सब जानते हैं कि मुझमें मज़हबी जुनून रत्ती भर भी नहीं था। आज भी मज़हब को राष्ट्र के निर्माण में मैं ज़रूरी नहीं मानता।'

'पर तब?'

'तब मेरे पर दबाव था···अपने टूटे हुए मन के कारण, कांग्रेस के आला नेताओं की उपेक्षा के कारण और मुसिलम लीग के कारण।'

'परंतु गांधी ने तुझे समझाया। अपना बड़प्पन छोड़कर उन्होंने तेरी ओर दोस्ती का हाथ बढ़ाया था। जवाहर भी तुझसे मिलने तेरी मालाबार हिलवाली कोठी में आया था, परंतु तूने····पता नहीं तेरे सिर पर कैसा भूत सवार था कि तूने किसी की नहीं सुनी। तू एक ही राग अलापता रहा कि तुझे पाकिस्तान से कम कुछ नहीं चाहिए।'

'हाँ, नहीं सुनी···तब सुनने का मौक़ा भी नहीं था। तीर हाथ से निकल चुका था। अंग्रेज़ी सरकार हमारी मदद कर रही थी। चर्चिल का आश्वासन साथ था। मुझे सर्वदलीय सम्मेलन की याद है, मैं अकेला चिल्ला रहा था कि हम इस धरती के बेटे हैं··· साथ रहना चाहते हैं··· और तो और, मैंने 1930 ई. में गोलमेज़ सम्मेलन में जब रहमत अली ने पाकिस्तान का प्रस्ताव किया था, तब उसे ख़ारिज़ करनेवाला मैं था। मैं···अकेला मैं। मैंने हिंदू-मुसलमानों के इस झमेले से दूर रहने के लिए हिंदुस्तान ही छोड़ दिया था—सन् 1930 से 1935 तक। ऐ मौत, तुझे पता

ही है कि सन् 1937 के प्रांतीय चुनाव के बाद भी मैंने मिली-जुली सरकार बनाने का प्रस्ताव कांग्रेस के सामने रखा था, लेकिन उसने मेरे प्रस्ताव की खिल्ली उड़ाई। आख़िर मेरे अहं पर जब कांग्रेस ने लगातार बेदर्दी से प्रहार किए, तब मेरे में बदले की भावना जागी। मैं पागल हो गया। शफी के कट्टरवादी गुट की मैं ख़ास आवाज़ बना और पाकिस्तान के दुःस्वप्न को साकार किया। सच तो यह है कि मैं तब भी यह नहीं समझता था कि कांग्रेस इतनी आसानी से घुटने टेक देगी। गांधी की उस आवाज़ को भूल जाएगी कि विभाजन हुआ तो पहले उसके शरीर के दो टुकड़े होंगे। क्या सचमुच कांग्रेस इतनी थक चुकी थी कि उसे जो मिल रहा है, उसी से उसको सब्र कर लेना पड़ा? तू अकेले मेरे सिर पर ही मलबे से भरा यह घड़ा क्यों फोड़ना चाहती है? क्या यह बेइंसाफ़ी नहीं है?'

'है, पर नहीं भी है।'

'तू मुझे भूलभुलैया में मत डाल। मैं पहले ही बहुत परेशान हूँ। मेरे चारों ओर निपट अँधेरा है। सचमुच, मैं अब भी अपनी भूल सुधारने के लिए तैयार हूँ।'

'अब'?

'हाँ, अब, जबकि मैं क़ायदेआज़म की चमकदार और आलीशान पदवी से नवाज़ा जा चुका हूँ, पाकिस्तान का भाग्यविधाता हूँ और गवर्नर जनरल हूँ··· सारी शक्तियाँ मुझ में हैं···तू मुझे एक मौक़ा और दे। मेरा यक़ीन कर, मुझे इस भयानक ग़लती को सुधारने दे।'

'कैसे, जिन्ना, कैसे?'

'फिर से हिंदुस्तान एक हो जाएगा। पाकिस्तान का वजूद मिट जाएगा। वैसे भी उसे आज नहीं तो कल अपने इस कृत्रिम वजूद को हिंदुस्तान महान् का स्वप्न साकार करने के लिए मिटाना ही होगा। हर सूरतेहाल में यही होकर रहेगा, इसलिए तू मुझे एक मौक़ा और दे। गांधी, मेरा यार, तो अब इस दुनिया में नहीं रहा। वह इस तमन्ना को लिये ही चला गया, पर मैं उसकी इनसानियत की ख़्वाहिश को पूरा करूँगा। नेहरू से कहूँगा, तूने हिंदुस्तान सँभाला है, अब इस पाकिस्तान को भी सँभाल और मुझे ख़ुशी-खुशी लंबी यात्रा का मुसाफ़िर हो जान दे···अलविदा होने दे।'

इसी वक़्त जिन्ना की झपकी टूट गई। उसने आँख खोली। डॉक्टर जाल पटेल और दूसरे डॉक्टर सामने खड़े थे। लियाकत अली खाँ भी वहीं था। उसकी साँस ज़ोर-ज़ोर से चल रही थी। ग्लूकोज़ चढ़ाया जा रहा था। दो इंजेक्शन लगाए जा चुके थे। उसने आँख फाड़कर चारों ओर देखा। वह किससे संवाद कर रहा

था? वहाँ कोई नहीं था। उसने इशारे से लियाकत अली खाँ को पास बुलाया।

सबकी निगाहें लियाकत अली खाँ पर गईं। उसने एक पल के लिए कुछ सोचा। आख़िर वह उसका कृपापात्र था, ऐसा सब कहते थे। लेकिन जिन्ना के मन में उसके लिए क्या है, यह वह आज तक नहीं जान सका था।

लियाकत अली खाँ जिन्ना के पास आया। वह जिन्ना का अंधभक्त था। जिन्ना को उस पर भरोसा था। उसने तकिए के नीचे से एक लिफ़ाफ़ा निकालकर उसकी ओर बढ़ाया। संकेतों से कुछ कहा। फिर आँखों की हलकी सी दर्दीली मुसकान को होंठों पर लाकर फड़फड़ाया।

लियाकत अली उस लिफ़ाफ़े को लेकर दूसरे कमरे में चला गया। उसने लिफ़ाफ़ा खोला। ख़त था। जिन्ना ने स्वयं लिखा था। लिखावट ज़रूर डगमगा रही थी। ज़रूर जल्दी में लिखा था। उसमें उत्सुकता बढ़ी। वह खिड़की के पास-वाली कुरसी पर बैठा और ख़त पढ़ने लगा। उसमें लिखा था—

'लियाकत, मैं तुम पर भरोसा कर सकता हूँ। तुम मेरे प्रति वफ़ादार रहे हो और सोचता हूँ कि आगे भी रहोगे।'

'हम सबने मिलकर वह सब पा लिया, जो मात्र हमारे सपने से ज़्यादा था। जब किसी मुल्क के बुरे दिन आने को होते हैं, तब ऐसी दुर्घटनाएँ होती हैं, जिन पर आनेवाली सदी विश्वास नहीं कर सकती।'

'मैं नहीं समझता कि मुझसे यह अपराध कैसे बना कि एक मुकम्मल मुल्क के टुकड़े करवा दिए। किसी एक क़ौम का मुल्क नहीं होता। मुल्क उन सबका होता है, जो वहाँ जनमे और बड़े हुए हैं। यही तो माँ-माटी का प्यार है, जो मन को विभाजित होने से रोके रखता है। सब मज़हब उसकी शरणस्थली बनते हैं। फिर पाकिस्तान क्यों? क्यों एक मुल्क में से दूसरा मुल्क? यह अस्थायी खाई है, जो हमने पैदा की है और जिसे मैं अंतिम साँस लेने से पहले पूरी करना चाहूँगा, पाटना चाहूँगा।'

'जानता हूँ कि तुममें पाकिस्तान की दीवानगी एक हद तक काम करती रही है।'

'तुम्हें याद होगा कि 3 जून, 1947 से चली बँटवारे की मशक़्क़त ने कई पैंतरे बदले। कभी कछुए की चाल से आगे बढ़े, कभी मौन रहे, कभी कतरब्योंत चक्र चला और कभी मीटिंग टूटी। वह दौर कितना नाज़ुक और बेरहम होकर चल रहा था कि बक़रीद का माहौल लगने लगा। अवाम को कुछ नहीं मालूम कि उनके भाग्य के साथ क्या खिलवाड़ किया जा रहा है! मैंने, नेहरू और बलदेव सिंह से

वादा लेकर माउंटबेटन ने तत्कालीन स्थिति अपने काबू में कर ली थी। हालाँकि मैंने शोशा छोड़ने का नाटक यह कहकर किया था कि अभी मुझे मुसलिम लीग की वर्किंग कमेटी और लीग काउंसिल से सलाह-मशविरा करना है। क्या थी वह लड़ाई, जिसमें ट्रंप और पपलू के बिना भी बाज़ी अपने पक्ष में अनुभव होने लगी थी? तुम वहाँ मेरे साथ थे। याद है कि वहाँ गांधी के बारे में किसी ने कुछ नहीं कहा। अब्दुल गफ्फार खाँ ने पख्तूनिस्तान को स्वतंत्र राज्य के लिए आवाज़ उठाई थी, जिसका कोई अर्थ नहीं था। सब चुपचाप सुनते रहे। सब जानते थे कि वह स्वतंत्र नहीं रह सकेगा।'

'दूसरे दिन दूसरी मीटिंग हुई। उसमें तुमने गांधी की छाछ पीकर आलोचना की थी। अंत में जॉन क्रिस्टी ने विभाजन के अनुशासकीय परिणामवाला दस्तावेज़ सबको दे दिया। वहाँ से रेडियो पर सबने अपना-अपना पक्ष प्रस्तुत किया। माउंटबेटन ने विभाजन के मार्ग को अपनी चुस्त दलीलों से उचित ठहराया। नेहरू ने हमेशा की तरह भावावेश में नाख़ुशी ज़ाहिर करते हुए दोहराया कि इस वक़्त इससे बेहतर रास्ता नज़र नहीं आता। फिर मैंने कहा। तब मेरा गला सूख रहा था और आवाज़ भारी हो गई थी। मुझसे कुछ कहते नहीं बन रहा था सिवा इसके कि ब्रितानिया हुक़ूमत ने जो पेशकश की है, उसे आख़िरी सौदे के रूप में मान लें। सबसे मुश्किल में था सिख नेता बलदेव सिंह, जो ख़ाली हाथ लौट रहा था। वह कह रहा था कि यह समझौता गुज़ारे योग्य है और इसे मान लेने के अलावा कोई चारा भी नहीं है।'

'मैं तुम्हें यह सब इसलिए याद दिलाना चाह रहा हूँ कि इस वक़्त मैं किसी दूसरे नतीज़े पर पहुँचा हूँ। सेक्रेटरी ऑफ़ स्टेट फॉर इंडिया से तुमने कहा था— यही आख़िरी रास्ता बचा था।'

'उस वक़्त मुझे तअज्जुब हो रहा था और मेरा हृदय काँप उठा था। उसी समय लेडी माउंटबेटन को यह कहते सुना, 'डिकी, प्रभु को धन्यवाद दो कि तुम क़ामयाब हुए।'

'उधर चर्चिल को भी विश्वास में लेना था, क्योंकि वह आज़ादी देने के सख़्त ख़िलाफ़ था और ब्रितानिया हुक़ूमत की मजबूरी जानना चाहता था। एटली ने यह ज़िम्मेदारी मुझ पर छोड़ दी थी कि मैं उसे और चैंबरलेन, क्रिप्स, अमेरी, आलीवर, मौक्डोनाल्ड आदि अनुदार दल वालों को समझाऊँ।'

'तुमने क्या समझाया, डिकी?'

'यही कि गांधी ने खादी, असहयोग और सत्याग्रह द्वारा हमारे व्यापार पर गहरी अंदरूनी चोट की है। हमारे माल की न केवल होली जलाई जाने लगी है,

बल्कि खपत भी बहुत कम हो चली है। तब हमारे हितों की सुरक्षा की क्या गारंटी है? क्या करेंगे वहाँ रहकर?'

'क्यों, डिकी?'

'गांधी जैनी बनिया है। काठियावाड़ी। उसके पीछे व्यापारिक घराने हैं, क्योंकि उनको ही आज़ादी का लाभ मिलनेवाला था और लाल झंडेवालों के हौसले पस्त करने थे। हम जाएँगे तो क्या हुआ, हमारे नक़्शेक़दम पर चलनेवाले ही हुक़ूमत सँभालेंगेँ दूसरे, हमारे बीच दोस्ताना भी बना रहेगा।'

'वे मान गए?'

'क्यों न मानते! दहेज में उन्हें विभाजन दिया जा रहा था। विभाजन का अर्थ है—हमेशा एक-दूसरे के शत्रु बने रहना।'

'ये लोग इस गहराई तक क्यों नहीं जा सके, डिकी?'

'थक गए थे। बूढ़े हो चले थे। निराशा ने इन लोगों को अंदर से तोड़ दिया था। ख़याल रहे, वकील सदा दूसरे के बल पर खड़े होते हैं। इनमें से अधिकांश विधुर थे''बस, यों''डार्लिंग, अब उधर चलें। देखें। वे लोग अब तक अपनी-अपनी भड़ास निकाल चुके होंगे। वे बोलते हुए नहीं थकते, जबकि मैं सुनते हुए बेतरह से थक जाता हूँ। आओ, चलें।'

'तुम जाओ डिकी, तुम्हारी बैठक ख़त्म हो जाए तो नेहरू को मेरे पास भेज देना।'

'लियाकत अली, उस वक़्त मेरे ज़ेहन में आया था कि सारी बाज़ी उलट दूँ। यह काम मेरे बाएँ हाथ का था। परंतु वह मैं नहीं कर सका। तब से मेरे दिल पर एक बोझ बना हुआ है। इनसानियत के नाते और अवाम के साथ हुए छल के कारण यह मेरा फ़र्ज़ भी बनता है कि मैं उसे करूँ। चाहे उसके लिए मेरे बारे में लोगों की राय क्यों न बदल जाए। वे मुझे कितना भी भला-बुरा कहें। मैं उन्हें पाकिस्तान लौटाना चाहता हूँ। एक ही धरती की संतान को हमेशा-हमेशा के लिए कुरुक्षेत्र नहीं होने देना चाहता।'

'लियाकत, तुम ज़रा धैर्य से काम लेना। कम-से-कम तुम मुझे ग़लत नहीं समझना। नेहरू ठीक कहता था कि मैंने क़ुरआन नहीं पढ़ी, रोज़े नहीं रखे, न हर जुमे को नमाज़ पढ़ी। फिर मैं कैसे मुसलमान? यह है भी सच। मैं अंदर से सदा मज़हब से कोसों दूर रहा। मुझे क़ायदेआज़म की पदवी लौटते हुए भी ख़ुशी होगी, क्योंकि मैं उसके क़ाबिल नहीं हूँ।'

'आज इन आखिरी लमहों में मुझे बारंबार यही ख़याल परेशान किए जा रहा

है कि मैंने 1935 के एक्ट भाग-2 के अनुसार शक्तियाँ न मानकर, नवें शिड्यूल के अनुसार शक्तियाँ क्यों चाहीं? मेरे में वो शक्तियाँ (अधिकार) हैं, जो इंग्लैंड राजा के नुमाइंदे गवर्नर जनरल को भी नसीब नहीं हुईं। मेरे में प्राइम मिनिस्टर, स्पीकर और आर्क बिशप ऑफ़ केंटरबरी आदि सभी समा गए, यों भी नई डोमिनियन को चुनौती देने का रास्ता बंद। गोकि तानाशाही। पर यह सब किसलिए किया? इससे तो आनेवाले वक़्त में तानाशाही प्रवृत्ति को बल मिलेगा और लोक कल्याणकारी राज्य की भावना पर कुठाराघात होगा। यह अवाम के साथ धोखा है। और यह धोखा तब और दुखदायी महसूस होगा, जब हिंदुस्तान में मुसलमान अपेक्षाकृत यहाँ से ज़्यादा महफ़ूज़ होंगे, ज़्यादा समृद्ध होंगे, ज़्यादा तालीमयाफ्ता होंगे और ऊँचे-ऊँचे पदों पर आसीन होंगे। इसका पाकिस्तान के पास क्या उत्तर होगा? पाकिस्तान से मुसलमान अपने मुस्तकबिल के लिए भारत में आएँगे, क्या यह पाकिस्तान के निर्माताओं के मुँह पर करारा तमाचा सिद्ध नहीं होगा? जब भारत में मुसलमान अमन-चैन से हैं, तब पाकिस्तान क्यों?

'लियाकत, मज़हबी ठेकेदार हमेशा से शांति भंग कर अपने खूँखार इरादों को अवाम पर थोपते आए हैं। मुफ़्ती, शरहे हाकिम, मुल्ला-मौलवी के साथ इसमें पंडित, पादरी आदि सभी शुमार हैं। जो सियासी सल्तनत से भी ऊपर अपने को रखते हैं, वे अवाम को गुमराह करते हैं और भड़काते हैं। यदि मज़हब ही ख़तरे में पड़ गया तो अवाम की वह क्या हिफ़ाज़त करेगा?'

'लियाकत, मज़हब जब सियासत में दखलंदाज़ी करने लगता है, तब उससे अवाम को ख़तरे पैदा हो जाते हैं—अमन-चैन पर आ बनती है। दरअसल, सियासत दुनियावी ख़्वाहिश, ताक़त, पैंतरेबाज़ी, साज़िश, अहं आदि का हिस्सा है, जबकि मज़हब रूहानी, अंदरूनी, ख़ुदा के रास्ते पर चलने का छल-प्रपंच रहित साफ़-सुथरा रास्ता है। मज़हब अंदर की ताक़त है। उसमें क़ुर्बानी, सेवा, त्याग आदि को तरज़ीह दी जाती है। दोनों की फ़ितरत और कार्यक्षेत्र जुदा होते हुए क़ौम को मज़बूत और ज़िंदादिल बनाते हैं, उसकी सेवा में चैन पाते हैं।'

'लियाकत, मज़हब के बारे में मैं ज़्यादा कुछ नहीं जानता। जितना जानता-समझता हूँ, उससे मेरे दिलोदिमाग़ पर कोई अच्छी तसवीर नहीं बनती है। फिर पाकिस्तान को मज़हब या क़ौम के नाम पर खड़ा करने का फ़ैसला कितना मुनासिब है, यह सोचने-विचारने पर मज़बूर हो जाता हूँ। हम प्यार नहीं दे सकते तो हमें अवाम को नफ़रत की आग में झोंकने का कोई हक़ नहीं है। ऐसा करना सरासर इनसानियत की छाती में कील ठोंकने जैसा दुष्कार्य है।'

'लियाकत, हमारे सोचने का एक यह भी पक्ष हो सकता है। तुम सदा मेरे साथ रहे हो। उम्मीद करता हूँ कि डूबती संध्या के वक़्त जब मैं अपने अँधेरों में रोशनी की किरण तलाश करने की आख़िरी चेष्टा कर रहा हूँ, तुम मेरे साथ रहोगे।'

'वक़्त के मिज़ाज़ का किसी को नहीं पता। खुदा न ख़ास्ता तुम मुझसे इत्तिफ़ाक़ नहीं रखो तो मेरा यह ख़त बिना किसी पर ज़ाहिर किए, लौटाने का एहसान ज़रूर करना, ताकि मैं अपनी आख़िरी ख़्वाहिश को अपने साथ रख सकूँ।'

'आगे का मज़मून ग़ौर करने क़ाबिल है, क्योंकि वह मेरी ज़िंदगी का अहम् हिस्सा है। वहाँ मैं हूँ। वहीं मेरी रूह है। वहीं मेरा संवाद है अपने आपसे। खुला और मुक्त संवाद।'

'सुनो, मेरी एक और ख्वाहिश है, लियाकत। तुम जानते हो कि मुझे अपनी बीवी रूटेन पेतित से बहुत प्यार था। यह मेरी ही बदनसीबी थी कि जब तक वह रही, मैं उसका साथ नहीं निभा सका। तब क्या पता था कि ऐसा होगा कि वह बंबई में, भारत में दफ़न हो जाएगी और मुझे पाकिस्तान में दफ़नाया जाएगा। बंबई मेरा प्रिय शहर रहा है। मेरी इच्छा है कि मुझे उसकी क़ब्र के पास दफ़नाया जाए, ताकि मरने के बाद तो साथ-साथ बने रहने का सुकून मिल सके। पर क्या यह मुमकिन है कि पाकिस्तान के सर्वेसर्वा को परायी धरती में दफ़नाया जा सके? पर तुमसे मैं उम्मीद कर सकता हूँ और तुम पर अपने को प्रकट कर सुकून पा सकता हूँ, क्योंकि तुम मेरे सबसे क़रीब रहे हो और मेरी ख़ातिर कुछ भी कर सकते हो।'

'यह ख़त यहीं ख़त्म करता हूँ, तुम्हें ढेर सारे मुबारक़बाद के साथ।

तुम्हारा

जिन्ना'

लियाकल अली का माथा ठनका। बेहतर हुआ, यह ख़त उसके हाथ लगा। जिन्ना असली मुसलमान कहाँ था? हे मेरे परवरदिगार, अब तू उसे अपने आगोश में समेट ले। कहीं वह और ज़िंदा रह गया तो बने-बनाए खेल को मिटा डालेगा।

लियाकत अली खाँ का माथा ठनका। यह क्या क़यामत होने जा रही है? उसका दिमाग़ तेज़ी से घूमने लगा। वह इस रहस्य को जिन्ना के ज़िंदा रहते पर्दाफाश नहीं कर सकता। पर यह कैसा विश्वासघात? सर्वोपरि स्थान पर पहुँच कर राष्ट्राध्यक्ष की यह कैसी भूमिका? उसमें उसकी साझेदारी किस बिना पर?

मौलवी रज़्ज़ाक ने ठीक ही भविष्यवाणी की थी कि जिन्ना भले ही मुसलमान

है, लेकिन वह कभी मुसलमान क़ौम के लिए वफ़ादार साबित नहीं होगा। वह साबिर इनसान नहीं है। ख़ुदा में उसका यक़ीन नहीं है।

लियाकत अली खाँ को उस फ्रांसीसी महिला की याद आई, जिसे जिन्ना ने अपना जीवनी लेखक मुकर्रर किया था और जो दो-तीन घंटे लगातार उससे मुलाकात करती रही थी। उनके बीच में तीसरा कोई नहीं था। वह भी नहीं। उसे अब शक हुआ है। कहीं जिन्ना अपने सीने में दफ़न किए ऐसे रहस्यों पर से परदा न हटा बैठे, जिनसे पाकिस्तान को नुक़सान उठाना पड़ जाए। और कहीं इस पत्र की प्रति उसे···क्या नाम है उसका? मादम्वाजेल···नहीं नहीं, यह नाम नहीं है। इसका अर्थ है सुश्री। नाम तो है···याद आया, याद आया···मैक्फैरेन। उसे बुलवाए··· किसी को भेजे। किसको? क्या वह ख़ुदे ही जाए? दूसरा कोई गया तो बात बिगड़ जाएगी।

वह बाहर आया। कार में बैठा। कार मैक्फैरेन के अस्थायी निवास पर। मैक्फैरेन कहीं बाहर जाने के लिए तैयार थी। उसे देखकर वह बोली, "बैठिए, मि. अली।"

"क़ायदेआज़म का संदेश है। वह अपने निजी संदेश मेरे अलावा किसी दूसरे को नहीं देते।"

"जानता है हम अली···आप उनके भरोसे के इनसान हैं। कहिए, क्या संदेश है?"

"क्या आपने उन पर लिखना शुरू कर दिया?"

"अभी नहीं।"

"कुछ भी?"

"कुछ भी नहीं। अभी हम मैटर कलेक्ट करता है। फिर उसकी जाँच-परख करेगा। हो सकता है कि जिन्ना से भी क्रॉस क्वेश्चनस करने पड़े।"

"पर क्यों?"

"सच्चाई भी परत-दर-परत छिपा हो सकता है, हम अपने बारे में भी, कई जगहों पर अटक जाते हैं। वहाँ बात हाथ से खिसक सकती है।" मैक्फैरेन शर्ट-कमीज़ में थी। हाथों पर लंबे दस्ताने थे और पैरों में लंबी जुराब। जुराब को गेटिश से कसा हुआ था। उसकी नीली आँखें बड़ी-बड़ी थीं और सिर से बाल भूरे घुँघराले।

"फिर भी···कुछ रफ़ ही सही।"

"हाँ, हाँ, कुछ रफ़ है। दरअसल, जो वह सुनाते जा रहे हैं, उसे अभी 'फेअर' करना है। उम्र के साथ-साथ याददाश्त भी कमज़ोर होती जाती है। अतीत

पर तत्काल का, यानी आज की परिस्थितियों का प्रभाव भी काम करता है, अभी तो मेरे साथ मादंबाजेल (सुश्री) एलिजाबेथ रहेंगी। वह मानव चरित्र को गहराई से समझने में अनुभवी और दक्ष हैं। फिर अभी कुछ नहीं कहा जा सकता अली महाशय, कितना बन सकेगा, क्योंकि तुम्हारा जिन्ना शायद कुछ ख़ास चाहता हो। एक आदम आदमी जब इतने बड़े पद पर जा पहुँचता है, तब शायद उसकी अपेक्षाएँ आम नहीं रहतीं।''

लियाकत अली खाँ ने अपना चश्मा हटाकर उस कमरे में चारों ओर दृष्टि दौड़ाई। हालाँकि वह नाटे क़द का किसी मज़दूर नेता सा लग रहा था, तथापि अपने बैठने के ढंग से अपने बौनेपन को छिपा पाने में वह सफ़ल था। उससे उसके प्रसिद्ध ख़ानदान का पता नहीं चल रहा था और न यह कि उसने एक्सिटर कॉलेज, ऑक्सफोर्ड में तालीम पाई थी। वह चतुर वकील के अंदाज़ में पूछ रहा था, ''आपने टेप किए होंगे?''

''हाँ, हम टेप से रफ़ मज़मून तैयार कर रहे हैं। हमें ज़रूरत आपकी भी पड़ेगी, क्योंकि आप मि. जिन्ना के बहुत क़रीब और वफ़ादार साथी हैं।''

''वह ठीक है, मैक्फैरेन, पर इस वक़्त मेरे आने का ख़ास मक़सद है।''

''तो फिर इतनी देर से कहा क्यों नहीं? अब कहो!'' मैक्फैरेन तनिक ठीक से बैठी।

''क़ायदेआज़म जिन्ना ने आपको एक ख़त सौंपा है। वह ख़त एक तरह से उनकी 'विल' या कहें अंतरात्मा की पुकार, पछतावा···कुछ भी कह सकते हैं।''

लियाकत अली खाँ की आवाज़ थिरकन होने का आभास देती अनुभव हो रही थी।

एकाएक मैक्फैरेन कुछ उदास हुई। रहस्यमय दृष्टि से लियाकत अली खाँ का मुआयना किया। वह शांत, स्थिर और गंभीर मुद्रा में था। सवाल गोपनीयता का था, पर इस वक़्त तो गोपनीयता रही नहीं थी। कल ही उसकी कार्बन कॉपी देकर जिन्ना ने उससे कहा था, 'यहाँ जिन्ना की आत्मा···मैं आत्मा के बारे में यक़ीन से कुछ नहीं कह सकता, फिर भी···निवास करती है। हीअर इज ज़िन्ना। मुझे पछतावा है···आई वांट टू रिपेंट। प्लीज़, कीप इन युअर माइंड। बड़ी ग़लतियाँ बड़ी शख़्सियत ही करती हैं। फिर भी, कोई-कोई दिल गुरदे वाला होता है, जो बड़ी क़ामयाबी के बाद भी अपनी ग़लती को मानने और सुधारने के लिए तैयार हो जाता है।'

उसने खखारकर गला साफ़ किया और पुनः पूछा, ''आपका किस ख़त की ओर इशारा है?''

"शायद वह आपको अभी तक एकमात्र पत्र मिला है, पश्चात्ताप से भरा और ग़लती सुधारने की इच्छा ज़ाहिर करनेवाला।" लियाकत अली खाँ पूर्व की तरह गंभीर बना रहा।

"हाँ, मिला है··· सब कुछ उलट देने वाला। एक नेक, ईमानदार और महान् शख़्सियत का अनुभव करानेवाला। वह क्या आला इनसान है! सचमुच, वह आज भी अपनी पत्नी रूटेन पेतित को बेहद प्यार करता है।"

"यह आप कैसे कह सकती हैं?"

"लियाकत अली, ऐसी क़ुर्बानी वे ही फरिश्ते देने को तैयार होते हैं, जिनसे उनके प्यार की मुलाक़ातें बाद में भी होती रहती हैं।"

"क्या आप प्रेतात्मा में यक़ीन करती हैं?"

"प्यार कभी मरता नहीं अली, हम इतना जानता है।"

"तुमने भी प्यार किया है?"

"हाँ, अली। इस वास्ते हमने डॉक्टर पटेल का प्रस्ताव मान लिया, क्योंकि हमारी दिलचस्पी शासनाध्यक्ष जिन्ना की अपेक्षा प्यार करनेवाले जिन्ना में है। प्यार ही व्यक्ति को क़ुर्बानी से मक्का-मदीने की चौखट तक ले जाता है, बशर्ते प्यार सच्चा हो।" मैक्फैरेन का हृदय चेहरे पर आ चिपका था। उसकी गुलाबी आँखों में रहस्यमय आँखें नीली थीं। उसने झट से अपनी आँखों पर चश्मा चढ़ा लिया। अपने लाल-लाल होंठों पर जीभ फेरी। हलक साफ़ किया और बोला, "मैक्फैरेन, आपने ठीक कहा।"

"तो फिर?"

"यह देखिए, उनका ऑरिजनल लेटर मैक्फैरेन।" इतना कहकर वह पत्र उसने उसकी ओर बढ़ा दिया।

मैक्फैरेन चकित रह गई। अब? उसने ऊपर के होंठ से अपने नीचे का होंठ दबाया और छोड़ा। ऐसा वह कई बार करती रही। सोचती रही, जिन्ना कैसा डिप्लोमेट है! राजनीतिज्ञ स्पष्टवादी नहीं होता। हमेशा स्पष्टवादी होने का अभिनय करता है। वह बोली, "हम भी चलता है।"

"अभी नहीं, मैक्फैरेन। अभी उनके पास बाहर के मुल्कों के आए प्रतिनिधि बैठे हैं। इसके बाद उन्हें एक जलसे में जाना है। आज उनके पास कोई समय नहीं है।"

लियाकत अली खाँ की बात बराबर थी। उसे अगले सप्ताह की डेट्स व समय मिला था! काश, वह उस महत्त्वपूर्ण पत्र यानी, दस्तावेज़ की कॉपी कर लेती

तो···? वह भी तो कम आलसी नहीं है। उसके हाथ बहुत बड़ी सफलता लगी थी, जिसे वह सहज खो रही है। उसे इसका अनुताप हो रहा था। पर अब वह कर भी क्या सकती है! उसे सिलसिलेवार उस ख़त का मैटर भी याद नहीं है। वह भारी मन से उठी और अपने अध्ययन कक्ष में गई। कुछ देर बाद लौटी। वह ऐतिहासिक ख़त उसके हाथ में था।

लियाकत अली खाँ अनुभव कर रहा था कि मैक्फैरेन को जीती हुई बाज़ी हारने का सदमा कचोट रहा है। वह अनमनी हो रही है। उसने वह पत्र लेकर धन्यवाद दिया और कहा, "मैंने आपको परेशानी में डाल दिया। आप कहीं जानेवाली थीं।"

"नहीं, अली, ऐसा कुछ नहीं था।" मैक्फैरेन को उदासी दबोचे जा रही थी और लियाकत अली खाँ अपनी ख़ुशी को बलात् दबाने में लगा हुआ था। राजनेता के चरित्र की यही तो दीगर बानगी है कि वह अपने को छिपाकर स्थिति के अनुसार ढाल लेता है। यह अभिनय से बड़ा काम है, क्योंकि वह किसी अफ़साने का किरदार न होकर असली ज़िंदगी का पात्र होता है और वह भी एकदम जीवंत।

वह नीचे चला गया। कार स्टार्ट हुई।

मैक्फैरेन खिड़की के पास खड़ी रही। परदे की ओट से झाँकती रही। कार चली जाने के बाद उसने परदा हटाया और दूर-दूर तक दृष्टि दौड़ाई, यह जानते हुए कि उसके ऐसे करने का कोई फ़ायदा नहीं है। वह आगने में डूबती गई, इतनी गहरी, इतनी एकाग्र और इतनी बेरुखी से कि उसे आगे के अपने सारे कार्यक्रम भूल जाने पड़े।

अब संध्या अपना आँचल समेटकर लौट पड़ी थी। कोई गुबार, कोई शिकवा और कोई खरोंच अब उसको चोट नहीं पहुँचा सकती थी। मैक्फैरेन खिड़की के पास से हटी। फिर आकर आरामकुरसी में जा धँसी।

कार तेज़ी से दौड़ रही थी, परंतु लियाकत अली खाँ का मन मद्धिम गति से चल रहा था। सोच के इस मुक़ाम तक का सफ़र उसको बेस्वाद किए जा रहा था। उसमें उल्लास, उत्साह और उमंग नहीं रहा था। एक बड़े हादसे से बाल-बाल बचा था।

वह मन-ही-मन कहता जा रहा था—ओ मेरे मौला, मेरे परवरदिगार, मेरे रहनुमा, अल्लाह ही अपने बंदों की तौबा क़बूल करता है और सदके लेता है। उस पर यक़ीन ले जाने वाले हमेशा महफ़ूज रहते हैं। मैं उस पर ईमान लाया हूँ। मैंने अच्छे कर्म भी किए हैं। नमाज़ जारी की है। ज़कात भी दी है। यह इसी का नतीज़ा

है, मेरे अल्लाह! क्या जिन्ना मुसलमान होकर भी काफ़िर है? यह कैसा कफ़्फ़ारा (पछतावा)? कुफ़्र। क्या ऐसे मुसलमान ही इसलाम मज़हब से गद्दारी कर रहे हैं? संख्या बल से क्या होना है? होना पाक मुसलमान चाहिए··· तेरा लाख-लाख शुक्रिया, अल्लाताला! पर अब वह क्या करे? जिन्ना अड़ियल है। उसे अच्छे-बुरे से कोई मतलब नहीं। वह सर्वेसर्वा बन गया है। तानाशाह! कुछ तो ज़रूर करना होगा। उसने उस पत्र को निकालकर फिर से देखा। अब कार दाईं ओर मुड़ रही थी।

□

सूराऽऽऽ

सूर्यास्त का समय—शांत थी कुटी। पर उस शांति को सुननेवाला कोई नहीं था, निर्जन था मुँहबोला सन्नाटा दोपहर के बाद भी। घने थे वृक्ष। सजे-सँवारे से पौधे। खिड़की से सूर देख रहे थे। कभी-कभी उनका ध्यान उन दृश्यावलियों में अटककर चिंतन मुद्रा अपना लेता था। तब वह अपने में नहीं रहते थे। अन्यत्र डूब जाते थे, पर कहाँ?

अवस्था के साथ-साथ अनुभव भी जुड़ते चलते रहे। अनुभवों के भी अपने रंगरूप होते हैं, अपनी शैली होती है, अपनी शृंगार-सजावट होती है। सूर का चित्त अनुभव पगा था। अब उन्हें अपने अनुभवों का आस्वाद आँखमिचौनी खेलता हुआ लग रहा था। जाना-पहचाना सा होकर भी अजनबी।

हाँ, स्मरण कुछ देर बाद अवश्य शरदकालीन नदी से साफ़-सुथरे और आत्मीय होने लगे थे। उनमें चमक कौंधती थी, परंतु ढेर सारे स्मरण-संस्मरण उनके कोष से कूच कर गए थे। कुछ मिचा-मिची का क्रीड़ा कौतुक कर रहे थे।

वह अपने आपसे बतिया रहे थे। कह रहे थे—तूने बहुत गा-भज लियौ, बाहे पर अब?

—अब का?

—बाको अउर कब तलक गातो-भजतो रहेगौ तू?

—कब से तिहारा अभिप्राय?

—अभिप्राय भी एक सीमा पर आकर अनभिप्राय हो जाता है। तब कुछ अउर ही होता है अनुभूत-सा या कि···।

—का···।

—अभिप्राय की उमर अधिक नाहीं होत।

—जे तू आज कैसी बहकी-बहकी बातें कर रहा है?

—तू बता, तोहे अउर का करना शेष है?

—का करना!'''कछु नाहीं रे। —सूर का चित्त हँसोड़ा हो उठा—जे सब तू काहे पूछत है, आज सुबह-सुबह ही का तड़के ही छान बैठौ है।

—ठठोली करने को मन हो गयौ है का!

—जा चौथेपन में, काहे रे!

—चौथापन ही निथरा पानी होबत है।

—होता होगा।

—तू एक बात तो बता!

—का, रे?

—अब तेरी चाहत का रह गई है?

—चाहत सुसरी कूँ कभी हमन ने अपने पास नाहीं फटकने दियौ। बा सौ हमारौ का संबंध? बो उधर तो हम इधर।

—जा चौथेपन में तो गैल पर आ जा।

—क्यों, का कछु झूठ कह दियौ है!

—जे तू अपने सौं पूछ।

—पूछ लियौ।

—का कहा बाने?

—जो अभी-अभी हमने तोहे सुनायौ है, वही कहौ है बाने।

—कि तिहारी कोई चाहत न थी, न है अउर न होगी।

—हाँ, यही कहौ बाने।

—कंठ छूकर कह।

—नाटक नाहीं। सौंह की तुरुप नाहीं। अड़ियलपन नाहीं। का समझौ?

—सब समुझ गयौ। उख गयौ।

—किससे?

—किससे डरफत है तू?

—किसी से नाहीं।

—श्यामा से भी नाहीं।

—फिर श्यामा। तोहे कितनी बार समझायौ। श्यामा हमारौ अतीत है। अतीत भविष्य नहीं बनता। जो भविष्य नहीं बनता, बाकी बात क्यों?

—हाँ श्यामा। कछु दिन पहले की बात तो है।

—का बात है?

—तूने श्यामा से अपना पद सुना था कि नाहीं।

—जे कहकर।

—का कहकर।

—शुद्ध भाषा में कहूँ तो झूठ बोलकर।

—कैसा झूठ?

—लबार तोहे कोई समझ तो है नाहीं।

—घुमा-फिराकर नाहीं, जो कहना है, स्पष्ट कह, दाँवपेंच नाहीं।

—घुमा-फिरा तो तू रहा है।

—आरोप नाहीं चलेगौ।

—चलगौ नाहीं, सिर के पाँव दौड़ेगौ।

—वो तू जाने।

—श्यामा ने दर्द भरे हिय सौं सुनायौ—प्रीति करि काहू सुख न लह्यौ/प्रीति पतंग करी पावक सौ, आजै प्रान दह्यौ।—तब तिहारे कूँ का हे रह्यौ हौ।

—का? सूर ने धीरे से पूछा।

—श्यामा ने तिहारौ ही पद तो उठायौ है सिगरी ज़िंदगी—प्रीति करि दीन्हीं गरे छुरी/जैसे बधिक चुगाय/कपटछन पाछे करत बुरी।...तीसरा पद उसने सुनाया—हमारे हरि हरिल की लकरी/...मधुकर! कहा—पढ़ी यह रीति।/लोक वेद सुत ग्रंथों रहित सब कथा विपरीत।...अउर अंत में, उर में माखर चोर गढ़े।/अब कैसेहु निकसत नाहिं।...जै सब कौ सब का है?

—का है जे सब?

—जे भी का मोहे बतलानो पड़ेगौ? उसने धीरे-धीरे है पूछा।

—बाहे तू क्यों उजागर करत है?—सूर ने साँस भरकर पूछा।

—का वो जे सबकुछ जानत नाहीं?

—बाने तो साफ़-साफ़ सुना डारौ कि...लोक लाज कुल कानि मेटि कै, बन-बन डोलति नव किसोरी।

—हाँ-हाँ, जे सब हमन ने ही गायौ है। का जा में बो भी है? जे उसकी है। बाकी हमारी पीड़ा का दो हैं?

—फिर भी, तू बाके सामने मौन काहे ह्वै जात है?

—जे है भाग्य, म्हारा भाग्य। भाग्य मांहि ही लिखौ है—बा से ही म्हारे कुँ किनारे लौट जाना पड़ौ है। घट भरा है, पर बाहे पीने की लकीर बामें नाहीं है। समझौ।

—बाका भाग्य।

—बाको भी।

—अब तो तू जा बोझ कू सदैव-सदैव के लिए हियरा से उतार दे।

--प्रयत्न करूँगौ।

—फिर झूठ।

—साँच, रे!

—जा में प्रयत्न कैसो?

—तू जे नाहीं समझ सकत है।

—क्यों?

—म्हारे पै का गुजरती है, जे भी तूने कबहुँ सोचो है। जे बात कोई नाहीं सोचत है।—सूर ने भरे मन से कहा। किसी के आने की आहट हुई। वह तनिक चेत गया।

समय नदिया की पतली धार सा बहता रहा। कोई नहीं आया। बाहर की ओर ताका। कोई दिखलाई नहीं पड़ा। कौन आया था? आया होगा। आजकल आने-जानेवाले भी गिनती के रह गए हैं। कभी-कभी तो कोई नहीं आता, मन को मात्र आने का भ्रम हो जाता है।

—जा चौथापन पै कौन ध्यान दे?

सूर का मन कुछ-कुछ घबराने लगा। साँस रुकती अनुभव हुई। स्वयं ने अपनी नब्ज टटोली। सोच गया, दिन पूरे हुए। नाटक पटापेक्ष चाहता है।

सूर ने अपने मन को टटोला। उसके मन में एक कोने से आवाज़ आई—सोभित कर नवनीत लिए/घुटुरुनि चलत रेनु-तन मंडित, मुख दधि लेप किए/चारू कपोल, लोल लोचन, गोरोचन तिलक दिए।···फिर मन गा उठा—जसोदा बार-बार यों भाखैं।/है कोई ब्रज में हेतु हमारौ, चलत गौपाल हि राखैं।···अब कौन है? सगरी उमरिया अकेले ही काढ़ दी। बरस पै बरस निकसत गए। कबहुँ कोई आहट नाहीं भई।

घर बनता तो ज़िंदगी बनती। श्यामा की उमर क्या थी? वह उसे समझा रही थी—ज़िंदगी से भागत जाऊँ जे ज़िंदगी भी तिहारे सौं सिगरी उमरिया भागत फिरी। कछु हाथ नाहीं लगौ।

—तू ठीक कहत है श्यामा।

—पर तिहारी समझ में जे बात ठहरती कहाँ है?—श्यामा गंभीर होकर कहती।

—कबहुँ न कबहुँ जे बात भी अवश्य ठहरेगी।

—तब तुम बूढ़े हो जाओगे।

—तू का कोई ज्योतिषी है?

—म्है तो नाहिं हूँ पर तुम तो हो।

—जे कैसे जाना?

—तुम्हें हथेलियों की रेखाओं को टटोलते हुए। लोगन के ग्रह दिशा बताते-बतियाते हुए।

—तू ठीक कहत है, बाबरी!

—तो म्हारी बातन पर कान क्यों नाहीं देत?

—समै आने दे।

—इसके पाछे कौन सा समै आने वालौ है?

सूर सोच में पड़ गया। उससे कुछ कहते नहीं बना। वह इधर-उधर देखकर रह गया। श्यामा समझ गई। उसने मन-ही-मन कहा—जे कछु नाहीं करेगौ। जाहे तो श्रीनाथ कूँ गुण गाने दे। उससे बतियाकर सुख पाने दे। प्रत्यक्ष में उठते ही वह बोली—अब हम जात हैं।

—इतनी जल्दी का है?

—अबेर हो रही है। मोहे सासू सा को वैद्य के पास ले जानो है, जी।

—जै राधा-कृष्ण।

—जै राधे-कृष्ण।

सूर शून्य आँखों से उसे जाते हुए अवलोकते रह गया। श्यामा ने पीछे मुड़कर नहीं देखा। आज वह देहरी पर रुकी भी नहीं।

सूर विचलित हो उठा। वह इतना कठोर क्यों है? किसने उसको इतना कठोर बनाया है। उसका मन द्रवित हो उठा अपने पर।

बाहर से पद आहट सुनी। अवश्य भीड़ है। वह सोचने लगा कि इधर भीड़ क्यों आ रही है?

तब तक विट्ठलाचार्य ने प्रवेश कर लिया। सूर उठना चाहकर भी उठ नहीं सके। लेटे-लेटे ही सूर ने हाथ जोड़ दिए।

विट्ठलाचार्य उनको अपलक निहारते रहे। वह अपने सूखे होंठों पर जीभ फेरता तो रह गया। उसकी आँखों में कृतार्थ भाव उतर आया।

कुछ देर के बाद परमानंद दास, गोविंद स्वामी, कुंभनदास, छीत स्वामी, कृष्णदास, चतुर्भुजदास आदि ने प्रवेश किया। बाहर से नंददास की आवाज़ साफ़

सुनाई पड़ रही थी। वह कह रहे थे—भगतजन, तिहारे कू उन पेड़न की छाँह में विश्राम करवौ है। तिहारे भगत शिरोमणि बीमार हैं। इस कारण यहाँ बतियाना नाहीं। चुपचाप जहाँ के तहाँ बैठे रहनो है।

—हमन कूँ भगत शिरोमणि सूरदासजी के दर्शन अवश्य करवा दीजौ, जे हमारी तिहारे सौं कर जोड़ विनती है।—एक भगत ने कहा।

सारे भगतों ने उसका समर्थन किया।

—ठीक है। आपको उनका दर्शन लाभ अवश्य करवा दिया जाएगा।

विट्ठलाचार्य पूछ रहे थे—सूरजी, तिहारे मन में का है?

सूर लेटे-लेटे चऊँ ओर निहार रहे थे। उनका मन मानो किसी को ढूँढ़ रहा था। सब शांत होकर सूर की ओर कनखियों से देख रहे थे।

सूर ने थूक गटककर विट्ठलाचार्य की ओर देखा। और कहने का यत्न किया। परंतु वह उनसे नाहीं ह्वै सकौ। वह मौन रह गए अपलक उनकी ओर देखते हुए।

बिट्ठलाचार्य की दृष्टि परमानंददास पर जा टिकी। परमानंददास का ध्यान सूर पर केंद्रित था। गोविंद स्वामी का मन सूर के मंदिर रूप में अटककर रह गया था। एक बार उन्होंने सूर से पूछा था—तिहारी मन-आत्मा एक होकर जब गाती है, तब सिगरे भगत जन चित्रलिखित-सी रह जात हैं। अउर तिहारा मन श्रीनाथजी में ऐसो डूब जात है कि तिहारे कूँ पता ही नहीं रहत है कि कब नव पद उठायौ अउर कब बाहे पूरो कर दिया। अऊर वह भी सर्वथा नवीन कल्पना और नवीन प्रसंग के साथ। जाको का रहस्य है?

सूर ने थूक गटककर कहा—स्वामीजी, जे बाँकेबिहारी की किरपा है। क्यों है, जे हम नाहीं जानत हैं। तू भी जे प्रश्न बासौ ही करो, वे ही तिहारी शंका कौ समाधान कर सकत हैं।

—बासू भी बहुत हाथा जोड़ी करके देख ली, पर वही ढाक के तीन पात।

—सब्र करो। समै आएगौ। सिगरे काम समै पै आप ही ह्वै जात हैं। तुम चिंता छोड़ो। तुम चिंता छोड़ दोगे तो वो तिहारी चिंता आपहि करन लगेगौ।

—लागत है, वो ही करनो पड़ेगौ अब।

—निराश, नाहीं होत हैं, भगत। साँच तो जे है कि करबो वालौ तो वो एक है। हम सबन सू वो ही जैसी बाकी इच्छा होत है, काम लेत है। जासौ हमन कू संतोष होनो चहिए। संतोषी सदा सुखी। हम सबन कौ देख बाके गुणगान करिबौ है। बो हम सब कर रहे हैं। कैसो गुणगान कर पा रहे हैं, जे चिंता भी बाकी है,

हमारी नाहीं।—सूर ने गोविंद स्वामी का हाथ अपने हाथ में लिया। हथेली पर कुछ किया। फिर उसका माथा सहलाया। कुछ देर बाद कहा—अँखियाँ मूँद लेऊ।

—मूँद लीं।

—अब चित्त को कुंज गलियन में ले जाओ।

—ले गयौ।

—वहाँ ग्वाल-बाल हैं।

—हैं।

—अब वहाँ कान्हा भी आ गयौ।

—आ गयौ।

—कान्हा का पूछ रह्यौ है?

—हमारी मुरली किसने चुराई है?

—अउर सब।

—चुप हैं।

—अब कान्हा का कर रह्यौ है?

—रिसिया रह्यौ है।

—एक गोपी आ गई।

—हाँ, आ गई है। सैन चलावत है। कान्हा बासौं विनती कर रह्यौ है। अउर वो मुसकराए जा रही है। इतने में दूसरी गोपी उसे बुलाने आत है। कान्हा बासौं पूछत है। वह इठलाती है। इतराती मन-ही-मन कछु गावत है। फिर वे दोनों मिलकर कहत हैं—मटकिया काहे फोड़ी कान्हा? कान्हा कहत है—जै कारण सूँ तुम सबन ने हमारी प्यारी बाँसुरिया छिपा ली है। जानत हो, बा बाँसुरिया पै का बीत रही होगी। वे कहती हैं—बा हमारी सौत है, समझे। तिहरे कूँ बाको बड़ौ खयाल आ रह्यो है, अउर हम पै का बीतती है, बाकी तिहारे कूँ रत्तीभर चिंता नाहीं।

कान्हा गिड़गिड़ाने लगते हैं। कहत हैं—हमन कूँ तिहारी चिंता दिन-रात रहत है प्यारी सखियो। जा बार हमें छिमा कर दो।

—छिमा माँगनी है तो राधा सूँ माँग।

अब का है कि कान्हा उनके पाछे-पाछे राधा के पास आते हैं। बाके निहोरे खात हैं। सौंह उठाते हैं। भोली राधा कूँ बा पै दया आ जाती है, अउर वह कहती है—कान्हा, हम तिहारे कूँ तनिक-सौं भी कष्ट नाहीं देना चाहत हैं। पर तिहारी तो लीला ही न्यारी है—काम पड़े कछु अउर है, काम सरै कछु अउर।

नाहीं री, प्यारी राधा, आगे सां हम तुम सबन कूँ बरोबर ध्यान रखेंगे। कबहूँ

शिकयत कूँ अवसर नाहीं देंगे, अपनी सौंह।

श्रीराधा चोली सूँ बाँसुरी निकालकर कान्हा की ओर बढ़ा देती है। कान्हा बाँसुरी ले, त्रिभंगी मुद्रा में बाँसुरी बजाने लग जाते हैं।

—बारे, भगत स्वामी, तिहारा चित्त एकदम बा में ऐसे डूब गयौ जैसे पानी मांहि नमक।—सूर ने कहा।

गोविंद स्वामी की आँखें झरने लगीं। कुछ देर बाद वह सूरदास के चरणों में गिर गए।

—गोविंद स्वामी!—विट्ठलाचार्य ने पुकारा।

गोविंद स्वामी की चेतना लौट आई। वे बोले—का आज्ञा है, प्रभु?

—जाओ रे, वैद्य कूँ बुला लाओ।

—नाहीं प्रभु। नाहीं।—सूर बीच में बोल पड़े।

—जे काम हमारो है, भगत सूर।

—जानत हूँ प्रभु। पर वैद्य तो यहाँ···हमारे सिरहाने बैठौ है।

सबकी दृष्टि सूर के सिरहाने चली गई। वहाँ कोई नहीं था। विट्ठलाचार्य की समझ में आ गया था। वह पूछ बैठे—तिहारे मन में का है?

सूर ने अपने आपको सँभाला। फिर ध्यान लगाकर धीरे-धीरे कहने लगे-देखो-देखो हरिजू का एक सुभाव। कुछ रुककर कहा—म्हारौ मन अनत कहाँ सुख पावै।/जैसे उड़ि जहाज कौ पंछी, फिरि जहाज पर आवै।···रे मन, गोविंद के ह्वै रहियै।···जे है, प्रभु, हमार मनवा माँ।

चतुर्भुजदास से यह सब सुनकर रहा नहीं गया। वह बोल पड़े—सूरदास जी, भगवत यश तो आजन्म गायौ है, पर कबहुँ महाप्रभून का यश-वर्णन नाहीं कियौ। क्यों, जा मैं क्या बात रही है?

सूरदास ने एक साथ कई चरण अपने पद के सुना दिए। उससे उनकी साँस उखड़ गई थी। धीरे-धीरे वह अपने आपको सँभालकर कहने लगे—हमारे तिय दोऊ एक समान हैं। उन दोऊ में हमारी समान निष्ठा है, समान आदर-सम्मान और समान श्रद्धा-भक्ति है। तब हमारी समझ में जे नाहीं आवत है कि फिर अलग-अलग महाप्रभून को यश-वर्णन क्यों कियो जावै?

विट्ठलाचार्य बीच में ही बोले—नाहीं, भगत शिरोमणि सूरदासजी तो पुष्टि मार्ग के जिहाज हैं, जा में हम सब बैठे हुए हैं।

सूर ने सब कुछ अनसुना कर अपना एक पद सुनाना शुरू कर दिया—चित्त श्री ठाकुरजी को, श्रीमुख तामें करुणा रस के भरे नेत्र देखे।/हमारे प्रभु, औगुन चित्त

न धरौ। अपनी भक्ति देहु भगवान्···।

सूर की दृष्टि चऊँ और घूम गई। उनका चित्त हलका-सा बेचैन हुआ।

विट्ठलाचार्य ने पूछा—का ढूँढ़त हो?

—का बताऊँ प्रभु? कछु नाहीं समझ परै। अब समझवै की ज़रूरत भी नाहीं है।—सूर की दृष्टि अब भी कुछ खोज रही थी। उनका मन अंदर-ही-अंदर तड़प रहा था।

—जैसी तिहारी इच्छा।

—अब कोई इच्छा नाहीं है। इच्छा बाबरी ने मोहे खूब छकायो है। पर अब बो म्हारे कने नाहीं फटक सकत है। बा कूँ, प्रभून की कृपा सूं ठिकाने लगा दियौ है, ताकि फिर कबहुँ सिर ऊँचा नाहीं कर सकत।—सूरदास कह किसी से रहे थे और ढूँढ़ किसी और को।

—कोई आने वाला है? विट्ठलाचार्य ने पूछा।

—कौन आएगौ, प्रभू अब आपके बाद।

—अउर कोई बात, सूरदासजी।

—जा समै आप जहाँ पधार गए, जेही हमारे लिए बहुत बड़ी बात है। हमारो मन कह रहौ हो कि आप सूं मिले बिना हम जा नाहीं सकत हैं। चाहे कछु है जाए। जे बात राधे गोविंद ने सहर्ष मान ली, जासौं हम बा के प्रति हाथ जोड़ के आभारी हैं।··· हमारी त्रुटियन कूँ छिमा करिबौ तिहारो काम है। हम जो हैं, वह आपके और आपके पिताजूँ के कारण। आप प्रभून की हमारे पै भरपूर किरपा रही है।

—नाही रे, हम भी तिहारी तरह ही हैं···। आप तो हमारे पिता समान हो। आप के मुँह सूं ऐसो बतियाना शोभा नाहीं देत। कबहुँ नाहीं, सूरदासजी, आप हम सबन के लिए पूज्य हैं, मान्य हैं।

विट्ठलाचार्य भाव-विह्वल होकर कहते गए। इस बीच सूर को मूर्च्छा आ गई। छीत स्वामी ने टोका—महाप्रभु, सूरदासजी!

विट्ठलाचार्य ने तुरंत सूर की नब्ज थाम ली। सोच में पड़ गए। परमानंददास उनके तलुए सहलाने लगे। सारा वातावरण स्तब्ध रह गया। नंददास ने बाहर बैठे भगतन को समाचार दे दियो कि सूरदासजी की दशा नाजुक है। बाके लिए सब मिलकर श्रीनाथजी जूँ सों प्रार्थना करौ। वही सबन कूँ सम्हाल करनेवालो है।

इसी समय श्यामा का प्रवेश हुआ। विट्ठलाचार्य को सूर की नब्ज पकड़े देखकर उसका हृदय धक से रह गया। वह कैसे कह दे कि तलुए उसे सहलाने दिए जाएँ। उसको यह सेवा का अधिकार मिलना ही चाहिए। पर उरो यह अभिकार

और कौन देगा, जब अधिकार देनेवाले ने उसे इस योग्य नहीं समझा।

सूर ने तो समय पर संदेश भिजवा दिया था। उसे बुलवाया था। पर उसे आज ही सारे काम निपटाने थे। वह कम कमेरी नहीं है। समय की नजाकत को उसने कभी नहीं समझा। सूर ने ऐसे बुलावा कभी नहीं भिजवाओ हो कि एक बार अभी उनसे जाकर तुरत मिले।

वह सूर की सँभाल कर रही थी। स्वयं न जा पाती तो आदमी भेजकर उनका हाल-चाल अवश्य पता कर लेती थी। उसके प्राण कूँ झंझट एक नहीं, अनेक हैं। खेती-बाड़ी भी उसे ही सँभालनी पड़ रही थी। जब तक सास रही, तब तक वह निश्िंचत रही। किसी का ऊपर वरदहस्त रहे, फिर सब ठीक। एक बैल बीमार हो गया था। दो दिन से कुछ खा-पी नहीं रहा था। गाय ब्याह गई थी। खेत में बुबाई चल रही थी। शाम होते-होते मजदूरों को दिहाड़ी का चुकारा करना भी ज़रूरी था। सुबह चार मजदूर कम आए थे। उनकी व्यवस्था भी उसे ही करनी थी। एक जान सौ जंजाल। दिन में न जाने और कौन सी समस्या आ जाए। उस सबका प्रबंध उसे ही करना पड़ता था। उसे क्या ज्ञात था। उसके साथ ही गोपाल ऐसा क्यों करता है? पहाड़ से दुःख झेलती आई थी अब तक वह। जा समय क्या यह दुःख भी उसे देना ज़रूरी था।

श्यामा का मन बिगड़ने लगा। वैद्यजी आ गए। अब वे नब्ज टटोल रहे थे। वे गाय का ताजा दूध चाह रहे थे।

श्यामा आनन-फानन में गई। सब उसको बहुत मानते थे। वे आड़े समय में वह सबके काम आती थी। न दिन देखती थी, न रात। यह समय ताजा दूध मिलने का नहीं था। पशु दुहे जा चुके थे। दूध औटने रखा जा चुका था। दिन चढ़े ताजा दूध मिल पाना संभव नहीं होता था। फिर भी उसने साहस किया। गाय दुही जा चुकी थी, उसी को वहाँ बरतन लेकर फिर से दोहने आ बैठी।

धनी ने बहुत कहा के वो यह प्रयत्न स्वयं कर लेगौ। पर वह नहीं मानी। घट उठाया, कुछ चारा उसके आगे पटका, थन पानी से धोए और मन-ही-मन गौ माता से प्रार्थना की—तू भी माँ है। म्है भी। तू जगत् माँ है। म्है बंजर माँ। इन छतियान में कबहुँ दूध नाहीं उतरौ। शिशु के रोअन से कबहुँ जे छाती नाहीं भरी। अपना कोई शिशु होता तो कछु बनता। पर आज तोहे मैं गोपाल की सौंह देती हूँ। आजन्म वो तिहारे गुणगान करता रह्यौ। कारी-धोरी गय्यन कू चराता रह्यौ। बाहे आज तिहारे अमरत की ज़रूरत आ पड़ी है। तू अपने अमृत घट में सूँ कछु अमरत बाकू दे दे। ना मत करना, एक माँ की लाज रख लेना।

वहाँ उस परिवार के सब जनों ने वह अद्‌भुत दृश्य देखा। श्यामा के थन दबाते ही अमृतघट में धड़धड़ अमरत गिरने लगा। श्यामा की आँखें भर आईं। उसने गौ माता और उसके थन को मन-ही-मन अनेक बार प्रणाम किया। गोपाल को भजो।

रास्ते भर वह गोपाल से विनती करती रही। उसकी मनौती करती रही। उसे समझाती रही—म्हा से, गोपाल, एक पाप के अतिरिक्त और कोई पाप नाहीं हुआ है। जे पाप-धर्म भी तो तेऊ ने निभाया है। श्रीराधा सूं प्यार कियौ है। जे पाप धर्म म्हे जन्म-जन्मांतर करिबौ चाहूँ। निभाना चाहूँ। वो तो निरदोस है। उसने कोई पाप नहीं कियौ। मृत्यु शैया पै पड़ौ-पड़ौ भी वो अपनी या इच्छा कूँ प्रगट करने का साहस नाहीं जुटा पायौ। पता नाहीं जे तिहारी का माया है। सिगरे ब्रज कूँ प्रीति का पाठ बाने पढ़ायौ है। बाने जीवन भर प्रीति की ही डुगडुगी बजाई है। पर असली प्रीति को बाने आज तक स्वीकार नाहीं कियौ। तूने ही कब राधा की प्रीति को स्वीकारा है। तू तो बासूँ भी एक डग आगे निकल गयौ है। मथुरा छोड़ अंत में द्वारका जा बैठो। सूर तो हमारे कने तो है। जे भी तिहारी किरपा है। जेही हमारे पुण्यों की साँची कमाई है। जै हरे कृष्ण।—श्यामा ने मन-ही-मन उसके हाथ जोड़ दिए। श्यामा का हृदय भर आया। मन छलछलाने लगा। आँखें नम हो गईं। वह पगला गई थी। कहती जा रही थी—का सो गयौ, गोपाल। बाहर धेनु तोहे पुकार रही है, जाग रे! एक बार आँख खोल, देख तिहारे सामने अभागिन श्यामा ठाढ़ी है। तिहारे हाथ जोड़ते हैं। बस एक बार मोहे अँखियाँ भर देख ले। जासौं ही हमारे मन को कल पड़ जाएगी। हमारौ जीवन सफल ह्वै जाएगौ।

श्यामा ने वह अमृतघट वैद्यजी के सामने रख दिया। पहली बार विट्‌ठलाचार्य ने श्यामा की ओर देखा। धवल धोती-सलूका। एकदम गोरी-चिट्टी। भभूका सी। सलौनी। बड़ी-बड़ी अँखियन में छलकता गुलाबीपन। गहरी ठोढ़ी। बाँकी चितवन। पतले सुर्ख होंठ। होंठ पर हिय का सुकंप। देह दुबली-पतली, पर सुती हुई। वह सोचने लगे—सूर अमरत जहाँ सूं छलछलाता था। धन्य है देवी, तू सचमुच धन्य है। प्रीति का तिहारा स्रोत धन्य है, सूर।

वैद्य सारे यत्न कर थक चुका था। उसे अब कोई आशा नहीं रही थी। उसने गंगाजल और तुलसी के पत्ते लेने के लिए टेर लगा दी थी।

श्यामा का हृदय पछाड़ खाने को हुआ ही था कि विट्‌ठलाचार्य ने श्यामा की ओर देखकर कहा—बहिना, नेकु आप सूरा के कनै आ बैठो।

उन्होंने सबको बाहर जाने का संकेत कर दिया था। बाहर आकर परमानंद

दास से वह बोले—पुष्टि मार्ग में प्रीति का बहुत महत्त्व है। वो साक्षात् प्रीति का अमृतघट है। सूर जासूँ ही अपनी जटिया भरकर स्वयं छका रहता था अउर हम सबन कूँ भी छकाए रखता था।

—समझ गयौ, प्रभु।

—मो वो ही सूरा की साक्षात् भक्ति है, परमानंद जूँ। बाहे जा अवसर पै नाहीं मिलने देना प्रीति कूँ कलंकित करना था। देखो, भक्ति कूँ रंग-रूप-बाकी खामोशी में अउर बाकी गहन गंभीर चितवन में। हमन में वा जैसी शक्ति-भक्ति नाहीं है। जासूँ हमन ने लोक-लाज-मर्यादा की परवाह नाहीं की। जा औसर कूँ तीरथ हो जाने दियौ। का जा में कछु त्रुटि रही का?

—नाहीं, जे ही पुण्य है। आपने बहुत उचित कियौ। हिय कूँ जाना। बाकूँ मान-सम्मान दियौ। मानव धरम निभायौ।

छीत स्वामी उनकी ओर आ रहे थे। अंदर की कोई गति-वति का पता नहीं चल पा रहा था। विट्ठलाचार्य उसके पास आने का अभिप्राय समझ गए और संकेत से उसे चुप बने रहने की बात भी समझा दी।

श्यामा टुकुर-टुकुर सूर को देखे जा रही थी। सूर का मुखड़ा सदाबहार जैसा था—सद्यः खिले गुलाब-सा। उस पर अपार शांति थी। भरपूर दिव्यता थी। अलौकिता थी। उसके भिंचे अधर बतियन को अधीर थे।

श्यामा का मन हुआ कि वह उसके चरणों को छू ले। उसको पुरजोर से पुकार ले—सूरा ऽऽऽ। लेकिन उसमें इतना साहस नहीं था। वह तो बारंबार प्रभु विट्ठलाचार्य का नमन किए जा रही थी।

वह मन-ही-मन कह रही थी—हम सूँ त्रुटि भई। विलंब भयो। हमन कूँ क्या ज्ञात था कि पल-पल का मूल्य होत है। महत्ता होत है। सिगरी ज़िंदगी गोरखधंधा में बिता दी। कबहुँ भूलकर भी मन सूँ बैरागी नाहीं हो सकी—पल भर के लिए भी नाहीं। तिहारे बैरागी मन में अवश्य आग लगाने की कुचेष्टा करती रही, सूरा। तू हमन कूँ छिमा कर देना। पर कैसे? तू तो बोलता-बतियाता भी नाहीं है। आँख उठाकर भी नाहीं देखत है। हम सौं इत्तो गुस्साय गयौ है का। तिहारे कूँ अपने स्याम की सौंह। श्यामा को सौंह नाहीं तो··· बस नाहीं। प्रश्न नाहीं। उत्तर नाहीं। कछु भी नाहीं।···तू एक बार, मात्र एक बार म्हारी विनती मान अपनी हठ छोड़ दे, तोहे हमारी सौंह।

श्यामा ने आँखें बंद कर ली थीं। उसे कुछ अता-पता नहीं था कि कब सूर ने आँखें खोलीं और कब करवट बदलने का यत्न किया।

अचानक श्यामा ने अपनी मुँदी आँखें खोलीं। डरते हुए सूर की ओर घुमाईं और सूर की खुली अँखियन में प्यार की हुलार देखकर वह सिर से पाँव तक गद्गद हो उठी। आव देखा ना ताव कि उसने सूर का हाथ थाम लिया अपने हाथ में और अपने अधरों से लगाकर जी सोंरा कर लिया। गहरी साँस लेकर उठी और इतना कहा—सबन कूँ बताय दूँ कि अमृत घट महक उठौ है। प्रभु विट्ठलाचार्यजी बाहर ठाढ़े हैं।

सूर की आँखें छलछला आईं। वह निमानी सी मुद्रा बनाए मौन रह गया। मन-ही-मन उन्होंने प्रभु विट्ठलाचार्य को प्रणाम किया और कहा—जो काम म्हे जीवन भर नाही कर पायौ, वाही काम कूँ हमारे महाप्रभु ने पलक झपकत ही करि डारो।···तिहारी लीला अपरंपार है, नाथ।

विट्ठलाचार्य आ गए। उनके साथ सातों भगत भी आ गए। सूर सब हो हाथ जोड़कर परनाम कर रहे थे। विट्ठलाचार्य पूछ रहे थे—तिहारे नयनन की गति कहाँ है?

सूर सहज मुसकरा दिया। वह मन में कह रहा था—जाके नयनन नाहीं हैं, बासूँ नयनन की गति पूछी जा रही है।···का वास्तव में बाके नयन नाहीं हैं। जा बात कूँ बो कैसे स्वीकार कर सकत है। बाने तो श्रीनाथजी किरपा सूँ वो सिगरो देखौ, जाहे अँखियन वाले भी नाहीं देख सके। फिर वो कैसे नट जाए? बाने तो खंजन नयन गायौ है। जसुमत कूँ पालना में सुतहि झुलावत देखौ है।···बाकी द्वै-दतियाँ के दरस को आनंद लियौ है।···अपने नैननि सूं स्याम स्वरूप को निहारिवे को कहा है।···ब्रज के घर-घर आनंद सुनायौ है।···मैया कबहि बढ़ेगी चोटी···हरि अपने आँगन्ह कछु गावत। तनक तनक चरनन्ह सों नाँचत, मन-मन आप रिझावत। बाँह उठाई काजरा धौरी कहि, गैयन टेर बुलावत आदि सिगरे अनदेखे दृश्यन को बाँचौ है।···प्रभु, ठीक ही पूछत हैं। सूर ने अपने को सँभाला। श्रीनाथ जूँ के मन-ही-मन हाथ जोड़े और फिर धीरे-धीरे रुक-रुककर गुनगुनाने लगे—खंजन नैन···रूप रस···भाते···चलि···चलि नाल···निकट स्वनन के···पलटि-पलटि···तांडक फंदाते।—बारंबार सूर इन शब्दों को आधे-अधूरे ढंग से दोहरा रहे थे। रुक रहे थे। मुसकरा रहे थे। मौन हो रहे थे।

श्यामा सिसकियाँ थामे सुनाने लगती—

गए स्याम ग्वालिनि घर सूनैं।
माखन खाई, डारि सब गोरस, बासन फोरि किए सब चूनैं।।
बड़ी माट इक बहुत दिननि कौ, ताहि कर्‌यौ दस टूक।

सोबत लरिकने थिरक मही सौं हँसत चले दै कूक।।

श्यामा का कंठ अवरुद्ध हो गया। आँखें भर आईं। हिय भीज गया। वह आगे नहीं गा सकी। गाते हुए भी उसकी आँखें सूर पर ही टिकी हुई थीं। वह सोचे जा रही थी--का जा समै उनकौ बतियाने का मन है।···अधर फड़फड़ाने कूँ यत्न कर रहे हैं।···जैसी श्रीनाथ की इच्छा। बाकी इच्छा में सबन कूँ इच्छा समाई रहत है। वो त्रिलोक के स्वामी हैं, चराचर के आधार हैं। सबन के मन की जानत हैं। बा सूँ का कहना, का न कहना। सब बरोबर है।

अचानक सूर के अधर काँपे। विट्ठलाचार्य ने उनकी जीभ के नीचे तुलसी दल रखा और ऊपर से गंगाजल डाल दिया।

सूर अचेत से होने लगे। उन्होंने एक-दो गहरी साँस ली। फिर छोड़ी।

श्यामा डोल गई। उसके पाँव तले सूं धरती खिसकने लगी। वह चीखना चाहती थी, पर लोकलाज ने उसको थाम लिया। उसकी अपलक दृष्टि सूर पर ही थी। वह कह रही थी—लगत है कि बिछड़ने का समै आ गयौ है। अब प्रभू हमार नाहीं सुनंगे। पर तिहारे कूँ कैसे बतलाऊँ, म्हा पै का बीत रही है जा घड़ी। पति हमार सामने गए। सास हमार सामने गई। अब तू···। हमार मृत्यु कबहुँ नाहीं होएगी का। बाहे हम जैसों की ज़रूरत नेकहु नाहीं है। हम जैसों कूँ बो हाथ लगाने तें दूर रहौ, हमारी छाया सूं भी डरपत है। वाह रे, वाह म्हारो भाग्य!

विट्ठलाचार्य ने नब्ज पकड़ी। वैद्य जूँ ने सूर की आँखें खोलीं। सूर ने धीमे स्वर में कहा—श्यामा।

श्यामा ने सुना। उसका हिय फट गया। धरती खिसकने लगी। उसके नयनों ने कहा—जाते समै तूने निभाया रे!

वैद्य ने पलकें मूँद दीं। विट्ठलाचार्य ने नब्ज देखना छोड़ दिया। वे केवल इतना ही कह पाए—भगतन बांधव, पुष्टिमार्ग को जिहाज सिधार गयौ।—उनके हाथ जुड़े के जुड़े रह गए। सबके सब स्तब्ध खड़े रहे।

श्यामा सुनकर भी कुछ नहीं सुन सकी। वह देखकर भी कुछ नहीं देख पाई। वह अचंभे से घिरी फिरकनी-सी अंदर-ही-अंदर डोल गई। उसके माथे पर पसीने की बूँदें आकर ठहर गईं।

वह गूँगी हो गई। दिशाओं की तरह वह भी हाहा खाती रही चुपचाप।

विट्ठलाचार्य बाहर आ गए। उनकी शिष्य मंडली चित्रलिखित सी बाहर आकर ठाढ़ी हो गई। सन्नाटा चू पड़ा। बयार रिसने लगी।

श्यामा अब वहाँ अकेली थी। निभृत थी वह कुटी। सूर सोया पड़ा था

मुसकान बिखेरे। वह सोचे जा रही थी—का फोड़े! का तोड़े? चूड़ियाँ वह पहले ही तोड़ चुकी थी। न कानों में कुछ था और न नाक में। हिय कब सूँ खाली पड़ा था। पजनिया थी ही नहीं। वह कोरा कागज थी। जा पर लिखे अक्षर मिट चुके थे। कागज काँप रहा था। अमृत-घट खुला पड़ा था शून्य अँखियन-सा, श्यामा के शून्य हिय-सा। पक्षी उड़ गया था—पिंजरा खाली पड़ा था सन्नाटे-सा।

वह और नहीं सोच सकी। उसकी माया चटकने लगी। उसका दम घुटने लगा। अंततोगत्वा वह पुरजोर से चीख पड़ी—सूराऽऽऽ।

दिशाएँ काँप गईं। आसमान टूट पड़ा। धरती में दरार आ गई। वह धरती पर आ पड़ी और मूर्च्छित हो गई। प्रतिध्वनि बार-बार होती रही—सूरा ऽऽऽ··· सूरा ऽऽऽ··· और अमृत घट घूरता रह गया अवसन्न पड़ा स्थितप्रज्ञ सा अचेत होकर कभी—अपने को और कभी श्यामा को।

□

अजगर

घड़ियों में सुबह हो चुकी थी, परंतु अभी सूरज नहीं निकला था। पहाड़ पहाड़ियाँ नीम अँधेरे में दुबकी पड़ी थीं। आसमान में न तारे थे और न चाँद। गुलदाउदी के नीले, पीले, गुलाबी, बैंगनी, सफ़ेद फूल कुहरे को लिपटाए थे। वे खुली आँखों से अपने जगे होने का आभास करा रहे थे। टहनियों पर हिमानी लटकनें नज़र आ रही थीं। चारों ओर जलतरंग की मौन ध्वनि अनुगूँज रही थी। वह कैसा मनमोहक परिदृश्य था! उसके चित्रकार का दूर-दूर तक कहीं अता-पता नहीं था।

वातावरण में कड़ाके की ठंड थी। फिर भी चेस्टर पहने युवतियाँ और ओवर कोट में अपने को दुबकाए युवक सड़क पर निकल आए थे। वे बेहद खुश थे—बिना खुशी का कारण जाने। उनमें उल्लास था, हल्का सा उन्माद था, अपने को जी लेने की गहरी चाह थी और मनमौजी स्वप्न थे।

अब सोहा एक पहाड़ी पर खड़ी होकर नीचे दूर तक देखने लगती है। उसकी आँखों के सामने अधबुने स्वप्न साकार से होने लगते हैं। वह गहरी साँस भरती। अपने होंठों पर जीभ फेरती। सोच में सिर खुजाने लगती।

अँधेरा कुलबुला उठता। रोज़ की तरह उसे लौट जाना चाहिए। इसी के साथ वह लौटने लगती। वह ज़िंदगी भर लौटती रही है। लेकिन अब वह कहाँ लौटेगी? किसके साथ लौटेगी? कौन है उसका?

वह पल भर के लिए रुकी। आगे पहाड़ी मोड़ था। उसके मन में बच्चे-बच्चियाँ खिलखिला उठे। कौन नहीं है उसका! उसे तत्काल यह उत्तर मिला। डॉ. गुप्ता का स्वर साफ़ सुनाई पड़ने लगा। वे कह रहे थे, 'सोहा, मनुष्य कभी अकेला नहीं रह सकता।'

'मैं हूँ न, डॉ. गुप्ता।'

'मनुष्य सामाजिक प्राणी है। वह कितने भी निर्जन स्थान पर चला जाए, लेकिन वहाँ भी समाज उसका पीछा कर रहा होगा। वह समाज में जनमा है। उसके बीच बड़ा हुआ है। फिर वह उससे भागकर कहीं नहीं जा सकता। वह जहाँ जाएगा, समाज हमेशा उसके साथ होगा।' सोहा ने बहस नहीं की। वह बात आई-गई हो गई। उसने चाय पी और वहाँ से चल पड़ी। डॉ. परमार्थ गुप्ता कुछ कहना चाहते थे, परंतु हर बार की तरह मौन रह गए, कुछ कह नहीं पाए।

जैसे ही सोहा मुड़ी, वैसे ही उसकी निगाह घायल अजगर पर पड़ी। अजगर मोटा-ताजा था और काफ़ी लंबा भी, लगभग बारह-तेरह फीट का। वह वहीं खड़े-खड़े सोचती रही कि वह क्या कर सकती है। उसे जब कुछ नहीं सूझ पाया और न उस ओर कोई आता-जाता नज़र आया, तब उसने डॉ. परमार्थ गुप्ता को फ़ोन लगाया। फ़ोन व्यस्त होने का संकेत दे रहा था। डॉ. गुप्ता के मोबाइल पर उसके मोबाइल का नंबर आ चुका है, अत: अब वह स्वयं उसे फ़ोन करेगा। इतने में उसे एक लंबी कार उधर आती हुई नज़र आई। वह सड़क के बीच में आकर खड़ी हो गई और हाथ हिला-हिलाकर कार रोकने का इशारा करने लगी। कार उसके पास आकर रुक गई। उसने कहा, 'कृपया जरा बाहर आइए।'

कार में एक नवयुवक आगे बैठा हुआ था और पीछे एक प्रौढ़ व्यक्ति तथा दो महिलाएँ थीं। वह प्रौढ़ व्यक्ति बाहर आया।

'वह देखिए, सामने।'

तब तक शेष तीनों भी बाहर आ गए।

'ओह! घायल अजगर।'

'कितना सुंदर है।' कार से उतरी नवयुवती ने धीरे से कहा।

'परंतु बेहद घायल है।'

'किसने उसे घायल किया?' नवयुवक ने पूछा।

सबको चुप पाकर प्रौढ़ व्यक्ति ने कहा, 'किसी ने नहीं। कुछ देर पहले पहाड़ी नाला ज़ोर से बहने लगा। सड़क के आस-पास जो पत्थर देख रहे हो, वे उसी के कारण हैं। ऊपर कहीं वर्षा हुई है। बहाव इतना तेज़ी से आता है कि अपने साथ बड़े-बड़े पत्थरों को बहा लाता है। शायद यह अजगर उनसे ही घायल हुआ है।'

'यहाँ बीच सड़क पर यह पड़ा रहा तो किसी कार-ट्रक से कुचला जाएगा।' सोहा ने अपनी चिंता व्यक्त कर दी।

थोड़ी देर के लिए सभी सोच में पड़ गए। तभी मोबाइल की रिंग बज उठी।

सोहा ने डॉ. गुप्ता को सारी स्थिति समझा दी। डॉ. गुप्ता ने अपनी लाचारी ज़ाहिर कर दी कि वह नहीं आ सकेगा।

उस प्रौढ़ व्यक्ति ने जिसने स्लेटी रंग की हाफ पैंट पहनी हुई थी, पूछा, 'बेटी, तुम अजगर को बचाना चाहती हो?'

'जी सर। आख़िर वह भी हमारी-आपकी तरह प्राणी है।' सोहा ने गहरी चिंता व्यक्त करते हुए कुछ इस तरह कहा कि मानो वह उसका कोई आत्मीय हो।

उस प्रौढ़ व्यक्ति ने अपने परिवार की ओर ध्यान से देखा। वे अब चिंतारहित थे और वहाँ अधिक समय नष्ट नहीं करना चाहते थे। उस प्रौढ़ व्यक्ति ने पूछा, 'इसके लिए हम लोग क्या कर सकते हैं?'

'क्या करेंगे, कुछ नहीं। हममें से कोई डॉक्टर भी नही है।' उस दुबली-पतली महिला ने तनाव से मुक्त होने की दृष्टि से कहा।

'आपने डॉक्टर से मोबाइल पर अभी बात की थी।' नवयुवक का व्यंग्य भरा स्वर था। 'उसने अपनी लाचारी ज़ाहिर कर दी, क्योंकि वह बच्चों और बड़ों का डॉक्टर है।' सोहा ने गंभीरता बनाते हुए कहा।

'वह डॉक्टर तो था मैडम, परंतु हममें से कोई डॉक्टर नहीं है।' वह नवयुवक ताना मारने के लहजे में कह रहा था।

'चलो जी, अपने को जल्दी पहुँचना भी है।' उस मोटी महिला का तीखा स्वर था।

'तो कृपया इस अजगर को बीच सड़क से हटाकर कम-से-कम एक तरफ़ तो कर दें, ताकि वह किसी वाहन के नीचे आने से बच सके।' इस बार सोहा के स्वर में याचना थी।

'क्षमा कीजिए, इसके लिए आपको किसी अन्य व्यक्ति की सहायता लेनी होगी।' उस मोटी महिला ने कार में बैठकर कार का दरवाजा तेज़ी से बंद कर लिया। उसके बाद वह नवयुवती और नवयुवक भी कार में जा बैठे।

सोहा सोच में पड़ गई। तभी उस प्रौढ़ व्यक्ति ने पूछा, 'तुम क्या करती हो, बेटी?'

'यहाँ जॉय इंटरनेशनल स्कूल में पढ़ाती हूँ।' सोहा ने गंभीर होकर कहा। उसका चेहरा उदास हो गया था। उसे तैयार होकर स्कूल भी जाना था। उसकी प्रिंसिपल शिक को किसी का विलंब से आना कतई पसंद नहीं है। और उसने तो अभी-अभी वहाँ काम करना शुरू किया है।

'तुम्हारा नाम?'

'सोहा।'

'मैं तुम्हारी भावना का सम्मान करता हूँ। अच्छा, यह बताओ, इसके लिए हमें क्या करना होगा? अर्थात् अजगर को बीच सड़क से कैसे हटाएँगे?'

अब सोहा सोच में पड़ गई। इतने भारी-भरकम अजगर को खिसकाकर एक तरफ़ करना आसान नहीं था। फिर भी, उसने हिम्मत नहीं हारी और कहा, 'खींचकर या घसीटकर।'

'आपको मालूम है कि यह अजगर बकरी, खरगोश आदि को निगल जाता है।' उस प्रौढ़ व्यक्ति ने सोचते हुए कहा। उसे याद आ रहा था। उसने कहीं पढ़ा था। अरे हाँ, मिरर मैग्जीन में पढ़ा था कि वह बकरी, हिरण आदि को पकड़कर निगल जाता है।

'फिर भी आदमी से कम ख़तरनाक है सर।' सोहा सहज हो चुकी थी। उसे यह पक्का विश्वास हो चुका था कि वह प्रौढ़ व्यक्ति उसकी मदद करेगा।

इस पर वह प्रौढ़ व्यक्ति हँसे बिना नहीं रह सका। कुछ देर बाद वह बोला, 'कहीं वह अपना मुँह खोल बैठा तो…।'

'मैं उसके आगे वाले हिस्से की ओर रहूँगी।'

उस प्रौढ़ व्यक्ति ने तेज़ आवाज़ में कहा, 'अरे भाई, आप लोग भी बाहर आओ।'

उतनी ही तेज़ आवाज़ अंदर से आई, 'आप किस झंझट में पड़े हो, अंदर आओ। इन जंगली जानवरों का क्या, ये तो सड़ते-मरते रहते हैं।'

उस प्रौढ़ व्यक्ति ने उनको अनसुना करते हुए कार की डिग्गी खोली, तभी वह नवयुवक फुरती से बाहर आकर बोला, 'डैड, यह आप क्या करने जा रहे हैं?'

'वही जो मुझे करना चाहिए।' इतना कहकर उसने मोटी चादर बाहर निकाल ली। सोहा ने देखा कि न केवल वह चादर काफ़ी मोटी है, बल्कि लंबी-चौड़ी भी बहुत है। सोहा ने भी बहते पानी में चले आए एक डंडे को उठा लिया। अब तब वह प्रौढ़ व्यक्ति उस चादर को अजगर से सटाकर बिछा चुका था।

फिर तो वे दोनों महिलाएँ भी चिड़चिड़ाती हुई बाहर आ गईं। मोटी वाली महिला कह रही थी, 'अजगर को बचा भी लिया तो क्या होगा? चुपचाप अंदर आकर बैठ जाओ।' चादर की ओर देखकर उसकी भौंहें चढ़ गईं।

उसने आगे बढ़कर चादर को उठाना चाहा तो वह प्रौढ़ व्यक्ति कह उठा, 'कनु, उसे मत उठाना।'

'जानती हूँ, तुम इस पर अजगर लाकर खींचोगे, ताकि घायल अजगर को

और चोट न लगे।'

'बेशक कनु, मैं ऐसा ही करने जा रहा हूँ।'

'यह चादर अभी तो खरीदी है।'

'तो क्या हुआ, किसी के प्राणों से अधिक इसका महत्त्व नहीं है।'

'नहीं', कनु ने कहा, 'मैं तुम्हें यह पागलपन नहीं करने दूँगी।'

'कनु, तुम यह क्यों भूलती हो कि तुम एक जागरूक सेविका हो और तुमने 'वन बचाओ' कार्यक्रम में बहुत बढ़-चढ़कर भाग लिया है। इसी कारण तुम्हें उसका उपाध्यक्ष मनोनीत किया गया।'

यह सुनकर कनु के तेवरों में उलझ रहा तनाव ढीला पड़ने लगा। अब उन तीनों के सामने उसकी मदद करने के अलावा कोई रास्ता नहीं था।

'सर, आप कहाँ जा रहे हैं?' सोहा ने सोचते हुए पूछा।

'शिमला होकर दिल्ली।'

'सर, आप…?' कहकर सोहा रुक गई।

'मैं मिलिट्री में कर्नल था, कर्नल थापड़ का नाम सुना है।'

'करगिल युद्ध के नायक, जिन्होंने…।'

'बस आगे कुछ नहीं। चलें, अपना काम शुरू करें।' कर्नल थापड़ आगे बढ़ने लगा।

'मेरी एक प्रार्थना और है…।'

कर्नल ने घूरकर सोहा की ओर देखा। सोहा ने सोचते हुए कहा, 'शिमला, में जंगलात महकमा है और वेटरनरी हॉस्पिटल भी, आपकी कार की डिग्गी भी काफ़ी बड़ी है।'

कर्नल की मूँछों ने सख़्ती धारण कर ली। उसका चेहरा गंभीर हो गया। उसके कटे हुए होंठ दाँतों के चंगुल में आ गए। पल भर को सोहा को लगा कि उससे भूल हो गई। थोड़ी देर बाद कर्नल थापड़ के चेहरे पर मुसकान लौट आई। उसने प्रसन्नता से कहा, 'सोहा, मुझे तुमसे बहुत उम्मीद है। ईश्वर तुम पर सदा मेहरबान रहेगा। जो लोग दूसरों के हितों का ध्यान रखना जानते हैं और अपनी इच्छाओं को वश में रख सकते हैं, वे लोग ही सच्चे इनसान हैं।'

'तो आइए, अपने काम पर लौट चलें।' इसी के साथ सोहा ने डंडे से अजगर को छुआ। इसी वक़्त उधर तेज़ी से एक धड़धड़ाती हुई जीप आती नज़र आई। वह पल भर में वहाँ आकर रुक गई। सोहा ने जीप में सवार चार नवयुवकों की ओर देखकर कहा, 'बीच में अजगर पड़ा हुआ है।'

'उसे हम भगाए देते हैं।' इतना कहकर वे चारों नवयुवक जीप से नीचे उतरकर अजगर की तरफ़ तेज़ी से बढ़े। लंबे-चौड़े अजगर को देखकर उनमें से एक ने कहा, 'यह तो घायल है, शायद अचेत भी।'

सोहा और उन चारों की ओर देखकर उनका एक नवयुवक साथी बोला, 'हमारे पास डंडे हैं। उससे इस अजगर को एक तरफ़ खदेड़ देते हैं।'

'आप लोग मदद करें तो इस अजगर को पशु चिकित्सालय या जंगल विभाग तक पहुँचाया जा सकता है।' सोहा ने धीरे-धीरे कहा।

'यह काम जंगल विभाग का है, हमारा नहीं और न हममें से कोई इस काम को कर सकता है।'

'यह काम कर्नल थापड़ करने के लिए तैयार हैं।' सोहा ने विनम्रता से कहा, 'बशर्ते आप भी कुछ मदद कर दें।'

'कैसी मदद?'

'आप लोग अजगर के पास बिछी चादर देख रहे हैं। अजगर को उस पर लाना है।' कर्नल थापड़ ने गंभीर स्वर में कहा।

'फिर अजगर को पोटली में बाँधकर आपकी कार की डिग्गी में डालना है?' जीपवाले साथियों में से एक ने कहा।

'हाँ, यही करना है।' सोहा बोली।

'इस मुसीबत में आप लोग नहीं पड़ें। यह अजगर रास्ते में मर भी सकता है। फिर जंगलात विभाग आपसे एक सौ एक सवाल कर सकता है।' जीप से उतरते हुए तीसरे साथी ने कहा।

इस पर उनके एक साथी ने तुरुप का इक्का डालते हुए सबको चौंका दिया। वह कहने लगा, 'कर्नल थापड़, मेरी सलाह है कि आप लोग इस लफड़े में नहीं पड़ें। यह शरीफ़ों का काम नहीं है। हम लोग सब शिक्षित हैं और समय की क़ीमत पहचानते हैं।'

'आप ठीक कह रहे हैं, भाई साहब। कर्नल, कुछ सुना, जमाना बदल चुका है। इस अजगर को एक तरफ़ पटको और अपना रास्ता पकड़ो।' कनु ने उत्साह से कहा।

'कनु, यदि अजगर की जगह वहाँ मैं घायल अवस्था में पड़ा होता तो क्या तुम लोग...।'

कनु ने बीच में ही बोलना शुरू कर दिया, 'तुम हमेशा से हर छोटी-बड़ी बात के लिए अपने को बीच में ले आते हो। तुम्हें मनुष्य और जानवर में अंतर कौन

समझाए। जानते सब हो, परंतु ऐसे मौक़ों पर अनजान बन जाते हो, ताकि दूसरों पर उसका असर पड़े।'

'आप लोग अपने झगड़े निपटाते रहना, हमें रास्ता चाहिए।' उनमें से चौथे नवयुवक ने, जो अभी तक चुप था, कुछ सख़्त होकर कहा।

सोहा असमंजस में रह गई। तब तक उनके साथी लाठियाँ ले आए। अब सोहा चुप नहीं रह सकी, वह बोली, 'मित्रो! काश, आप सब अजगर को वेटरनरी अस्पताल तक पहुँचा सकें।'

'आप टीचर हैं और भावुक हैं। अभी आपका कठोर यथार्थ से पाला नहीं पड़ा है··· प्लीज़, उन्हें परेशानी में न डालिए।' कर्नल के साथवाले नवयुवक ने कहा।

'नहीं, मुझे परेशानियों का सामना करने की आदत है, दोस्तो! झटपट इस काम को पूरा करने में हाथ बँटाओ और एक अजनबी अनुभव से गुज़रने का आनंद लो। प्लीज़ कम ऑन।' इतना कहकर कर्नल थापड़ आगे बढ़ गया। उसको आगे बढ़ते देखकर सोहा के साथ वे चारों भी हो लिये।

डंडे और आ गए। अब सबके हाथ में डंडे थे। कर्नल थापड़ उन सबका मार्गदर्शन कर रहा था। इसमें संदेह नहीं कि अजगर बहुत भारी था। उसका पेट बीन की शक्ल का था। कर्नल थापड़ ने यह जानकारी देकर सबको चकरा दिया कि यह किसी चार पाँव वाले जानवर का शिकार कर चुका था।

सोहा ने यह सोचे बिना नहीं रहा गया कि जानवर तो चार पाँव वाले ही होते हैं, परंतु प्रकट में उसने कुछ नहीं कहा।

कनु को शायद ऐसे अवसरों की तलाश रहती थी। वह तुनककर बोली, 'थैंक्स कर्नल, तुमने यह बताकर हम सबके ज्ञान में इज़ाफ़ा कर दिया कि दो पाँव वाले भी जानवर होते हैं।'

इतना सुनकर सब हँस पड़े। कर्नल थापड़ ने बहुत धीमे स्वर में कहा, 'कनु, तुम्हें अपना उदाहरण पेश करने की इतनी जल्दी क्या थी?'

अब ठहाकों से पहाड़ियाँ गूँज उठीं। कनु झेंप गई। उसका गोल चेहरा एकदम लाल हो गया। सोहा ने स्थिति को सँभालते हुए कहा, 'यहाँ हम सब भी तो दो पाँववाले हैं।'

उसका इतना कहना था कि सबके चेहरे अनजाने में एक-दूसरे की ओर देखते रह गए। क्या सचमुच में वे दो पाँव वाले जानवर हैं। अब सबको साँप सूँघ गया। अजगर तनिक हिला-डुला। कुछ-कुछ वह सिमटा-सिकुड़ा। उसको लपेटने

में काफ़ी कठिनाई हो रही थी, क्योंकि वह अभी तक निगले हुए शिकार को पचा नहीं पाया था। फिर भी जैसे-तैसे करके अजगर को लपेट लिया गया। ऐसा करते हुए उसने विरोध करने का छुटपुट प्रयास अवश्य किया था। ज़ोर की आवाज़ के साथ पूरा दम लगाकर अजगर को डिग्गी में उलट दिया गया। अजगर इतना भारी और वजनदार था कि पूरा दम लगाने के बाद भी डिग्गी बंद नहीं की जा सकी। तब सोहा ने सुझाव दिया कि डिग्गी जितनी खुली है, उसे उतना ही खुला रहने दो, ताकि अजगर को शुद्ध वायु मिलती रहे।

कुछ देर सब शांत बने रहे, परंतु अंदर-ही-अंदर सब सोचते रहे। वे बराबर अपने-अपने दिमाग़ पर यह ज़ोर बनाते रहे कि उन्हें कोई नई तरक़ीब सूझ जाए। ऐसी नई कि सब उसका मुँह देखते रह जाएँ। उनमें से किसी ने यह सोचा नहीं था कि वे जिसे फालतू काम समझ रहे थे, वह न केवल उनके गले की हड्डी बन जाएगा, बल्कि उनके मान-सम्मान से भी कहीं-न-कहीं जुड़ जाएगा।

'और कहीं इस अजगर को पूरी तरह होश आ गया और बेकाबू होने लगा तो कर्नल और उनके परिवार को जिस स्थिति से गुज़रना पड़ सकता है, इस वक़्त उसका अनुमान लगाना कठिन है, क्योंकि हममें से किसी को उसकी जानकारी नहीं है।' यह स्वर कनु का था, जो अंदर-ही-अंदर घबरा उठी थी और स्वत: काल्पनिक अजगर का शिकार होती जा रही थी।

'अनर्गल अनुमान लगाना छोड़ो। मैं डिग्गी का मुँह, जितना संभव होगा, उतना अपने मफलर से बाँध देता हूँ। फॉलो मी।' कहकर कर्नल थापड़ ने गले में झूल रहे अपने मफ़लर को उतारा और अपने सामने खड़े नवयुवक से कहा, 'आप डिग्गी दबाएँ।'

अब डिग्गी का चौथाई मुँह खुला रह गया। कर्नल थापड़ को जब सबने धन्यवाद दिया, तब वह कहने लगे, 'यदि धन्यवाद ही देना है तो टीचर सोहा को दीजिए, जिसकी वज़ह से यह सब हो सका।'

सोहा ने घबराकर कहा, 'नो-नो जेंटलमैन, हममें से यदि कोई वास्तव में धन्यवाद का पात्र है और जिसे धन्यवाद देकर हममें से हर व्यक्ति को संतोष और आनंद मिल सकता है तो वह है…' सोहा ने आसमान की ओर देखते हुए कहा, 'वो है सर्वशक्तिमान सर्वोपरि…।'

सबने आसमान की ओर देखा। अब आसमान में सूरज निकलने से पूर्व की लालिमा का जादू नज़र आने लगा था।

पहले कार गई, फिर जीप। सबके हाथ मिले। पलक झपकते ही सब-के

सब अदृश्य हो गए, सिर्फ़ ठंडी हवा सनसनाती रह गई या सोहा। जिसकी निगाहें कलाई पर बँधी घड़ी पर अटककर रह गई थीं। उसने प्रिंसिपल शिक से फ़ोन पर हॉफ डे का अवकाश देने की प्रार्थना की। फिर वह धीरे-धीरे आगे बढ़ने लगी, सुखद प्रार्थना से भरी और अज्ञात आनंद के छोर को थामे हुए। उसके हृदय में मौन संवाद मचल रहे थे, किसी अनसुने गीत-संगीत से।

□

पत्थरों से रोशनी फूटेगी

आज रात बाल खोलकर रणचंडी-सी भयावह हो उठी थी। उसमें आहत बाग़ी उतरा आया था। वह क्रोधावेश में थी। उसमें ज्वार-भाटा तांडव कर उठा था।

दूज का चाँद ठहर गया था। किसी अजनबी यायावर की भाँति और चतुर्दिक् सम्मोहित हुआ अवलोक रहा था। नदी सिमट आई थी बीचोबीच।

मौसम साथ नहीं दे रहा था। पवन नटखट बालक की तरह मना करने पर भी दरवाज़ा पीट रहा था। नगारा निश्चिंत होकर खटिया पर पाँव सीधे कर चुका था। उसे हुक्के की तलब हो रही थी, लेकिन वह विवश था। धतुरी ने भी सप्ताह होने को आया, बीड़ी को हाथ नहीं लगाया था। बुढ़ापे में एकांत काटने को आता है। कोई पास नहीं बैठना चाहता। सुनता कि वह पुरानी पीढ़ी का है, नई पीढ़ी के लिए एकदम बेकार। वह जानता था कि अधिकांश लोग काम-धंधेवाले हैं, वे उससे दुआ-सलाम करने से भी कतराते हैं। उन्हें आशंका बनी रहती है कि कहीं वह अपनी पुराण-कथा न बाँचने लग जाए। छोटे बच्चे अवश्य उसके पास आकर बैठ जाते हैं, जिन्हें वह कहानियाँ सुना अपने को ढाढ़स बँधाता रहता है।

धतुरी सबके लिए उससे कहीं अधिक उपयोगी है। वह दाई का काम करने लगी है। इस काम से उसकी अच्छी पैठ बन चुकी है। जहाँ वह होती है, वहाँ जच्चा-बच्चा दोनों सुरक्षित रहते हैं। उसको बराबर बुलावा आता रहता है। पाँव भारी होने से लेकर शिशु के दाँत निकलने तक उसको अवश्य याद किया जाता है। नगारा मजाक-मजाक में उससे कहा करता है कि वह गाय है, जो आजन्म उपयोगी और पूजनीय बनी रहेगी। उसे कोई नहीं पूछता। बूढ़े साँड़ से किसी को क्या! लेकिन अचानक उसके जीवन में चहल-पहल पैदा हुई। आज उसके पास कुछ लोग, बड़े लोग, आने वाले हैं। कच्ची बस्ती में इस विषय पर सुबह से खुसर-

फुसर चल रही है। अन्यथा कच्ची बस्ती की ओर कौन रुख करता है। कच्ची बस्ती में तब चहल-पहल होती है, जब चुनाव सिर पर होते हैं अथवा तब होती है, जब उस बस्ती को हटाया जा रहा होता है। कच्ची बस्ती जहाँ है, वहाँ छूत का रोग है। कितनी बार वह बस्ती हटाई जाती रही, इसका एहसास उसे है। तुगलक ने सिर्फ़ एक बार राजधानी बदली थी, वह दिल्ली से दौलताबाद राजधानी ले गया था। इसी से इतिहास में उसे पागल करार दे दिया गया। उन्हें तो अनेक बार राजधानी बदलनी पड़ती है। अनेक बार उजड़कर बसने की तैयारी करनी पड़ती है।

राजधानी में कच्ची बस्ती, गंदे लोग और चिथड़ा लपेटे लोग क्यों? राजधानी को तो स्वर्ग होना चाहिए। स्वर्ग में तो केवल देवताओं का वास संभव है। वहाँ नरकवासी क्यों? चित्रगुप्तजी महाराज ने बार-बार आदेश निकाले और हर बार जोर-जबरदस्ती सारी बस्ती को रातों-रात शहर के बीच कचरा गाड़ी में डालकर जंगल में फिंकवा दिया गया। कच्ची बस्ती को हर बार हिंदुस्तान और पाकिस्तान बनने की पीड़ा भोगनी पड़ी। उसकी चूँ-चपड़ पर किसी ने कान नहीं दिया। बात भी क़ायदे की थी कि स्वर्ग के पास ही नरक क्यों?

नगारा ने कुछ ज़ोर लगाया। नरक की पहचान स्वर्ग के पास बनी रहे; यह उसने इसलिए चाहा कि स्वर्गवासियों के मन में नरक की यातना कचोटती रहे, और वे मर्यादा में बने रहें। उसने यह इसलिए भी चाहा कि नरकवासी जान सकें कि श्रेष्ठ कर्मों का परिणाम स्वर्ग हो सकता है। स्वर्ग का मतलब शान-शौकत का जीवन, अभाव व कठिनाइयों से मुक्ति और आनंद-ही-आनंद!

नगारा ने अनुभव किया कि बूढ़ा होकर शेर कितना असहाय और पंगु हो जाता है! कोई उसकी ओर आँख उठाकर नहीं देखता। उसने कच्ची बस्ती को जगाने का यत्न किया था, उसका प्रभाव उभरकर सामने आया भी था, लेकिन उसका सम्मोहन ज़्यादा दिन तक टिक नहीं सका, क्योंकि बाहर के गुंडों ने आकर उसकी बस्ती में आग लगा दी थी। उन लोगों को मारा-पीटा और अपमानित किया था। नगारा क्या कर पाया; वह असहाय था। आक्रोश और क्रोधावेश को पीकर रह गया था मरियल अजगर की तरह।

कच्ची बस्ती ने नई करवट ली। बस्ती में से गुंडों का जन्म हुआ। टुक्कड खोर बस्ती के ही गुंडे बस्ती के भाग्य का निर्णय करने लगे। पैसे ने उन लोगों के बीच खाई खोदनी शुरू कर दी। राजनेता और सेठ-सामंतों ने जो चाहा, वह बस्ती के गुंडों से करवा लिया। नगारा इन सारे दृश्यों का साक्षी बना रहा। वह कुछ नहीं कर सका।

अचानक सत्ता में नई पार्टी आई। राजनीतिक गतिविधियाँ शुरू हुईं। नई पार्टी अपनी जड़ जमाना चाहती थी और लोकमत को अपनी मुट्ठी में करना चाहती थी। उसने लोकमत-संग्रह के लिए नए-नए नाटक शुरू किए। अपने लोगों को प्रत्यक्ष या अप्रत्यक्ष रीति से लाभ पहुँचाना शुरू किया और अपने स्वतंत्रता सेनानियों का चयन किया। कच्ची बस्ती में से नगारा का चयन हुआ और वह स्वतंत्रता सेनानी हो गया। उसका अखबार में फोटो भी छपा। लेकिन उसके चित्त पर इस सबका कोई प्रभाव नहीं पड़ा और न उसे आनंद की अनुभूति हुई। सब कुछ उसे बनावटी और नौटंकी जैसा लगा। उसने इस प्रकार के कार्यक्रमों में कोई रुचि नहीं दिखलाई—न पेंशन स्वीकार की और न स्मृति-चिह्न। उसे लगा, देनेवाले बहुत छोटे हैं और वे देने के पात्र भी नहीं हैं। पत्रकारों ने उसकी नकारात्मक प्रतिक्रिया का कारण जानना चाहा तो वह चुप रहा। उसने अपनी चुप्पी किसी क़ीमत पर नहीं तोड़ी। उसे प्रलोभन दिए गए। उसका बयान बिना उसके कुछ कहे तैयार किया गया, लेकिन वह उस पर अँगूठा लगाने से साफ़ नट गया।

नगारा को यह सब जानकर आश्चर्य हुआ कि आज़ादी के बाद का लोकतांत्रिक चरित्र कितना घिनौना और अलोकतांत्रिक हो चुका है। आज़ादी का क्या यह मतलब था? क्या लोग ऐसी आज़ादी के लिए शहीद हुए थे? क्या इन लोगों के ख़ून में ज़रा सी भी शहीदाना मर्दानगी शेष नहीं रही? उसके ठंडा ख़ून इन सब बातों से खौल-खौल पड़ता था। पर उससे क्या लाभ? उसको चारों ओर अंधकार का समुद्र उछालें भरता और राक्षसी अट्टहास लगाता प्रतीत होता था। कितनी तेज़ आवाज़ें, शोर और बौखलाहट उसे अपने ज़मीन से टकराकर लौटती अनुभव होती थी।

उसे रोज़ दिन ढलकर भी नहीं ढल पा रहा था। हवा में खुश्की थी। आसमान पर फीके और उदास रंग किसी भूखे-नंगे की परछाईं बने ठंड में अकड़न का अनुभव करते-करते संज्ञाहीन हो गए थे। नगारा बारंबार खाँसें जा रहा था। धतुरी ने अदरक की चाय उसके सामने रखते हुए कहा था, "गरम-गरम चाय गुड़क लो। इससे राहत मिलेगी। थोड़ी देर पाँव से सिर तक कंबल ओढ़े रहना। पसीना आने देना। सारी खों-खों छूमंतर हो जाएगी।"

नगारा ने वैसा ही किया। पाँव से सिर तक कंबल ओढ़े पड़ा रहा चुपचाप। कुछ देर बाद उसको सुनाई पड़ा कि कोई धीरे-धीरे दरवाजे पर दस्तक दे रहा है। उसने मुँह खोला। देखा, धतुरी नज़र नहीं आई। उसने उसे आवाज़ लगाई लेकिन कोई उत्तर नहीं मिला। हारकर वह स्वयं उठा। उसने धीरे से दरवाज़ा खोला और

पाया कि एक युवती खद्दर का सलवार-कुरता पहने और हरी चुन्नी सिर पर डाले, पूछ रही है, "नगारा बाबा आप ही हैं?"

"अंदर आ जा बेटी, बाहर तूफ़ान है।"

वह अंदर आ गई। उसने झोंपड़ी में चारों ओर दृष्टि गड़ाकर परखा। नगारा पुनः खटिया पर आ बैठा था। उसने अपनी पीठ दीवार से सटा ली थी। उस युवती ने गहरी साँस लेने के बाद कहा, "मुझे वंदना कहते हैं।"

"अच्छा नाम है।"

"मैं बेहद गरीबी में पढ़ी हूँ।"

"ओह!" नगारा का मन उलझकर रह गया।

"इसमें दुःख की क्या बात है! गरीबी अमीरी से बेहतर होती है।"

"बेशक, वंदनाजी?"

"वंदनाजी क्यों? मेरा घर का नाम वंदो है। आप मुझे वंदो कहिए और मैं आपको सिर्फ़ बाबा कहूँगी।" वंदना ने गंभीर होकर कहा और इसी के साथ लालटेन की बत्ती थोड़ी ऊँची कर दी। इस बार ध्यान से नगारा ने उस पर दृष्टि डाली। उसकी देह श्याम रंग की थी, ललाई लिये हुए। उसके आकर्षक नाक-नक़्श थे। उसके कुंतल गहरे काले और बेहद चमकदार थे। उसकी गरदन लंबी तथा सुडौल थी। उसकी आँखों में प्रसन्नता की चमक थी और भरपूर ताज़गी।

"बिटिया कहूँगा मैं। चलेगा ये नया नाम।"

"अवश्य।" वंदना ने प्रसन्न होकर कहा।

"तुमने अपनी बात गरीबी से शुरू की और वह भी गौरव के साथ। तुम्हारा आत्मविश्वास तारीफ़ के योग्य है।" नगारा ने बहुत दिनों बाद ऐसा श्रोता पाया था, जो उसमें विश्वास रखता था। उसने पूछा, "बिटिया, काम की बात बताओ।"

"बाबा, मैं किसी संस्था से जुड़ी हुई नहीं हूँ। मैं पत्रकार भी नहीं हूँ। मैं लेखिका हूँ। मैंने आज का इतिहास जनता के अनुभवों के साथ लिखा है। उसी आधार पर एक उपन्यास भी लिखा था, जिसे लोगों ने बहुत पसंद भी किया था। आपके इनकार ने मुझे आप तक खींच लाने का काम किया है। मुझे लगा कि मैं एक नेक और वास्तविक स्वतंत्रता सेनानी से मिलकर जनता को उन अनुभूतियों से जोड़ सकूँगी, जिन्हें आज क़ब्रगाह में दफ़नाने का प्रयास चल रहा है। आप मेरी मदद करेंगे न बाबा।" वंदना ने अत्यंत सरलता से अपने वहाँ आने का वास्तविक उद्देश्य बिना किसी भूमिका के स्पष्ट कर दिया। वह शांत भाव से नगारा की ओर देखे जा रही थी और सोचे जा रही थी कि कहीं वह इनकार न हो जाएँ।

नगारा कुछ नहीं कह पाया। दरअसल, वह कुछ भी नहीं समझ सका कि वह उससे क्या चाहती है। फिर भी उसने बैठने का रुख बदलते हुए कहा, "मैंने तुम्हें बिटिया कहा है, इसलिए इनकार का तो सवाल ही नहीं उठता। रही बात मुझसे कुछ-कुछ पा लेने की, वह तुम जानो, मुझे उसकी चिंता नहीं है। दूसरे, मुझे ठीक-ठीक याद भी नहीं रहा है। एक लंबा अरसा हो चुका है और आज के माहौल में उन बातों का जिक्र करना कोई अर्थ भी नहीं रखता है। लगता है, जो किया गया था, वह नहीं करना चाहिए था। आज़ादी मिली तो, पर किसे? यदि यह मालूम होता, तब तो आज··· । ख़ैर, अब उन बातों से क्या?"

वंदना ने नगारा के मुख-मंडल पर आते-जाते भावों को पढ़ा। जो रेखाएँ उसके चेहरे पर उभरी थीं, वे दर्दीली और उन्मनी थीं। फिर भी, उसके ललाट पर बिजली कौंध उठी थी, क्योंकि उस इतिहास को उसकी धड़कनों ने भी जिया था।

"आपने ठीक कहा है, बाबा। लेकिन शहादत कभी गुमनामी के अँधेरों में दफ़नाई नहीं जा सकती। बहुत दिनों बाद ऐसा अपनत्व भरा स्वर सुनाई पड़ा, जिससे नई पीढ़ी के घाव भरे जा सकते हैं। बाबा, मुझे लगता है कि हमारे साथ विश्वासघात हुआ है। हमें स्वतंत्रता-संघर्ष की पूँजी से बेदखल कर दिया गया है। हम अपने तात्कालिक अतीत को नहीं जानते, हमें उनको देखकर विश्वास नहीं होता, जो आज हमारे सामने हैं और जो हमें यह विश्वास दिलाना चाहते हैं कि हमारे बुजुर्ग ऐसे थे, जिन्होंने हमारे भविष्य के लिए, अपने वर्तमान को कुरबान कर दिया था और ऐसा करते हुए उन्होंने बड़े फ़ख़्र का अनुभव किया था। उसे वे अपना कर्तव्य मानकर चले थे, एहसान नहीं और न बदले में उन्होंने कुछ पाने की तमन्ना ही की थी। वे ऐसे साधारण इनसान थे, जिनसे आज के महान् इनसान भी बहुत छोटे लगते हैं। बाबा, इस अंतर को मिटाने में ही मुझे आपका सहयोग चाहिए।" वंदना बीच में कहीं अटकी नहीं। उसमें से गुमनाम प्रवाह गुज़र रहा था, धीरे-धीरे। उसका मुखमंडल भाव-विह्वल हो उठा था। उसके स्वरों में आर्द्र-कंपन था और उसके हृदय पर पूर्व खींचा हुआ रेखाचित्र। मानो वह उसी पर अपनी उँगलियाँ घुमाकर अंधे पात्र की तरह बोले जा रही थी।

लालटेन की पीली रोशनी वंदना पर थी। कच्ची बस्ती की झोंपड़ी ज़रूर गाँव की झोंपड़ी से जुदा होती है। वह कच्ची बस्ती न केवल गंदी, घिनौनी और बदशक़्ल थी, बल्कि एक तरह से गटर की ज़िंदगी से भी गई-बीती थी। उसे तअज्जुब तो यह था कि वहाँ लोग कैसे रह रहे हैं। महानगरों के विकास पर किसी को ज़लालत का अनुभव क्यों नहीं होता? सबकुछ सह पाने का अभ्यास कितना

अलोकतांत्रिक है। ओह! एकबारगी उसका मन वहाँ से भाग जाने को हुआ था। शायद वह भाग भी खड़ी होती, यदि उसे इतनी जल्दी नगारा की झोंपड़ी नहीं मिल गई होती।

"बाबा, आपका सवाल आज भी अपनी जगह है और सबसे तीखा सवाल है। यही सवाल एक-न-एक दिन यदि तात्कालिक हालत में क्रांतिकारी सुधार नहीं हुआ तो समूची लोकतांत्रिक व्यवस्था का उसी तरह खात्मा कर देंगे, जैसे राजतंत्र का हुआ था। इनसान को तंत्र नहीं, जीवित रहने की सामूहिक व्यवस्था चाहिए। भरपूर साझेदारी के अवसर चाहिए, आपसी पहचान; आपसी पहचान् तो आज रही कहाँ है? होती तो ये झुग्गी-झोंपड़ी और घूरे के अंदर जीवित इनसान को रोज़-रोज़ नहीं ढकेल दिया जाता। बदबूदार क़ब्रगाह यों नहीं पनपते! आज का समझदार इनसान कितना निर्लज्ज और निर्मम है कि अपने लिए यहाँ भी माँगने आने में संकोच नहीं करता। यह जानते हुए कि वह उनके लिए कुछ नहीं कर पाएगा। वह दिन ज़रूर आएगा, जिस दिन इन झुग्गी-झोंपड़ी के मन में लावा-सी आग होगी और वह आग उनके शांतिनगरों को जलाकर राख कर रही होगी! मात्र राख!" वंदना ने आक्रोश उफन पड़ा था। उसके तेवर ऐंठने लगे थे और उसकी आँखें आग्नेय हो उठी थीं। नगारा ने साफ़ देखा था कि आज़ादी पूर्व के माहौल में अनेकानेक ऐसी सच्ची और पवित्र आत्माएँ प्राय: देखने के लिए मिल जाया करती थीं, जिनमें ज्वालामुखी होता था, सिर्फ़ ज्वालामुखी, और कुछ नहीं!

नगारा के मन को अच्छा सुकून मिल रहा था। वह सोच भी नहीं पा रहा था कि आग को क़ब्रगाह में दफ़नाने के बाद वह कैसे आग की अनुभूति कर पा रहा है। बहुत दिनों बाद वह बाबा हुआ था, सचमुच का बाबा, अन्यथा तो संबंधों की तपिस की अनुभूति से उसका कोई सरोकार बचा ही नहीं था। उसने आग की चेतना से जुड़ते हुए कहा, "बिटिया, अब लगता है, चंद आदमखोरों की क़ैद से फिर मुक्ति मिल सकेगी।"

"कैसे बाबा?"

"आग रास्ता तलाश रही है, ये शुभ लक्षण हैं।"

"कैसे बाबा? सब जल रहा है—पंजाब देखो या आसाम, कश्मीर देखो या बिहार, उत्तर प्रदेश या आंध्र, कर्नाटक सब जल ही तो रहा है। इनसान मेमना बना चुका है और हैवान उनका भाग्यविधाता। ये सब···।" वंदना यहाँ आकर एकदम रुक गई। मानो उससे इससे आगे का सोचना संभव नहीं हुआ या वह सोच की आग को धधकता अनुभव कर सहम गई।

"सब जल नहीं रहा है, सब जानबूझकर जलाया जा रहा है, ताकि जैसी भी व्यवस्था हो, उसे उसी रूप में न चाहते हुए स्वीकार कर लिया जाए। सियासत का खेल बहुत पेचीदा है। सियासत की नीयत जब साफ़ नहीं होती है, तब वह आतंक हो हवा देती है। अंग्रेज़ों ने भी यहाँ ऐसा ही किया था अन्यथा मुट्ठी भर अंग्रेज करोड़ों-करोड़ की नाक में दो शताब्दियों तक नकेल नहीं डाले रहते।"

"बाबा!" वंदना का मन प्यार से लबालब होकर उछल पड़ा था। वह यही तो सुनना चाहती थी। सियासत सदा अपने को बचाने के लिए दूसरों को भट्ठी में झोंकती आ रही है। रियाआ उसके तिलिस्म को जान न पाए, अतः वह अपनी कमजोरियों के लिए ग़ैर मुल्कों को ज़िम्मेदार ठहराती है। उसे इसकी चिंता नहीं कि अकारण दो देश युद्ध की लपेट में आकर अपना सर्वनाश कर बैठेंगे। सियासत जानती है कि युद्ध होते वक़्त भी वह सुरक्षित है और उसके बाद, विराम हो जाने के बाद भी वह सुरक्षित रहेगी और मौज करेगी। जिस रोज़ रियाआ की समझ में यह सियासी खेल आ गया, उस रोज़ वह होगी, सियासत नहीं। उस रोज़ सियासत भाग रही होगी और रियाआ उसका पीछा कर रही होगी। वंदना इसी स्वप्न को लेकर आगे बढ़ती जा रही थी। आज उसे अपने इसी स्वप्न का एक साझेदार और मिल गया, यह जानकर उसे बेहद प्रसन्नता हो रही थी।

"मैं अब इत्मीनान की साँस ले सकता हूँ।" नगारा ने गहरी साँस लेकर कहा।

"वो कैसे?" वंदना ने जानना चाहा।

"चिनगारी है।"

"तो?"

"आग उठने की बात सोची जा सकती है।" नगारा के मुखमंडल पर विश्वास लौट आया था। इस दौरान उसे एक बार भी खाँसी नहीं उठी थी और न उसके मन ने बेचैनी का अनुभव किया था। उलटे वह तो स्वस्थ हो उठा था। उसके चित्त पर धीरे-धीरे धूमिल आकृतिवाले वे महात्मा गांधी उभरने लगे थे, जिन्हें उसने न केवल देखा था, बल्कि जिनको उसने छुआ भी था और जिनको बड़े लोगों से बात करते हुए सुना भी था। गांधी बा पर क्रोधित होते थे, यह वह नहीं जानता, लेकिन वह यह बात जानना ज़रूर चाहता था कि महात्मा अपनी पत्नी के साथ कैसा सलूक करते हैं। उसके मन में अनुभव से यह बात गहरी बैठ चुकी थी कि पुरुष का मन जानना हो तो उसकी पत्नी के प्रति उसके व्यवहार का अनुभव करो, उस पर विचार करो और उस पर आँख रखकर उस आदमी को समझो। वह जो कहता

है, उससे अधिक इस बात पर ध्यान दो कि वह अपनी पत्नी के साथ कैसा व्यवहार करता है! यही कारण था कि गांधी के पास रहते हुए उनके प्रति वह अपने मन में पूर्ण श्रद्धा नहीं जगा सका था। गांधी उनकी समझ से ज़रूर ऊपर रहे थे, वह इस बात को आज तक मानता है। वह सोचता रहा है कि गांधी को भी इस बात की समझ होनी चाहिए थी। गांधी उसकी समझ बनकर ही सचमुच गांधी सिद्ध हो सकते थे। शायद जो वे पता नहीं हो सके, उसका होना ज़रूरी था।

गांधी बहुत कम बोलते थे, बहुत धीरे भी। वह भी सोच-सोचकर, तौल-तौलकर। उन्हें सदैव यह अंदेशा बना रहता था कि कोई उनके बहुत ऊपर है, जो उन्हें सुन-देख रहा है। कदाचित् वे इसलिए डरते थे कि वे नहीं डरते। नहीं डरना तपस्वी को भी उच्छृंखल बना जाता है और उसका तप, वर्षों की लंबी साधना पल भर में मिट्टी में मिल जाती है। वह गांधी के साथ रहते हुए उनके बारे में यदाकदा उठनेवाले ऐसे सोच को अपने दिमाग़ से कभी नहीं निकाल सका।

अचानक गांधी की याद नगारा को सावन के मेघ की भाँति घेरने लगी थी। वह सेवाग्राम, हरिजन बस्ती आदि के उदाहरणों से उस समय भी विचलित हो जाया करता था, जिनसे वह आज भी है। जीना प्रयोग करने से ज़्यादा कुछ और भी है और वह इस ओर को ही सर्वाधिक महत्त्व देता था। उसे लगता था कि गांधी कुछ को लेकर बहुत कुछ की उपेक्षा कर रहे हैं। लोहिया इसके लिए उनसे लड़ते भी थे। लेकिन गांधी सबको शांत करना चाहते थे—लोहिया को भी, पटेल को भी और उन जैसे अनेक को भी।

"बाबा, आप कहाँ जा खोए?" वंदना ने उनकी खुली आँखों में अतीत की परछाइयों का मेला लगते देखकर टोक दिया और तनिक मुसकरा भी दी। वह जानती थी कि बड़े को टोकने के लिए मुसकराना बहुत ज़रूरी है।

नगारा सँभल गया। वे यादें उसके चित्त पर भारी बन उठी थीं, अतः वह बिना किसी संदर्भ-प्रसंग के कहने लगा, "बिटिया, गांधीजी के साथ रहा था। वे महात्मा थे। उनके साथ रहने से सोचते रहने का अभ्यास अवश्य बन गया। आज लगता है, ऐसा पुण्यों के प्रताप से हुआ होगा। उस रोज़ गांधीजी के पास राजेंद्र बाबू, नेहरूजी, जयप्रकाशजी आदि बैठे हुए थे। गांधी उन्हें समझा रहे थे—आज़ादी निकट आती लगती है। गोरों का भाग देना आज़ादी नहीं होगी। ध्यान रखो, अपनी गुलामी में ख़ुद को सहायक बनने के लिए कोई बँधा नहीं है। हमें सबसे पहले अपना घर साफ़ करना चाहिए। अपना घर साफ़ होने लगेगा तो विदेशी यहाँ एक पल के लिए नहीं रुकेंगे। प्रजा की हाय अंग्रेज़ों पर नहीं, हम पर ही पड़ेगी। वह

आज़ादी के बाद मालूम पड़ेगी। तब अंग्रेज़ों का स्थान हममें से कुछ लोग ले लेंगे। वे अंग्रेज़ हो जाएँगे। जो हम पाएँगे, उसे वे खुद ही खो बैठेंगे। पाकर उसे सँभालकर रखना बहुत बड़ा तप है। मैं आप सबको उन करोड़ों की चिंता से मुक्त करता हूँ, जो गरीब हैं, अनपढ़ हैं और बदुआएँ उठाए जी रहे हैं। वे सही हैं। मुझे उनसे आशंका है, जो मुट्ठी भर हैं, बेहद संपत्तिवान् हैं, आला दिमाग़ रखते हैं और आशीर्वाद का सुख भोग रहे हैं, वे ग़लत हैं। उनकी निगाहों में खोट है। वे अच्छे मन के नहीं हैं। उनके नेक इरादे नहीं हैं। उनके लिए गोरे इसलिए खराब हैं, क्योंकि वे गोरों का स्थान लेना चाहते हैं। आज़ादी का वह मतलब कारगर हो गया तो···? आज वह खोट सबको भोगना पड़ रहा है कि नहीं?''

''हाँ बाबा!''

''वे इसलिए महात्मा थे कि वे आज़ादी के लिए साझेदारी करनेवालों का मन पढ़ लेते थे। शायद यही कारण था कि उनके पास आनेवालों के मन में डर बना रहने का।'' नगारा ने सहज में कह डाला उस सबको, जिसे मोटी-मोटी पोथियाँ नहीं कह पातीं।

''आपने गांधीजी को सुना। उनसे बातें की थीं।'' वंदना में जिज्ञासा पाँव पसारने लगी थी।

''सिर्फ़ सुना।''

''बात नहीं की।''

''नहीं।''

''उन्होंने या आपने।''

''मैंने।''

''क्यों?''

''मुझसे बात करना नहीं आता था। और फिर महात्मा से···ना बाबा!''

''क्यों?'' वंदना ने प्रश्न दोहरा दिया।

''सबकुछ तो सुन लेता था—प्रश्न भी, उत्तर भी।''

''कहीं मन में डर तो नहीं बना रहता था?''

''रहता था?''

''किस बात का?''

''वे बहुत बड़े हैं।'' नगारा ने सहजता से कह डाला। यही सच था। वह उनसे क्या बतियाता? उस पर आता ही क्या था? फिर उसे पूछना भी क्या था—कुछ नहीं! किसलिए पूछे? वह उनको इतने पास से देख-समझ रहा था, यही

उसके लिए काफ़ी था। उसे इसी से पूर्ण संतोष था। उसकी समझ के बंद कपट खुलने लगे थे। उसे कुछ-कुछ आने लगा था।

"उन्होंने आपका यह डर दूर नहीं किया?" वंदना ने प्रश्न जड़ दिया।

"उन्हें क्या पता था कि...?"

"यह उनका काम था।" वंदना ने निर्णय सुना दिया।

"पता नहीं। ऐसा कभी सोचा भी नहीं। सोचने का कभी ख़याल पैदा भी नहीं हुआ।" नगारा ने यह सब ऐसे कहा, जैसे अब उसको ख़याल आ रहा हो और वह अब तक न सोचने का पछतावा अनुभव कर उठा हो। वह चाहता तो गांधीजी से प्रश्न कर सकता था। कई बार उसके मन में यह विचार अचानक उठने वाली घटा-सा उठा भी, लेकिन बरसा नहीं। वह कह सकता था कि जो उनके साथ हैं और जो उन्हें अपने साथ नज़र आते हैं, वे उनका प्रयोग अपने लक्ष्य के लिए साधन के रूप में कर रहे हैं। दरअसल उनके रास्ते ही अलग हैं, उनकी मंजिल ही अलग है, उनका साथ होना उनकी विवशता है। लेकिन वह अपने में इतना साहस नहीं जुटा पाया, क्योंकि वह नहीं चाहता था कि इतने महान् लोगों के आसपास रहने का अवसर खो दे। उसका मन अनजाने ही देश में आज़ादी को लेकर चल रहे संघर्ष में कुछ ज़्यादा ही रम गया था। उसे उसमें रस आने लगा था। आज़ादी मिलने की सारी तज़बीज़ वहीं तो बनती थी। अब तो आज़ादी नज़दीक आ चली थी। गांधीजी इससे बहुत चिंतित थे।

"होना चाहिए था, बाबा, ज़रूर होना चाहिए था।" वंदना में कसक हिली। उसने बैठने का रुख बदला।

"परंतु नहीं हुआ। हर चीज़ होने से नहीं होती, जैसे देश की आज़ादी।" नगारा ने प्रश्न को सहलाया। उसे अच्छा लगा। यह जानकर और भी अच्छा लगा कि वह भी अतीत का एक दस्तावेज़ है और उसमें भी उन महान् पुरुषों की अनेक आधी-अधूरी बातें मन खोल लेती हैं। न होने से होने का आत्मबिंब उभरकर आने से जो तोष मिलता है, वह उसके न उभर पाने से अतोष की ओर बढ़ जाता है। तोष और अतोष के बीच की सीमारेखा कितनी अदृश्य और कितनी पेचीदा है, इसका भी उसे एहसास है।

"आप से यही जानना है, बाबा, कि जो हुआ, उससे आप कहाँ तक सहमत हैं?" वंदना से प्रश्न बुना।

"मेरी सहमति या असहमति का प्रश्न नहीं उठता।"

"फिर किसकी सहमति या असहमति का प्रश्न उठता है?"

''यह मैं नहीं जानता।'' नगारा ने असोचे ही ज़वाब दे डाला।

''स्वतंत्रता सेनानी की पेंशन न लेने के पीछे क्या आपकी असहमति काम नहीं कर रही है? आख़िर···।'' कहते-कहते वंदना स्वत: ही रुक गई।

''नहीं।''

''स्पष्ट है।'' वंदना ने तर्क को विस्तार देते हुए कहना जारी रखा, ''कई बार मन आदेश देता है, निर्णय भी करता और उसे मनवा भी लेता है, जबकि माननेवाला बराबर उसे अस्वीकार करता है। कारण, प्रत्यक्ष में वह उसे स्वीकार नहीं होता, लेकिन भीतर से उसे स्वीकृति मिल चुकी होती है। अभी आपने वर्तमान का जो विश्लेषण किया, उससे यही अर्थ ध्वनित होता है कि वर्तमान व्यवस्था से आप बेहद नाखुश हैं। फिर उसका पुरस्कार आपको कैसे स्वीकार होता।''

''नहीं। यह बात नहीं है।'' नगारा ने दोहराया।

''तो क्या बात है?''

''अनिच्छा।''

''अनिच्छा इसलिए कि अब कोई चाह नहीं बची है। अनिच्छा इसलिए भी कि हमने जो किया था, वह हमारा फ़र्ज़ था, फ़र्ज़ से आगे हम नहीं बढ़ सके। अनिच्छा इसलिए भी कि स्वतंत्रता सेनानी पेंशन के हक़दार नहीं हैं। हम किसी सेवा से रिटायर तो हुए नहीं हैं। और सेवा से रिटायर हुआ भी नहीं जा सकता। सेवा से रिटायर होने का अर्थ है—ज़िंदगी से रिटायर होना।···फिर पेंशन क्यों?···नैतिकता का कोई मूल्य नहीं है? न जीवन का कोई मूल्य है। मूल्य होगा या नैतिकता? दोनों साथ-साथ संभव नहीं। जिसका मूल्य लग जाएगा, उसे नैतिकता से नहीं जोड़ा जा सकेगा। मूल्य लगते ही वह वस्तु बिकाऊ हो जाती है। बिकाऊ वस्तु बाज़ार पकड़ लेती है। बाजार का मूल्य लाभ-हानि के दो छोरों के बीच भटकता रहता है। पेंशन स्वतंत्रता सेनानियों के मूल्य-निर्धारण से अधिक कुछ और नहीं है। बस, यही कारण थे, जिनसे प्रेरित होकर मैंने व्यक्ति से वस्तु बनना नहीं चाहा।'' नगारा ने न जाने क्यों अपने में घुट रही व्यथा को सहज अभिव्यक्त कर दिया। इस समय उसका झुर्रीदार मुखमंडल तमतमा उठा था। उसमें ऋचाएँ मुखर हो उठी थीं। शायद वह यह रहस्य किसी पर उद्घाटन करना चाहता था, लेकिन उसे उस व्यक्ति की बराबर तलाश थी। शायद आज वही व्यक्ति उसके सामने आ बैठा है अपने आप!

वंदना को विश्वास नहीं हो रहा था कि यह एक अनपढ़ का विश्लेषण है। लेकिन वह अनपढ़ सहज नहीं था। उसने जीवन को गुना था, मात्र जिया नहीं था।

उसके पास अनुभव का आधार था और स्वतंत्र सोच पाने की शक्ति। अंतर यह था उसमें और पढ़े-लिखे में कि उसने करके देखा और तब सोचा, जबकि पढ़ा-लिखा बिना करके केवल सोच पाता है। वह सोच को कर्म बना भी सकता है और नहीं भी, जबकि नगारा कर्म करके ही सोच सकता है। उसने कितनी बड़ी बात कही थी, कदाचित् वह यह नहीं जानता।

"यह आपने अच्छा निर्णय लिया—यह भी उनके लिए एक सबक बन सकता है, जो पाने को ही जीवन का आधार बनाकर चलते हैं और जिनसे छोड़ते नहीं बनता।" वंदना ने विश्लेषण किया। फिर एक गहरी साँस लेकर बाबा की ओर देखा। उसे उनके मुखमंडल पर से सूर्योदय का प्रकाश झाँकता नज़र आ रहा था। उसे उनकी वैचारिक सादगी अपनी ओर खींचे जा रही थी। पवित्र आत्मा का संवाद उसे अवाक् किए जा रहा था।

"नहीं, बिटिया, ऐसा नहीं है। तुम्हारी पीढ़ी को ऐसा सोचना चाहिए, इससे सरल सी बात कहानी का बाना पहन लेती है और बिला वज़ह कर्तव्य को बलिदान जैसा महत्त्व मिल जाता है। जो कहो, समझकर कहो और पूरे परिप्रेक्ष्य को सामने रखकर कहो—यह मैं नहीं कह रहा हूँ, यह मैंने काका कालेलकर को कहते सुना था। उन्होंने अपनी पुस्तक 'हिमालय नो प्रवास' के एक प्रशंसक से ऐसा कहा था। मुझे अच्छा लगा और याद हो गया, वही मैंने तुझसे कह डाला। अब इस पर आगे सोचना तुम्हारा काम है।" नगारा सधे हुए स्वर में धीमे-धीमे कहता जा रहा था। उसका चित्त शांत था। अभी तक वह तनिक भी आवेश में नहीं आया था। अभिव्यक्ति संयम और सहज अभिव्यक्ति उसकी वाक्शक्ति के अद्भुत कवच थे। वास्तव में स्वर-साधना का वह प्रतीक था।

"हमारी पीढ़ी स्वयं से नाराज़ है। उसे अपनी पहचान की तलाश है। इसी बात से उसे खीझ है कि उसकी पहचान क्यों नहीं बन पा रही है! वह बेहद आक्रोश में है। पगला उठी है। धीरज खो बैठी है। निराशा उसकी स्थायी नियति बन चुकी है। वह जल्दी में है और तत्काल किसी परिणाम पर पहुँचना चाहती है। उसके लिए आदर्श बेमाने हैं, क्योंकि चारों ओर अर्थ केंद्र में है। उसे अर्थ चाहिए, जैसे गांधीजी ने उन्नीस सौ बयालीस के समय कहा था कि उन्हें उसी वक़्त आज़ादी चाहिए। अंग्रेज़ों से कह दो कि वे तत्काल यहाँ से चले जाएँ। आज का नवयुवक भी यही चाहता है। उसे अर्थ चाहिए, इसी समय, इसी क्षण। वह उसकी प्रतीक्षा नहीं कर सकता।" वंदना समझा रही थी नगारा को, नहीं मानो अपने मन को। सोचती जा रही थी कि ठीक से समझाना उससे बन पा रहा है। वह चूक भी

कर सकती है, बहुत कुछ उसे मालूम भी नहीं है। उनके लिए एक मात्र अनुमान ही उसका अवलंब बनता है। अनुमान सत्य का साक्ष्य पेश नहीं कर सकता।

इस बार नगारा की दृष्टि खाली भीत पर चिपकी छिपकली पर थी। छिपकली निराश थी, क्योंकि वहाँ उसे भक्षण के लिए कुछ नहीं मिल रहा था।

वंदना ने प्रार्थना के स्वर में कहा, ''आप थक गए क्या, बाबा?''

''काश! मुझे थकना आ पाता। थकना भी एक कला है, जिसे मैं आज तक नहीं सीख सका।'' नगारा ने तकिया एक तरफ़ रखते हुए कहा।

''अभी मैंने कहा था ना, बाबा…।''

''सुना, बिटिया, तुम्हारे एक-एक शब्द को सुना।''

''फिर?'' वंदना ने प्रश्न-मुद्रा बनाकर उनकी ओर देखा।

''एक लोककथा याद आ गई। श्रीराम समुद्र के तट पर बैठे हुए सोच रहे थे कि पुल कैसे बाँधा जाए। उन्हें याद आया। वे ईश्वर का अवतार हैं। उन्होंने एक पत्थर उठाया। उठाकर यह जानना चाहा कि क्या उनमें ईश्वरत्व है भी या नहीं। यदि उनमें ईश्वरत्व होगा तो पत्थर तैरने लगेगा। और पत्थर नहीं तैरा तो समझ जाएँगे कि वे औरों की तरह सामान्य मनुष्य हैं। श्री हनुमानजी ने उनके मनोभाव को ताड़ गए। इससे पहले कि श्रीराम पत्थर समुद्र में फेंकते श्री हनुमानजी ने उनसे करबद्ध प्रार्थना की—प्रभु, यह आप क्या कर रहे हैं। समुद्र सदा अपनी मर्यादा में रहता है। उससे अपने होने पर जरा सा भी संदेह नहीं है। आकाश को अपने होने का दृढ-विश्वास है। फिर आपको अपने होने का संशय क्यों? नहीं, प्रभु नहीं, ऐसा कदापि नहीं। जिस दिन सूर्य या चंद्रमा को अपने प्रति संशय होगा अथवा किसी अन्य को भी, उस दिन उसका अस्तित्व की अपनी पहचान खो देगा। यह सुनकर श्रीराम के हाथ से पत्थर गिर पड़ा।'' नगारा ने मौन दृष्टि से वंदना की ओर ऐसे देखा जैसे हनुमानजी ने श्रीराम की ओर देखा था। उसमें भक्ति रस आलोड़ित-विलोड़ित हो उठा। कितनी बड़ी बात कितने सरल तरीके से कह गया था वह। उसका चेहरा एकदम निर्विकार और सहज बना कहीं जोश व उत्साह का आवेश नहीं—एकदम समंदर।

उस झोंपड़ी में वंदना को आत्मीय आनंद की अनुभूति हो रही थी। उसमें दृढ़ चेतना अनाहट किए उतरती जा रही थी। उसकी सोच में नए अंबर में उड़ने की प्रसन्नता छा रही थी। वह भी मौन हो गई थी। उससे कोई स्वर नहीं फूटा था। वह स्थिर रह गई थी। इस बार उसकी दृष्टि उस छिपकली पर थी, जिस पर कुछ देर पहले नगारा अपनी दृष्टि टिकाए था।

इसी समय धतुरी ने प्रवेश किया। नगारा ने वंदना से उसका परिचय कराया। धतुरी मुसकराई। वह बोली, "यहाँ आकर तुमने बहुत अच्छा किया। इनका मन लग गया और खों-खों की बीमारी से इनका पिंड छूट गया।"

"अब तो मैं रोज़ आती रहूँगी।"

"तब तो ये एकदम चंगे हो जाएँगे और जवानों से तेज़ दौड़ने लगेंगे।" धतुरी ने उठते हुए कहा, "अभी चाय बनाकर लाई, बेटी।"

"अब चलूँगी, दादी!"

"चाय मैं बुरी नहीं बनाती हूँ, बिटिया।...बरतनों की सफ़ाई का पूरा-पूरा ध्यान रखती हूँ।" धतुरी ने कहा और उत्तर की प्रतीक्षा किए बिना वह वहाँ से चल दी।

वंदना अनजाने लोगों के प्यार से निहाल हो उठी। उसे अपनों से जो व्रण मिले थे, उनकी यादों ने उसे निढाल कर दिया था। जब अपने ही अपने न रहे हों, तो गैरों से क्या उम्मीद! उसका मन हुआ कि दोनों के पाँव छूकर वहाँ से जाए।

चाय वास्तव में बहुत बढ़िया बनी थी। कल फिर आने की बात कहकर वह उठी और चलते समय उसने दोनों के पाँव छू लिये। वे दोनों कुछ नहीं कर पाए। दरवाज़ा खुला था और वह जा चुकी थी—हवा के तेज़ झोंके के समान। सारे वातावरण में एक अकेला नन्हा-सा सद्यः जनमा पक्षी उड़ते हुए पक्षियों की ओर टकटकी बाँधे हुए देखे जा रहा था, नगारा पुनर्जीवित हो उठे थे। मानो वह उनका नया संस्करण हो और वे नन्हे सद्यः जनमे पक्षी हों, जिसकी आँखों में स्वप्न आँख खोल रहे थे।

□

सुराज की ओर...

"बापू, संखिया खाए म्हार जूती।"

"तू रही सरपंच, पर म्हाने तो खानी पड़ेसी।" चेता का स्वर फटे ढोल सा बिखरकर रह गया।

"संखिया खाए थारे दुश्मन। म्हारे जीते-जी तू पराई मौत न मरेसी।"

"तू का करेसी! वह गलमूँछों वाला ज़ब्बर हूरा नेतीराम सिगरे गाँव को पटकन्नी देत फिरत है। बाहे का तू खूँटे से बाँधसी!..."

"मनवा न डरे तो हूरा का करेसी! म्हाने कोई ग़लत काम कियो का!" मनकी थूक गटककर कह गई।

"बाने थारी मदद की कि नाहीं?"

"हम बाके घर नाहीं गए, वो ही जा झुपड़िया में संदेशवा लेकर आयो। सुरक्षित सीट भई है।"

"तोहे खड़ो तो कियो कि नाहीं।"

"थे बता, तू चाहत का है?"

"जा बुढ़ऊ को शांति से मौत आ जाए।"

"शांति पुण्य करमों से मिलती है।...तू पुण्य करम कर तो अशांति से नाहीं मरेसी।" मनकी चिमनी का गोला साफ़ करती जा रही थी। बाहर नागिन से मेघ फुफकार रहे थे। बीच-बीच में चाँदनी गरज उठती थी। मोर चीख जाते थे।

"मैं इधर खाई, उधर कुआँ, करूँ तो का करूँ?" चेता कुइयाँ में मुँह डालकर धीमे से इतना कहता, फिर ज़बान तलुए से जा चिपकती। मोतियाबिंद वाली आँखों के सामने साँड़ आ खड़ा होता।

"डरपत-डरपत तोरे हाथ से खेत गयो, ढोर-डंगर गए। महतारी को तू शराब में पी गयो। एक हम बचत हैं, बा पे भी थारी निगाह है।...हमार हब्बा-हब्बा

कर जोड़ा धन तू ले भाजा। ख़ून की घूँट पीकर रह गए हम। का किया तोरा!···एक बात हम कह देत हैं, मनकी ताक में रखी वस्तु नाहीं है, चाहे उठाकर किसी के हाथ में थमा दे।'' मनकी का स्वर बिखर उठा था।

चेता यह बड़बड़ाता हुआ बाहर चला गया कि जाने किसने भरे हैं जा राँड़ के कान।

मनकी सोचती, उसने सरपंच होकर सबसे दुश्मनी मोल ले ली। जो आता, वही धमकी दे जाता। वह पढ़ी-लिखी नहीं है, पर पंचायत को समझना चाहती है। यह सोचकर रक्खा मास्टर का उसने सहारा लिया। छह माह में वह काम चलाऊ पढ़ना-लिखना भी सीख गई। पंचायत के काम में भी दखल देने की भी सोचने लगी।

उस दिन पंचायत का सेक्रेटरी दनदनाता हुआ उसके पास आया और उसकी ओर कागज़ बढ़ाकर बोला, ''इन पर अँगूठा लगा दे।''

मनकी को लगा कि सेक्रेटरी ने उसे अँगूठा लगाने के लिए नहीं, गोबर थापने के लिए कहा है। उसे बहुत बुरा लगा। उसके पास इतने जने बैठे हुए थे, उनका ध्यान भी सेक्रेटरी ने नहीं किया। वह अपने को उस खब्बू ज़ब्बर हूरा नेतीराम का ख़ास आदमी समझता है। क्यों न समझे? अभी तक होता भी लगभग वही रहा है, जो उसने चाहा। सारा गाँव उससे डरपत है। पर आज मनकी से नहीं रहा गया और वह तेज़ स्वर में कहने लगी, ''नाहीं लगाना अँगूठा, सेक्रेटरी। जाही अँगूठे ने हमार बापू को खेत-खलियन से बेदखल करबायो। तेरी क्या मनसा है कि मैं गाँव हार जाऊँ।···कान खोलकर सुन ले, मैं वो पांडव नाहीं, जो राजपाट, भैया-बय्यर सब कूँ हार गया।···मुझे यहाँ महाभारत नाहीं रचानो।''

''जे क्या उलटी-सुलटी बकझक कर रही है, मनकी।'' सेक्रेटरी ने उसे आश्चर्य से देखा और मन ही मन दोहराया '···हमारी बिल्ली, हम से ही म्याऊँ।'

मनकी ताव खा गई। तनिक तेज़ स्वर में बोली, ''सेक्रेटरी, ज़बान को लगाम दे और अपनी औकात में रहना सीख। सरपंच गाँव का कलक्टर होत है और तू उसका मातहत। नाड़ नीची, ज़बान चाशनी और तहज़ीब का पूरा-पूरा ध्यान। वरना हम थारे को सुसपेंड करने में देर नाहीं लगाएँगे।'' मनकी ने साड़ी का पल्ला गले में लपेटा और उठ खड़ी हुई कागज पत्तर को फाइल में डालकर। कुछ आगे चलकर पलटी और धीरे से बोली, ''म्हार मुहर भी इधर ला, सेक्रेटरी, और सीधे खड़े रहने और नमस्ते करने का अभ्यास डाल। आइंदा ख़याल रखना कि हम सरपंच हैं।''

सेक्रेटरी की सिट्टी-पिट्टी गुम। सारे गाँव के सामने उसकी इज़्ज़त का चीरहरण। वह अपना सा मुँह लेकर लौट गया। पहली बार गाँववालों को लगा कि वह सरपंच है और सरपंच होने का कोई अर्थ है।

धीरे-धीरे मनकी में हौसला बढ़ने लगा। गाँव का अच्छा-बुरा समझ में आने लगा। वह सबसे सलाह-मशविरा करने लगी। कार्यसूची प्राथमिकता के आधार पर बनाने लगी। रक्खा मास्टर उसे अच्छा सहयोगी सिद्ध हो रहा था। गाँव मैं सबके हित के कुछ काम होते नज़र आने लगे।

नेतीराम की चल नहीं पा रही थी। उसने सोचा था कि नशेड़ी बाप तो उसके आगे-पीछे दुम हिलाता घूमता है। मनकी ज़वान-सुंदर है। आगे-पीछे उसका कोई नहीं है। एक बार उस छबीली की नाक में नकेल डाल दी तो पंचायत उसकी मुट्ठी में। परंतु उसका पासा हर बार उलटा पड़ रहा था। वह कुढ़ चला था और ऐसे मौक़े की तलाश में था, जब सिगरे गाँव के आगे उसका पानी उतार सके। उधर सेक्रेटरी उसकी काट करने की आदत से परेशान हो चला।

अचानक मनकी उसके सामने पड़ गई। उसके साथ गाँववाले भी थे। नेतीराम की आँखों में ख़ून उतर आया। गाँव की तमाशाई आँखें यह सोचकर चौकन्नी हो गईं कि आज ज़रूर कुछ होगा। अब आया ऊँट पहाड़ के नीचे। नेतीराम की तेज़ आवाज़ गूँज उठी, "मनकी, जे गाँव थारे बाप की बपौती नाहीं कि जो जी में आए करने लगे।···अब परजातंतर है, राजशाही नाहीं।"

नेतीराम के पीछे सेक्रेटरी की आँखें मुसकरा रही थीं। उसने कंधे उचकाकर गरदन को तनिक ऊँचा किया। मनकी ने भी तनिक ऊँची आवाज़ में कहा, "जानती थी कि जे दिन भी जल्दी आएगा। सेक्रेटरी उलटी-सुलटी पट्टी पढ़ाकर लाएगा। पहलवान ताव खाएगा। वो जे नाहीं सोच सकेगा कि सेक्रेटरी कहीं फिरंगियों जैसी चाल तो नाहीं चल रहा है। बा में उसका सुआरथ क्या है!"

नेतीराम ने पलटकर सेक्रेटरी की ओर देखा। सेक्रेटरी तनिक भी विचलित नहीं हुआ।

"जे करम-धरम का नातेदार, मोसे उन बिलों का भुगतान कराना चाहता था, जिनका सामान आयो ही नाहीं और रजिस्टर में दरज कर जिनको खारिज़ भी कर लियो! जे पैसा सिगरे गाँव का है। सिगरे गाँव की भलाई में खरच होना है। गाँव का हर आदमी हम सूँ पूछने का हक़ रखत है। जे राजाशाही नाहीं, परजातंतर है। सच्चो जनता का राज।"

नेतीराम के पाँव तले से ज़मीन खिसकने लगी, क्योंकि वे फरजी बिल

उसके कहने पर ही बने थे। बात खुलने के डर से नेतीराम ने पलटा खाया और बोला, "जे क्या सुन रहा हूँ, सेक्रेटरी। जो चोखी बात नाहीं। आगे से ध्यान रखना।"

सेक्रेटरी अगलें बगलें झाँककर रह गया।

उस दिन पंचायत भवन में वार्ड पंच, उप सरपंच आदि सभी इकट्ठे हुए थे। नेतीराम ने वार्ड पंचों को विद्रोह की पट्टी पढ़ाकर भेजा था। मनकी ने प्रस्ताव किया था कि वार्ड पंच, उप सरपंच, सरपंच आदि सब पढ़ा करेंगे। पंचायत के कामकाज और उसके तरीकों की जानकारी लेंगे, ताकि वे अपना फरज़ निभाने में सफल हो सकें।

"जे उमर हमार पढ़ने की नाहीं, मनकी।"

"तुझे छोड़कर हम अब तेरे बाप की उमर के हैं।" दूसरे वार्ड पंच ने कहा।

"तो वार्ड पंच क्यों बूने? क्यों गाँव से उसके विकास का वादा किया?⋯वार्ड पंची मलाईदार दूध नाहीं कि गटगट चढ़ाकर मूँछन पर ताव दो।⋯वो सबन की सेवा का वरत है⋯वरना औरन में, हम में फरख क्या।⋯गाँव तिहारा है, उसकी व्यवस्था का भार तिहारे पर है। तो आगे आकर कछु-न-कछु करना तो तिहारे को ही पड़ेगो।" मनकी का दिल बोल रहा था। दिल का असर सब पर पड़ रहा था। सबकी समझ में आ रहा था कि सबकी भलाई में उनकी भलाई है।

प्रस्ताव पास हो गया।

नेतीराम आगबबूला हो उठा। सेक्रेटरी ने यह कहकर आग में घी का काम किया, "पहलवान, तुझे ही कुछ करना पड़ेगा। तेरे मोहरों में दम नाहीं है। काहे के मरद हैं वे—एक लड़की की नाक में नकेल नहीं डाल सके।"

मनकी बापू चेता तो उसके पीछे कुत्ते की तरह दुम हिलाता घूमता था। उसे तो नशे पत्ते से मतलब था। उसके अलावा मनकी कोई नहीं था।

चौपाल पर मनकी को भीड़ से घिरा देखकर नेतीराम वहाँ आ धमका। गाँववालों ने गाँव का तालाब चौड़ा और गहरा किया था। भुने चने और गुड़ इसी ख़ुशी में बाँटे जा रहे थे। नेतीराम की आँखें चढ़ी हुई थीं और वह तनकर खड़ा हुआ था। उसे इस हालत में देखकर सबका माथा ठनका। वह गरजा, "ए मास्टर, दूध पीते बच्चे की तरह का हर समय मैडम से चिपका फिरत है।⋯मोजुवा उड़ाने का इतना ही शौक चर्रा रहा है तो सरपंची छोड़ मनकी। हम से गाँव की नाक कटत नाहीं देखी जाए।" जेब से कागज निकालकर दिखाते हुए वह आगे बोला, आँख खोलकर देख, "तुझसे देखते नाहीं बने तो अपने यार को दिखा ले। इन पर अँगूठा निशानी तेरे बाप की है कि नाहीं। वो यह कहकर म्हारे सूँ उधार लेता रहा कि

अबकी फंड आने दे, पाई-पाई चुकता कर देगा। फंड आ गया है।''

''वो कोई भी हो, सज़ा उसे ही मिलेगी, जिस पर जुरम सिद्ध होगा।''

''सुनते हो, गाँव वालो, जे अपने बाप को बाप नहीं मानती, तो तुमको और तुम्हारे गाँव को क्या मानेगी!'' नेतीराम की गलमूँछें तेज़ हवा में परचम सी फहरा रही थीं।

''सिगरा गाँव जानत है, पहलवानजी, थे क्या हो और थारी मनसा क्या है!''

''सब जानत हैं—सूधी गाय को मरकहा किसने बनाया?''

मनकी फिर वहाँ रुकी नहीं, रक्खा मास्टर को लेकर चल पड़ी।

आगे चलकर मोड़ आने पर रक्खा रुक गया। मनकी ने पूछा, ''क्या हुआ, रक्खा जी!''

''अपमान···सरेआम अपमान!''

''कुत्तन के भूँकने से कोई फरक नहीं पड़त। क्या थे भी घबरा गए, रक्खाजी!''

''बहुत दिनों से मन में एक बात घर किए थी, आज अवसर आ गया कि वह कह डालूँ?''

''कह डालो, रक्खाजी, बात और फाँस बनी रह जाए तो पक जाती है और पकने का इलाज होता है चीरा।'' मनकी उसकी ओर देखकर कह गई।

रक्खा दिमाग़ में से बात काढ़न के लिए शब्द ढूँढ़ रहा था कि अचानक पूछ बैठा, ''तूने मुझे परखा-समझा क्या?''

''खूब परखा, खूब समझा। चोखा-एकदम बिना मिलावट का सोना है थे।''

''तुझे मैं पसंद हूँ क्या?''

मनकी ने रक्खा को ऊपर से नीचे तक देखकर कह दिया, ''हाँ।''

''सच कहती है न!''

मनकी कंठ छूकर कह देती, ''हाँ।''

रक्खा ने चारों ओर देखा और कहा, ''विवाह बनाएगी मुझसे?''

मनकी को यकायक कुछ नहीं सूझा। वह चेहरे पर उभर आई पसीने की बूँदों को आँचल से पोंछकर बोली, ''तुझे भी मसखरी करने को मैं ही मिली क्या?''

''यह मसखरी नाहीं है, मनकी, सच है।''

''इतना भयानक सच!'' मनकी ने धीरे से कहा, ''मैं अछूत हूँ और थे बामन।''

''तो क्या हुआ, मनकी?''

मनकी ने उसकी ओर आश्चर्य से देखकर कहा, ''रक्खाजी, पनही पाँवन मांहि ही शोभा देती है, सिर पर नाहीं।''

''तू रात-दिन मरी-खपती फिरे है। मान-अपमान की चिंता से दूर। एकदम गंगा।'' यह कहते-कहते रक्खा ने उसकी बाँह थाम ली। बरसों से थमे बदरा चू पड़े। साँसें तेज़ हो गईं। आँचल सरककर धरती पर जा पड़ा।

''नाहीं, रक्खा, हम नाहीं चाहत हैं कि थे संकट में पड़ जाओ। चारों ओर तिहारी थू-थू हो। कहाँ बामन और कहाँ हम। समाज जे सहन नहीं कर पाएगो।'' मनकी ने यह कहते हुए उससे छिटककर अलग होना चाहा तो रक्खा ने उसे छोड़ा नहीं और कहने लगा, ''मनकी, ज़े म्हारा फरज बनता है कि जाति-पाँति से ऊपर उठें। सब बराबर हैं। यह कहने से काम नहीं चलेगा। इसके लिए कुछ करके दिखाना पड़ेगा। हम वही करने जा रहे हैं। तू हमार साथ दे, मनकी। एक और एक ग्यारह होत हैं।''

''इतनी जल्दी का है?''

''जल्दी है, ताकि हमारे शत्रु इस शुभ काम में बाधा खड़ी न कर सकें।'' रक्खा ने अपने सिर पर हाथ रखकर कहा, ''कल हम कोर्ट में शादी कर लेंगे। तब नेतीराम जैसे साँड़ कुछ नहीं कर सकेंगे।...गाँव के विकास के लिए यह भी ज़रूरी है, मनकी।''

मनकी उसकी छाती में मुँह टाँपकर सिसक पड़ी। रक्खा उसे समझाता रहा। वह आगे कुछ नहीं बोल सकी। उसके मन के एक कोने में यह भाव अवश्य उपजा था कि काश, रक्खा उसकी जाति का होता!

चेता के सामने अखबार था। अखबार में मनकी और रक्खा की फोटो थी। उसके आँसू टपक पड़े। वह भगवान् के मन-ही-मन हाथ जोड़ता रहा। सोचता रहा कि बारह वर्ष बाद तो घूड़े के दिन भी आते हैं।

□

मौसम का वसंत

अचानक हिमपात थमा। धुनी हुई रुई जहाँ की तहाँ ठहर गई। खिड़की का काँच साफ़ किया, तो हिमानी समंदर नज़र आया, गहरी नींद निकालता हुआ। मेघा ने चैन की साँस ली। उसकी आँखों में चमक लौट आई। प्यार ऐसा ही होता है, मन-ही-मन कहकर गहरा निश्श्वास छोड़ा। दिसंबर का अंत और सुदूर दार्जिलिंग, जहाँ तापमान शून्य को भी पार कर जाता है। तब वहाँ क्या बचता है—न शोर, न हलचल, न रौनक, सिर्फ़ अजगरी सन्नाटा!

सांग्रिला होटल के तीसरे माले पर डबल बेड वाला शानदार कमरा, जहाँ से कंचनजंघा की विशाल पहाड़ियाँ अद्‌भुत लैंडस्केप बनाती हुई नज़र आती हैं और सैलानी उन्हें देखकर संयम खो बैठते हैं। मेघा तीसरी बार वहाँ आई थी, महानगर के तनाव भरे धुएँ से मुक्ति पाने और शेषांश घीसिंग की पेंटिंग की गहराइयों में उतरकर अपने से रूबरू होने।

आज शेषांश भी आएगा। उसे उसका इंतज़ार करना होगा, क्योंकि वह दूर से आता है गलियारों को लाँघता हुआ। मेघा को यह सोचते हुए तअज्जुब होता है कि वह कैसे उसकी कहानियों को अपने चित्रों में उतार देता है। हर बार उसे लगता है कि वे चित्र उसकी कहानियों के गैप को पूरा करते हैं।

शेषांश घीसिंग लंबा है। प्रायः उनमें लंबे स्त्री-पुरुष बहुत कम होते हैं। उसकी देह गठीली है और सुंदर। उसकी अंगुलियाँ लंबी, पतली और कलात्मक हैं।

मेघा ने पूछा था, 'घीसिंग, तुम्हारे यहाँ प्रेम-विवाह का बहुत प्रचलन है, बता सकते हो, क्यों?'

शेषांश घीसिंग झेंपकर मौन रह गया।

'तुम किससे प्रेम करते हो?'

वह फिर चुप रहा। उसकी आँखें फैल गईं और उसके होंठ काँप गए। तब मेघा और वह टाइगर हिल पर थे और सूर्योदय की प्रतीक्षा कर रहे थे। वह उँगली के संकेत से बता रहा था, 'वह हिमाच्छादित चोटी देखती हो—एवरेस्ट है। वह सदा हिम से ढकी रहती है।'

मेघा टकटकी बाँधे ऊपर देखती रह गई। वह कुछ देर बाद पूछने लगी—'घीसिंग, क्या पाया होगा वहाँ तेनसिंग-हिलेरी ने?'

'सपना।'

'कैसा सपना?'

'मुझे उसी सपने की तलाश है मेघा, जो यथार्थ होते हुए भी दुनिया के लिए एक सपना है। ऐसा सपना, जिसका सम्मोहन पल भर के लिए भी मेरा पीछा नहीं छोड़ता।...यहाँ तक कि सपने में भी नहीं।' शेषांश घीसिंग कह रहा होता, 'जो सपना तेनसिंग-हिलेरी ने वहाँ देखा, वह हमारी-तुम्हारी कल्पना से बहुत दूर है।'

'मैं वहाँ नहीं जा सकती, घीसिंग।'

'और मैं भी, मेघा।'

'फिर भी हम सपना देख सकते हैं।'

'कैसे, मेघा?'

'तुम्हारी आँखों में।'

'मेरी आँखों में।'

'हाँ, घीसिंग... मुझे लगता है कि तुम्हारी आँखों में एवरेस्ट अपना अक़्स तलाशता है।... तब ही तुम अपनी पेंटिंग में उसकी आत्मा से संवाद करने लगते हो।'

'मैं और संवाद!'

'आश्चर्य नहीं, घीसिंग वे संवाद गूँगे होते हैं।'

'तुम्हारी कहानी की तरह नहीं न।' घीसिंग आँख झपकाकर पूछता है।

'तुम यह जानकर हँसोगे घीसिंग, मैं यहाँ वे ही संवाद चुनने आती हूँ बार-बार।'

'जो बोले नहीं जाते।'

'हाँ, वे ही संवाद जो बोले नहीं जाते, लेकिन जो लगातार मेरे हृदय-आकाश में गूँजते रहते हैं।'

मेघा ने इसके साथ ही नीचे गिरे साड़ी के पल्लू को उठाया और कनखियों से शेषांश की ओर देखा। शेषांश सकपकाया। उसकी आँखें नत हो गईं, क्योंकि

उसकी निगाहें वहाँ ठहर गई थीं, जहाँ उन्हें ठहरने की सख्त मुमानियत है।

यह पता ही नहीं चला कि कब रात उतर आई और कब हवाएँ गति पकड़ उठीं। यह पता तो उसे तब लगा, जब शेषांश ने दरवाजे पर दस्तक दी। उसका ओवरकोट कई जगह से फट गया था और पैंट भी। उसने तत्काल कहा, 'अंदर आओ।'

'ऐसी हालत में।'

'खून के धब्बे पैंट और ओवरकोट से झाँक रहे थे। मेघा ने कुछ रूठते हुए तैश में आकर कहा, 'चुपचाप कुरसी पर आकर बैठ जाओ···पर ओवरकोट उतारकर। मैं गरम पानी लेकर आती हूँ।'

शेषांश ने ओवरकोट उतारकर जब एक तरफ़ रखा, तब पता चला कि खून से उसकी कमीज सनी हुई है।

'चुप रहो।' डाँटते हुए मेघा ने कमीज़ उतरवाने में सहायता की। जमा हुआ खून साफ़ किया। मरहम लगाया।

मेघा अंदर गई। तब तक उसने जूते खोलकर एक तरफ़ रख दिए और जुराब भिगोकर पाँव पर जमे खून को साफ़ कर लिया। अब उसे ठंड लगने लगी थी, शरीर ऐंठ रहा था और हल्का-हल्का दर्द हो रहा था।

'उठो और बाथरूम में जाकर कपड़े बदल लो। नाह-नूह नहीं। जानते तो हो एक लड़की के पास मर्दाने कपड़े नहीं हो सकते।···जो भी कपड़े रखे हैं, उन्हें समझदारी से ऐसे लपेट लेना कि ठंड खाया शरीर नीला पड़ने से बच जाए।' मेघा के स्वर सख़्त थे, पर थे आत्मीयता से भरे।

शेषांश बाथरूम में चला गया था, लेकिन मेघा का बड़बड़ाना बंद नहीं हुआ। वह कहे जा रही थी, 'मौसम में सपनों की रंगत पाई नहीं कि चल पड़े उसके पीछे उन अनुभूतियों को अपने में जज़्ब करने के लिए। कोई होता तो टोकता, रोकता, लेकिन कोई न हो तो भी क्या कोई ऐसा करता है कि खुद को ही मौसम बन जाने दे।···जनाब ने कितने किस्से सुनाए थे और बताया था कि इस हिमानी चादर के नीचे न जाने कितने लोग बिना क़ब्रगाह के दफ़न हुए पड़े हैं, लेकिन जनाब को क्या? उनके मन में तो एवरेस्ट का ख़वाब अँगड़ाई ले रहा है।'

शेषांश घीसिंग आ गया—'साड़ी तो तहबंद की तरह लपेटकर और ऊपर दुशाला डाले।'

'अब बिस्तर में चले जाओ।'

'नहीं, मेघा···इतना काफ़ी है। तूफ़ान रुका नहीं कि···।'

'तुम चल पड़ोगे उन अनाम लोगों की फेहरिस्त में गुम होने।···तुम फ़नकार होकर भी अपने प्रति इतने क्रूर क्यों हो, घीसिंग?···देह तुम्हारी अब भी काँप रही है। प्लीज़।' मेघा ने आँखें झपकाकर प्यार से कहा।

शेषांश बिस्तर में आ गया। कुछ देर बाद दूध, स्लाइजेज, मक्खन आदि मेज़ पर रखा गया। शेषांश ने वह सब लिया। फिर लेट गया। लेटते ही उसकी आँख लग गई।

सुबह हो गई। शेषांश हड़बड़ाकर उठा। बाहर उजास नज़र आई। मौसम खुल गया। मेघा सोफासेट पर कंबल ओढ़े गठरी बनी हुई थी। अब वह क्या करे।

तभी घंटी बजी। शेषांश घबरा उठा। घंटी दूसरी बार बजी। अब तो उसे उठना ही होगा, यह सोचकर वह तनिक हिला-डुला कि मेघा उठ बैठी। उसने बालों को जूड़े के हवाले किया और गाउन की बेल्ट कसी। दरवाजा खोला। वेटर नाश्ता लेकर आया था। मेज पर रख गया। तब उसकी निगाहें दीवार घड़ी पर गईं—दिन के नौ बज रहे थे। उसकी आँखें चमकीं, होंठ मुसकराए और मन में कहा, 'ऐसा इससे पहले कभी नहीं हुआ।'

दोनों ने नाश्ता लिया। दोनों ने उग आए सूर्य की ओर एक साथ देखा और फिर दोनों की निगाहें एक-दूसरे से टकराईं। अनछुआ कुछ हुआ कि देह में सिहरन दौड़ गई। पगला उठा आँखों में मौसम का वसंत!

दोनों से आँख चुराता समय गुमसुम बह रहा था, हिमनद-सा। मेघा कहने लगी, 'कल मुझे लौटना है, शेषांश। शायद फिर यहाँ आना न हो सके।'

'मैंने तुम्हारा पत्र पढ़ा था।' शेषांश ने धीरे से कहा।

'ज़वाब देना उचित नहीं समझा।' मेघा के स्वर में शिकायत नहीं थी, न उलाहना था, एक ख़्वाब का अंतर्संवाद था।

शेषांश सकपकाकर रह गया। उससे बोलना नहीं बन सका। उसका मन द्रवित हो रहा था।

'मैंने हीटर की सहायता से तुम्हारे कपड़े सुखा दिए थे, तुम बाथरूम में जाकर कपड़े बदल सकते हो, शेषांश।'

शेषांश के मन में टीम कुलबुलाई। वह कपड़े बदलकर बाहर आ गया।

मेघा ने पलटकर शेषांश की ओर देखा। गहरी साँस भरी। कुछ देर बाद शेषांश चला जाएगा। उसके विश्वास की आँखें छलछला आएँगी। वह अधूरी कहानी सी स्तब्ध रह जाएगी। व्यग्रता उसे थाम लेगी। उसके अरुण अधरों तक आकर प्रतिध्वनि लौट जाएगी और वह यह भी नहीं पूछ पाएगी कि क्या ऐसा होता

है हर मौसम का वसंत, शेषांश?

'तो अब चलना होगा, मेघा।' शेषांश की विवशता का व्याकुल स्वर मोम सा पिघला। मेघा के मन में आया—क्या संवेदन-शून्य चितेरा अलविदा भी यहीं से कहकर चला जाएगा?

शेषांश दरवाज़े तक पहुँचकर रुका। भरपूर दृष्टि से मेघा को देखा और कहा, 'स्टेशन पर मिलेंगे, मेघा।'

मेघा शेषांश की ओर नहीं देख सकी। उसने लिफ्ट खुलने और बंद होने की आवाज़ सुनी। उसकी जड़ता टूटी। तब तक शेषांश जा चुका था।

□

अंतस की पुकार

पूनो थी। पूरी रात जागरण में बीती। अब तड़के जरा सी झपकी लगी कि मुरगा बाँग दे उठा। आँख खुल गई, परंतु तुरंत उठने का मन नहीं किया। कुछ देर लेटी रही। सोचने लगी कि कल रात जागरण में से उसका मर्द रामली को कैसे उठाकर ले गया। अकझक बकता हुआ। राँड़ से उसने संबोधन शुरू किया और उसके हाथ जोड़ी करने पर कैसे उपसंहार करने लगा—'हरामजादी, अपने मर्द से मुँह लड़ाती है। ये म्हारी छूट का नतीज़ा हैं।'''औरत तो पाँव की जूती होती हैं।'''''हरे कृष्णा''हरे कृष्णा। ये क्या है मुरलीधर! ये तो तेरी जन्मभूमि है। ये मैं क्या सुन रही हूँ? तूने जिनके साथ रासलीलाएँ कीं, उनका ऐसा हश्र, ऐसा अपमान और ऐसी उपेक्षा होने दी।

मीरा नारी के प्रति पुरुष के अहम वाकयों को अनदेखा नहीं कर पा रही थी। उसका अंतस बारंबार यही पुकारता है कि वह यहाँ आई है तो लीलाधर की भूमि पर तो कुछ करे? पर क्या करे! इसी उलझन में उसने उठकर खिड़की खोल दी। उसने पाया कि प्रभात की स्वर्णिम किरणें नव कोंपल सी फूट रही हैं।

भक्तगण यमुना स्नान कर लौट रहे थे। वे भक्ति भावना से महक रहे थे। उनके मुखमंडल पर परम संतोष था और अक्षय आनंद। कोई राम-राम कहता जा रहा था और कोई हरे कृष्ण''हरे कृष्ण कहता हुआ। कोई सूर का पद दोहरा रहा था।

औरतों की टोली जल्दी-जल्दी हरे कृष्ण''हरे कृष्ण करती हुई निकल गई थी। किसी के द्वार पर रथ आकर रुका था। आसपास खेल रहे बच्चे कौतूहलवश वहाँ एकत्र हो गए थे।

रथ में से अवगुंठन डाले वधू उतरी थी। घर की औरतें एकत्र होकर उसका सम्मान कर रही थीं। नववधू थी वह।

कौतूहल-मिश्रित प्रसन्नता महक उठी नूपुर बाँधकर। प्राण का पोर-पोर थिरक उठा था। रस-निर्झर मुसकरा उठे थे।

युवतियों की टोलियाँ कलश सिर पर धरे गाती हुई जा रही थीं। पौ फटने से पूर्व वे पानी भरना शुरू करती हैं और दिन चढ़ने तक पानी ही भरती रहती हैं। पनघट पर शोर मच जाता है। कानों में छम-छम-छम की मधुर ध्वनि गूँजती रहती है। कभी-कभी फिसलता हुआ सामूहिक स्वर खिलखिला पड़ता था। मोतियों की लड़ियाँ निःशब्द कौंध जाती थीं।

—गोपी की बहू, घूँघट मार ले। ससुर आते हुए लग रहे हैं।

—भाभी,…भैया!

भाभी चौंक पड़ती और जल्दी से घूँघट नीचे तक खींच लेती।

इस पर हँसी का वो फव्वारा फूटता कि वो…।

युवतियों का हास्य दूर-दूर तक महक फैला देता था।

मीरा झरोखे में अकेली खड़ी ब्रज के प्रभात को निहार रही थी। ऐसा सिंदूरी प्रभात! ऐसा मनोरम कलरव। चहचहाते पक्षियों की टोलियाँ। हल लिये किसान। बैलों की मनभावनी जोड़ियाँ। उनके गले में बजती घंटियों की मादकता। चटखते-खिलते सुमनों से सजी डालियाँ। कदंब पर झूमते तोते। करील के वन के वन। फिर दूर-दूर अमराइयों की बेसुध करनेवाली महक।

धन्य है, कृष्ण की जन्मभूमि को! धन्य है, इन लोग-लुगाइयों को! धन्य है, वन-वीथियों और कलरव करते पक्षियों को! धन्य है, यमुना के कछारों को!

कितना उन्मुक्त उल्लासोत्साह! कितना स्निग्ध और स्नेहसिक्त परिवेश। चंद्र और आनंद ही आनंद! मीरा अपने में खोने लगी। तभी ललिता ने यह कहकर उसे चौंका दिया, "आप यहाँ, दीदी?"

—हाँ, यहाँ। इसमें क्या नई बात है, ललिता।

—बाहर भीड़ खड़ी है, दीदी।

—खड़ी है तो खड़ी रहे। हमें क्या?

—आपने ही तो कल कीर्तन के बाद कहा था।

मीरा को याद पड़ा। जीव गोस्वामी स्त्री की परछाईं को भी अभिशाप मानते हैं। वे उनसे भी मिलेगी। एक भक्त ने पूछा था,—कब? पता नहीं वह कैसे कह बैठी—कल ही।…उन्होंने कल्पना में भी नहीं सोचा था कि…।

—लेकिन इन सबको आमंत्रित कहाँ किया था?…यह तो ठीक नहीं हुआ, ललिता।

—क्या ठीक नहीं हुआ, दीदी?

—ललकारना।...जीव स्वामी से अवश्य मिलने जाते, परंतु इस तरह नहीं। मानती हूँ कि उनके स्त्री जाति के प्रति ये विचार ठीक नहीं हैं। लेकिन...।

—अब कुछ नहीं हो सकता, दीदी।

—समझती हूँ।...तुम बाहर चलो, मैं अभी आती हूँ। मीरा नवनीतप्रिय के सामने खड़ी होकर उनसे विनती करने लगी—लीलाधर की भूमि पर स्त्री जाति का अपमान। ना रे, कृष्णा-कन्हैया, ये तो तुझे कुछ करना होगा। मैं चलती हूँ। आगे तुम सँभालना। यह मेरी नहीं तुम्हारी परीक्षा है।

मीरा कान्हा का ध्यान करते हुए बाहर आ गई। चहुँ ओर भीड़ थी। तमाशाई भीड़। अहं इस चोट से तिलमिला उठेगा। बनती बात बिगड़ भी सकती है। दंभ भक्ति के लिए अभिशाप से बढ़कर है। विनम्रता और धैर्य भगत की पहचान हैं। परंतु अब कुछ नहीं हो सकता। लीलाधर की यही इच्छा है तो उसे कौन रोक सकता है।

मीरा को देखते हुए एक युवती ने उच्च स्वर में कहा—भक्त शिरोमणि मीरा बाई की...

मीरा ने उस भीड़ को नियंत्रित रखने के लिए यह सोचा कि भजन व कीर्तन रास्ते भर चलते रहें।

उसे देखते ही भीड़ में से एक युवती ने नारा लगाया—भक्त शिरोमणि मीराबाई की...

—जय! समवेत स्वर था।

—कृष्णप्रिय मीराबाई की—

—जय! समवेत स्वर था।

—नवनीतप्रिय की—

—जय! समवेत स्वर था।

—बाँसुरी बजैया की—

—जय! समवेत स्वर था।

मीरा ने अत्यंत मद्धिम तथा मधुर स्वर में कुछ कहा। कोई सुन नहीं पाया। भीड़ ने मीरा के अरुणाभ अधर हिलते देखे। भीड़ कुछ ही पलों में एकदम शांत हो गई।

मीरा ने अपने चारों ओर देखा। भीड़ चित्रलिखित सी खड़ी हुई थी। मीरा कहने लगी—धार्मिको, मुझे ज्ञात है कि आप यहाँ क्यों एकत्र हुए हो। यह भी मैं

भली प्रकार से जानती हूँ कि आप लोग शास्त्रार्थ के मेले के अभ्यस्त हो चुके हो। आए दिन यहाँ ऐसे तमाशे व चमत्कार होते रहते हैं। कोई अपनी जटाओं में से पानी निकालकर यह कहता सुना गया कि वह शिव शंभु है। कोई एक पाँव से खड़ा हुआ तपस्या कर रहा है। कोई भू-समाधि ले रहा है। किसी ने खाना-पीना छोड़ रखा है, वह निर्जला व्रत रखे हुए है, केवल हवा पर आश्रित है।…ज्योतिषियों की तो बात ही छोड़िए। वे तो घर-घर हैं। चमत्कार तथा तमाशों से घिरी इस नगरी के नगरवासियों को मैं यह स्पष्ट करना चाहूँगी कि मीरा के पास न कोई चमत्कार है और न कोई तमाशा। न वह रहस्यपूर्ण कार्य कर सकती है। उससे किसी को ऐसी आशा भी नहीं करनी चाहिए। श्रद्धालुओं को उससे गहरी निराशा होगी। परंतु वास्तविकता से पहले परिचित करा देना मैं समीचीन समझती हूँ। मैं तो आप में से एक ही हूँ। एकदम सामान्य। यह तो आपका बड़प्पन है कि मुझे इतना महत्त्व दे दिया है। नवनीतप्रिय की सेवा में तो जैसे आप सब रत हैं, वैसे ही मैं भी हूँ।…हम लोग आचार्य जीव गोस्वामी से मिलने जा रहे हैं। आचार्यजी से मिलकर मुझे परिबोध मिलेगा और मुझमें नई-नई कल्पनाएँ फूटेंगी, मेरा उनसे मिलने का यही कारण है। मेरी उनमें पूर्ण श्रद्धा है। मेरे लिए वे पूजनीय हैं। हो सकता है, वे अपने स्वभावानुसार नहीं भी मिलें तो क्या है, हम लौट आएँगे। मेरे साथ वे ही चलें; जो जिस प्रसन्नता से जा रहे हैं, उसी प्रसन्नता से न मिलने की स्थिति में लौट भी सकें और उन्हें किसी बात का पश्चात्ताप न हो।…जीवन जय-पराजय से ऊपर है। मुझे जो कहना था, कह दिया। शेष आप जानो।—मीरा ने पुनः चारों ओर देखा। भीड़ सन्नाटा ताने थी।

तभी मंदिर के सामने रथ आकर रुका।

तनिक भीड़ में शोरिश उठा।

रथ से पुजारी उतरे।

आकाश नवनीतप्रिय की जय से गूँज उठा।

उन्होंने चारों ओर देखा। फिर मीरा पर दृष्टि डाली। पूछा—यह क्या है, मीरा बेटी?

—मैं आचार्य जीव गोस्वामी के दर्शन के लिए जा रही हूँ, पुजारीजी!

—और भीड़ की तरफ़ संकेत करते हुए—यह सब?

—पता नहीं कैसे एकत्र हुए हैं।

—तुम्हारे साथ जा रहे हैं?

—जी हाँ, पुजारीजी।

—बेटी, वह किसी स्त्री से नहीं मिलते हैं।

—जानती तो हूँ।

—महाक्रोधी हैं।

—साधना की कठोरता का परिणाम है, पुजारीजी!

—जाओ, नवनीतप्रिय तुम्हारी रक्षा करेगा। इतना कहकर पुजारी सोपान चढ़ गए। मीरा ने ललिता से कहा—ललिता, तुम भजन उठाओ, सब उसे ही गाएँगे।

मीरा नीचे उतर आई।

ललिता गा उठी।

सभी ने उसे ही दोहराया।

मीरा नत नयन किए बढ़ी जा रही थी।

सँकरी गलियों में से होते हुए, धीरे-धीरे वह चल रही थी। जनता उनको कौतूहल-मिश्रित भक्ति-चेतना से अवलोक रही थी।

मार्ग लंबा था।

सूर्य की रश्मियाँ परिवेश को स्नान करा रही थीं। हवा रह-रहकर बह रही थी। पत्ते मुसकरा-मुसकराकर गलबाँहें डाले मिल रहे थे।

एक भजन समाप्त हुआ तो दूसरा भजन शुरू हो गया। बीच-बीच में नवनीतप्रिय की जय-जयकार हो उठती थी।

अब कीर्तन शुरू हो चुका था।

मीरा शांत थी, असोची स्थिति में आगे बढ़ रही थी।

सामने नज़र आ रहा था—मधुवन। जीव गोस्वामी का आश्रम। उसके चारों ओर सन्नाटा था तथा निर्जनता थी।

आश्रम बहुत बड़ा था। कई फर्लांग में था। चारों ओर पेड़-ही-पेड़ थे। हरा-भरा था वह आश्रम। पक्षीवृंद कलरव कर रहे थे। आश्रम के बीच में टीले भी थे। वे भी प्रकृति की सुषमा से लदे हुए थे।

वहाँ प्रकृति की रम्यता दर्शनीय थी।

मुख्य द्वार पर एक भक्त खड़ा था। उसने भीड़ को कौतूहलवश देखा। उसे यह देखकर और भी आश्चर्य हुआ कि भीड़ उधर ही आ रही थी। आज यह भीड़ उधर क्यों आ रही है? वह ठीक से कुछ नहीं सोच पाया।

अब भीड़ मुख्य द्वार के सामने थी। मुख्य द्वार पर फाटक जड़ा हुआ था। आश्रम के चारों ओर दीवार थी।

मीरा ने संकेत से भीड़ को रोक दिया और ललिता की ओर संकेत किया कि वह द्वारपाल से अपने आने का मंतव्य स्पष्ट करे।

ललिता आगे बढ़ी। द्वार के पास पहुँचकर उसने कहा—भक्त, हम लोग आचार्य जीव गोस्वामी के दर्शन करना चाहते हैं।

भक्त ने मुँह पर कपड़ा लेकर कहा—शोभिनी, तुम कहाँ से आई हो?

—यहीं से।

—शोभिनी, आचार्य स्त्रियों को दर्शन नहीं देते हैं।

—हम में तो स्त्री-पुरुष दोनों हैं।

—वे पुरुषों को कदाचित् दर्शन दे दें, परंतु स्त्रियों को कदापि दर्शन नहीं देंगे।

—आप एक बार उनसे हमारा मंतव्य कहकर तो देखिए।

—क्या लाभ, शोभिनी?

—हमें संतोष होगा।

—मुझे आचार्य का आदेश है। फिर यहाँ हरेक को पता है कि आचार्यपाद स्त्रियों को न दर्शन देते हैं और न उपदेश।

—क्यों, भक्त?

—यह मैं क्या जानूँ, शोभिनी?

—तुम्हारे मन में इस प्रश्न को लेकर क्या जिज्ञासा नहीं उठती है?

—नहीं।

—क्यों भला? क्या स्त्रियाँ समाज का अंग नहीं हैं?

—हैं तो?

—फिर, क्या यह बात शोध्य नहीं है?

—होगी, शोभिनी!

—होगी क्यों, है क्यों नहीं?

—मैं तार्किक नहीं हूँ, शोभिनी!

—तो फिर आचार्यपाद से जाकर कहो कि भक्त शिरोमणि मीरा उनके दर्शन के लिए आई हैं।—ललिता ने द्वार के और नज़दीक आते हुए कहा।

—मुझे खेद है कि मैं आचार्य तक यह संदेश नहीं पहुँचा सकता हूँ।

—फिर हमें वहाँ तक जाने दो। हम स्वयं यह संदेश उनको दे देंगे।

—यह भी असंभव है, शोभिनी!

—असंभव कुछ भी नहीं है, भक्त! मर्त्य असंभव को भी संभव बनाता आया है। जो असंभव है, वही मर्त्य के लिए करणीय है।—ललिता ने तर्क को और पैना करते हुए कहा—भक्त, यह भीड़ देखते हो।

—देखता हूँ, शोभिनी!

—यह दर्शन-लाभ से वंचित रह जाए क्या?···कितनी श्रद्धा व प्रेम से आई है। मात्र दर्शन-सुख के लिए।···इस भीड़ को आचार्यपाद का आशीर्वाद चाहिए। क्या तुम उससे इसे वंचित रखना चाहोगे? भला सूर्य क्या नाले व कीचड़ पर से अपनी रश्मियों को जाने से रोकता है? क्या यमुना व गंगा गंदे पानी को अपने में मिलने से रोकती हैं? क्या सूर्य कीचड़ को और यमुना व गंगा गंदे पानी को शुद्ध नहीं कर देते हैं, भक्त!—ललिता ने उसमें शोध की जिज्ञासाएँ जगाते हुए कहा।

—मैं तार्किक नहीं हूँ, शोभिनी!

—पहले अपने मुँह पर से कपड़ा हटाओ।···कपड़ा लेकर भी तुम देख रहे हो न?

वह चुपचाप रहता है।

—बोलो, उत्तर दो।···असत्य मत कहना, भक्त!

—हाँ।

—स्त्री-भाव कपड़े या फाटक के परदे से रुकने वाला नहीं है, भक्त! वह तो हर मनुष्य के अचेतन में है। हमेशा रहेगा।···तुम मुझे देख रहे हो। फिर इस झिनझिने कपड़े का आवरण क्यों? यह मिथ्याचरण क्यों? यहाँ कोई अस्पर्शा नहीं है। सब उसी एक परमात्मा के बनाए हुए हैं। जाओ, भक्त, जाकर कहो कि मीरा तथा दर्शनार्थी दर्शन हेतु बाहर प्रतीक्षारत हैं।

—यह मुझसे नहीं होगा, शोभिनी!

—क्यों?

—मैं नहीं जानता।

—यह जानते हो कि यह तुमसे नहीं होगा?

उसने सिर हिला दिया।

—यह क्यों नहीं जानना चाहते हो कि यह तुम से क्यों नहीं होगा?

वह किंकर्तव्यविमूढ़ रह गया। ऐसा उसने कभी सोचा ही नहीं था। वह तो आज्ञापालक था। निषेध के लिए उसमें भाव उठता ही नहीं था। वह बोला—शोभिनी, यह भी मुझे पता नहीं।

—फिर तुम्हें क्या पता है?···तुमको भक्त, जिज्ञासु होना चाहिए। जिज्ञासा

ही मन के अंधकार को मिटाती है। तुम प्रकाश शोध रहे हो न, भक्त!···या तुम यह भी नहीं जानते? सच कहना, भक्त!

वह चकित सा रह गया। वह तो इतना जानता है कि वह भक्त है—आचार्यपाद का भक्त। द्वार पर उसे लगाया गया है। आचार्यपाद ईश्वर हैं। वह क्यों ईश्वर हैं? ईश्वर क्या होता है, यह सब वह नहीं जानता। जानना भी नहीं चाहता। जानना क्यों नहीं चाहता? उसमें इतनी बुद्धि नहीं है। वह बिना कुछ जाने-कहे संतोषी है।

—बोलो भक्त! द्विविधा क्या है?

—कैसी द्विविधा?

—मैंने पूछा था न, भक्त!

—हाँ शोभिनी, पूछा तो था, परंतु मैं वह भी नहीं जानता।

—तभी तो कहती हूँ कि भक्त, आचार्यपाद को संदेशा दे दो।

—शोभिनी, यह नहीं होगा।

—क्या तुम डरते हो?

—हाँ, मैं डरता हूँ।

—फिर तुम कैसे भक्त हो?

—जैसा भी समझो।

इसी समय अंदर से एक दूसरा भक्त आता हुआ दिखलाई पड़ा। ललिता उसके आने की प्रतीक्षा करने लगी।

पास आते ही उस भक्त ने उसका अभिवादन किया। भीड़ को देखकर उसने पूछा—क्या बात है?

—ये लोग आचार्यपाद के दर्शन करना चाहते हैं।

उसने पहले ललिता की ओर देखा और फिर भीड़ की ओर देखा। कहा—मना कर दो। जानते तो हो··· ।

—वह मैं कह चुका हूँ।

—सुनिए, भद्रजन!—ललिता ने उस व्यक्ति से कहा।

वह व्यक्ति पहले कुछ सकपकाया, परंतु बाद में वह ललिता की ओर बढ़ गया। पास आकर कहा—कहिए, शुभे!

—हम लोग आचार्यपाद से मिलना चाहते हैं। जानते हैं कि आचार्यपाद स्त्रियों को दर्शन नहीं देते हैं। हमारे साथ भक्त शिरोमणि मीरा भी हैं। उनकी यह उत्कट अभिलाषा है। कृपया आप यह संदेश आचार्यपाद को दे दें। आशा है, आप हमारी अभिलाषा अवश्य पूर्ण करेंगे।—ललिता ने अत्यंत विनीत भाव से कहा।

वह व्यक्ति कुछ पल सोचकर बोला—वो मानेंगे तो नहीं।...परंतु भक्तिनी मीरा भी साथ हैं। कह मैं देता हूँ।

अब तक मीरा ललिता के पास आ पहुँची थी।

उन महाशय ने मीरा का अभिवादन किया।

मीरा ने भी वैसा ही किया। मीरा ने खखारकर अत्यंत मधुर वाणी में कहा—भद्रपुरुष, आप आचार्यश्री से इतना अवश्य कह दीजिए कि मीरा कहती हैं कि वृंदावन में तो कृष्ण को छोड़कर सभी सखी हैं। पुरुष तो केवल कृष्ण हैं।

उसने रुककर मीरा की ओर निहारा। निहारता ही रहा। चलते हुए वह बोला—जैसी आपकी इच्छा। मैं कह दूँगा।

वह लौट पड़ा।

भीड़ में फुसफुसाहट हो रही थी। सबकी आँखों में आश्चर्य था। हर पल उत्सुकता से बीत रहा था। जिज्ञासा-भरी आँखें अपलक फाटक पर टिकी हुई थीं।

आश्चर्य...आश्चर्य...सबकी निगाहें विस्फारित थीं।

सामने से एक दिव्य पुरुष आ रहा था।

भीड़ में कोई फुसफुसाया—आचार्य जीव स्वामी ही हैं।

—हैं! आचार्य जीव स्वामी!

—अरे हाँ, जीव स्वामी ही हैं।

भीड़ में कौतूहल बढ़ा।

—पता नहीं मीराजी ने क्या कहा कि आचार्यश्री नंगे पाँव ही दौड़े चले आ रहे हैं।

—कैसा भव्य पुरुष है!

—कैसा विराट् पुरुष है!—कोई कहता।

मीरा अविचल अपने स्थान पर खड़ी हुई थीं। उनमें कोई परिवर्तन नहीं हुआ था। वे सौम्यता की प्रतिमा बनी हुई थीं।

अब आचार्य जीव स्वामी सामने आ चुके थे। इकहरी लंबी देह। गठा हुआ शरीर। दमकता हुआ चौड़ा ललाट। बड़ी-बड़ी चमकती आँखें। पतले होंठ। एकदम अरुणाभ कपोल। ऋषि-तुल्य। रेशमी पीत वस्त्र धारण किए हुए थे। उन्होंने संकेत किया। फाटक खुल गया। वे करबद्ध अभिवादन कर बोले—अहोभाग्य मुरलीप्रिय मीराजी! जीव स्वामी आपका अभिनंदन-स्वागत करता है।

—आचार्य श्री, मीरा का प्रणाम स्वीकारें।

—हमें आपके संदेश ने आकृष्ट कर लिया, मीराजी! हम नंगे पाँव भागे

आए। वृंदावन में कृष्ण को छोड़कर शेष सभी सखी हैं।···धन्य हैं आप! आपकी स्थापना पूत है। आपकी कुंडलिनी जाग्रत् है। आपकी चेतना रसेश्वर में आलुप्त हैं। —जीव गोस्वामी गद्‌गद होकर निर्झर से निःसृत हो रहे थे।

—कृतार्थ किया, आचार्य!—मीरा ने कहा—आपके दर्शन का सम्मोहन था।

—आश्रम को पवित्र कीजिएगा।

मीरा ने भीड़ की ओर देखा।

आचार्य जीव स्वामी समझ गए कि मीरा क्या विचार कर रही हैं। वे बोले—सभी को अंदर आने दीजिएगा।

—तब ठीक है। परंतु···।

—परंतु क्या?

—कहीं आपका धर्म···।

—मनुष्य का धर्म मनुष्य से प्यार करना है, मीराजी।

—आप कृतार्थ हुए, आचार्य।

—लज्जित मत कीजिए।

—यह आप क्या कहते हैं, आचार्य! पता नहीं कौन सी शक्ति मुझे आप तक बाँध लाई है? मुझे आपसे मिलकर अत्यंत प्रसन्नता हुई है।

—गंगा-यमुना के मिलन की प्रसन्नता का वर्णन करना कल्पनातीत है। कौन किससे कितना कृतार्थ हुआ है, यह शब्दातीत है। आपने मेरे मन में नया उल्लास जगाया है। नई चेतना का उद्रेक किया है। क्या बात है···कृष्ण को छोड़कर यहाँ सब सखियाँ हैं। पुरुष तो अकेला वही है। धन्य हैं, मीराजी, आप धन्य हैं। आपने मेरी माया-छलना को हरा है, मैं अपकृत हुआ।—आचार्य जीव स्वामी कह रहे थे।

भीड़ आश्चर्य से अवलोक रही थी। वह चित्रलिखित सी थी। वह साँस रोके वार्त्तालाप की मलयजी गंध का आनंद लेकर मग्न हो रही थी।

—मैं कौन हूँ, हरने-हरानेवाली! सब गोविंद की कृपा है। वह जैसे रखता है, हम वैसे ही रहते हैं। उसको जो करना है, वही होता है। यह तो आपका बड़प्पन है, आपकी महानता है। मैं इस महानता के प्रति नत हुई, आचार्य!

—चलिए···।—जीव गोस्वामी ने मीरा को आमंत्रित करते हुए कहा।

मीरा ने ललिता से कहा कि भक्तगणों को लेकर चलो।

तभी आसमान में जयघोष गूँज उठा—आचार्य जीव गोस्वामी की···

—जय!

—गोपालप्रिया मीरा की···

—जय!

ललिता बोली—नवनीतप्रिय की···

—जय!

आगे-आगे मीरा और जीव गोस्वामी। उनके पीछे-पीछे भक्तगण। सबके मुखमंडल पर सद्य: खिल कमल सा उजास। हृदय में अपार उछाह। मन-मयूर नर्तनरत। उनके पाँव थिरक रहे थे। चहुँ ओर उल्लास। यह कैसा भव्य था मांगलिक दृश्य। कैसा मनमोहक महोत्सव। अँखियन में प्रेम का संगीत! सब-के-सब आनंद-रस में मग्न।

□

गंगा

रात घुप्प अँधेरे की सियाह बाँहों में जा समाई थी। लगा—सदियों से बंद जक्खड़ और भुतही दरवाज़ा थोड़ी देर में चरमराता हुआ गिर पड़ेगा और सड़ी—बदबूदार हवा का चीखट झोंका चमगादड़ों के साथ अचानक आक्रमण कर देगा।

हजारों हजार झींगुरों की झीं-झीं का टर्रता शोर जुगनुओं की झिलमिलाती कतारों के साथ मिलकर मांस के लोथड़ों पर झपटते गिद्धों सा टूट पड़ेगा।

गंगा के सोच के पाँव ज़वाब देने लगे। रोशनी गुल हो जाने से चीखट अँधेरे में ज़र्जरित प्राचीर सा हावड़ा ब्रिज और संगीन की दुनाली से सनसनाकर निकलती गोलियों की दहशत उसके दिलोदिमाग में छाती जा रही थी।

गंगा ने चोली से पिस्तौल निकाली और मेजों पर थिरकती पार्टी के बीचोंबीच आकर वह जनरल ब्रून पर गरजकर बोली—वंदे मातरम्! उसी के साथ उसकी पिस्तौल से दनदनाती तीन गोलियों ने जनरल ब्रून की कनपटी, सीने और गले को लहूलुहान कर दिया।

अचानक बिजली गुल हो गई। मैग की दहशत भरी सिसकियों की काँपती हुई आवाज़ गुरदे हुए लोगों के दिल के पार निकल गई।

कुछ परचे हवा में तैरे। गंगा के बीचोंबीच लंगर डाले जहाज की परछाईं बनकर डूबते जाना दिशाओं को गूँगा बनाए जा रहा था।

जब तक रोशनी लौटी और अंगरक्षक दौड़कर आए, तब तक गंगा ओझल हो चुकी थी और रोशनी में खून के छींटों से लथपथ परचे चमक रहे थे। उन पर लिखा था—

जनरल ब्रून, तूने देश की आज़ादी के दीवानों पर अकारण गोलियाँ चलवाकर चौरंगी के चौराहे को लहूलुहान किया था। वहाँ भी इस पार्टी की तरह आज़ादी की धुन बजाई जा रही थी। तूने उसे क़ब्रिस्तान बना डाला। यह उसका ही ज़वाब है। जय हिंद!

सायरन चीख पड़े। जीपें भेड़िया बन गईं। संगीन की नोक पर खड़े हुए कलकत्ते से, चप्पे-चप्पे को उधेड़कर किरचों पर उछाल दिए कलकत्ते से और घोड़ों की टापों से रोंद डाले कलकत्ते से वे गंगा को नहीं उगलवा सके।

गंगा बहती रही। उसकी भरी छातियों का दूध कुलबुलाता रहा। पर उसने उफ़ नहीं किया और न वह तनिक डगमगाई। उसमें काली देवी उतर आई थी लपलपाती जीभ निकाले, एक हाथ में त्रिशूल लिये और दूसरे हाथ में खप्पर। उसने एक ही रट लगा रखी थी—मैं बहुत प्यासी हूँ, मुझे खून चाहिए।

वही बेलूड़ मठ, वही बहती गंगा। एक तरफ़ ठाकुर, दूसरी तरफ़ विवेकानंद, बीच में गंगा। एकदम अकेली, अजनबियों को देखकर सहमती गंगा। पर लहरें नहीं चुपातीं। वे सवाल उछाल देतीं। गंगा पलटकर कुछ नहीं कहती। मन मसोसकर रह जाती।

अब बोलो वंदे मातरम् या न बोलो वंदे मातरम्। कुछ फ़र्क नहीं पड़ता। शब्दों को उछालने से लाशें जिंदा नहीं होतीं।

सियाह अँधेरा, बहरी दिशाएँ और दिशा हारे पक्षी सब-के-सब एक साथ चीख पड़ते, दरवाज़े पीटते और अर्गलाएँ बजाते। पर बंजर पड़ा लश्कर होंठ सीये रह जाता।

वक़्त के करकेंटे कफ़न के विज्ञापन फहराते हुए जब बिना लड़े ही थककर निढाल हो जाते, तब गंगा क्रुद्ध होकर आग उगलने लगती और पगलाकर, दिशा-दिशा घूमकर चिल्लाती—विवेकानंद, तू मुझे दिशाहारा छोड़कर कहाँ चला गया? तूने तो कहा था—काली भी रहेगी, यशोदा माँ की लाली भी रहेगी, कर्म बनेगा धर्म और आचरण बनेगा विज्ञापन—उस सबका क्या हुआ? कहाँ गया तेरा वह सपना? वह भारत कहाँ है तेरा?

—हा···हा हा हा···तू अभी तक शपथ की पोटली छाती से चिपकाए बैठी है, गंगा। तूने राज पलटना चाहा, पलट गया। तूने आज़ादी चाही, मिल गई। फिर गिला-शिकवा क्यों? राज राजवालों का होता और पाट पटरानी का। तू न राज है, न पाट। फिर ये रोना-धोना क्यों?

—झूठ, गीता के कर्मयोगी। अभी भी कुरुक्षेत्र की छाती के नीचे चिनगारियाँ हैं, अभी भी हल्दी घाटी में चेतक के टापों की सरपट आवाज़ें साफ़ सुनाई देती हैं, अभी भी भगतसिंह की माँ की छाती का दूध सूखा नहीं है। सुभाष ने फिर ललकारा है। वह कहीं गया नही है, यहीं है हम तुम में।

—मुझे लगता है, तू पगला गई है। समय साक्षी है कि आज कहीं से कोई

आवाज़ नहीं आ रही है। सिर्फ़ तेरे कान बज रहे हैं। गंगा, इसे ही बुढ़ापा कहते हैं।

गंगा चमक पड़ती। उसके पाँव से लहूलुहान हुई लाश टकराती, बदबू भरा जहरीला नाला उसमें खंजर की धार सा उतर जाता। पर वह चीख पीकर रह जाती मौन।

अचानक उसे भारी-भारी बूटों की आवाज़ सुनाई पड़ती। उसका हाथ छाती में छिपी पिस्तौल पर चला जाता। निगाहें बिल्ली और कान खरगोश के हो जाते।

उसे कानाफूसी सुनाई पड़ती। कोई कहता—वो है तो यहीं-कहीं। मैंने उसे इधर ही भागते देखा था।

दूसरा कहता—उसके सिर पर पचास हजार के इनाम ने तुझे पगला दिया है।

—नहीं ऽ ऽ। तू अपनी बकझक बंद कर अन्यथा वह फिर हाथ से निकल जाएगी। ठीक वैसे, जैसे जहाज पर चल रही पार्टी का सीना चीरकर निकल गई थी और उसका कोई कुछ नहीं कर पाया था। सब हाथ मलते रह गए थे।

—लेकिन अब तो उस पर कोई इनाम-विनाम नहीं रहा। अब तू क्यों हवा में घूँसे चलाकर गामा पहलवान बनना चाहता है?

—मैं तो संतरी हूँ और तू भी। हम दोनों का एक ही काम है।

—क्या?

—पकड़ते जाओ।...पकड़ते जाओ।

—यदि पकड़ में न आए तो?

—उनकी परछाईं का पीछा करो। पर रुको मत, पकड़ने के लिए बराबर भागते रहो। सोचो मत, बस भागते रहो। जब तक उन्हें पकड़ न लो।

—पर कब तक? कोई उसकी सीमा भी होगी?

—जब तक गंगा जिंदा है, भागते रहो। थको-हारो-निराश न हो।

—पर क्यों?

—क्योंकि तब तक वे चैन की नींद नहीं सो सकते।

—यानी उनके चैन को गंगा चाहिए।

—अब आई तेरी मोटी अक्ल में पते की बात। तो हो जा होशियार, गिद्ध की दृष्टि फेंक और दुनाली दाग दे उस ओर, जिधर जा छिपी है वह मुई गंगा।—एक तेज़ स्वर उभरता।

कुछ देर बाद संवादों को झपकी लग गई। पत्तों का खड़कना बंद हो गया। गंगा ने फिर वेष बदला। वह फिर से दबे पाँव खिसककर कुछ दूर निकली। उसकी

निगाहों में एकाकार हुए पूर्व-पश्चिम, उत्तर-दक्षिण सर्पाकार से कौंध गए। वह दिशाहारा होकर फिर से इधर-उधर दौड़ती भागने लगी। उसकी हर साँस यही दोहराती रही—गंगा मारने से मरेगी नहीं। वह अमृत जनी है। वह सगर के पुत्रों को जिलानेवाली है और उसने हमेशा उनको जिलाया है, जिनको अभिशाप ने डसा है, वक़्त ने दुतकारा और जिनका कोई साथी नहीं हुआ है।

अब बिजली गरज के साथ तेज़ी से चमकी। निर्जन चीख पड़ा। और अकेली गंगा चुपचाप दिशाहारी राह पर आँखें बंद किए; गूँगी बहरी बनी बेसहारा भीड़ में सरस्वती सी समा गई। वे सब आपस में उलझते रह गए। उनमें से कोई नहीं समझ सका कि उनके साथ बिल्ली-चूहे का खेल क्यों चल रहा है? कब तक चलता रहेगा? तब भी यही खेल चल रहा था, जब देश गुलाम था और आज भी, जब देश आज़ाद है, पहले से भी ज़्यादा गंगा के प्रति की साज़िश चल रही है। आज उसके भक्त-श्रद्धालु उसके अमृत को विष में बदल रहे हैं। फिर?

—तू चुप कर। अंदर की बात अंदर ही रहने दे। कोई सुन लेगा तो?

—तो क्या होगा?

—इतना मालूम है कि अच्छा नहीं होगा।

—अरे, इधर कोई आ रहा है। यहाँ चलना ही बेहतर है। यों वे गंगा से ध्यान हटाकर आगे बढ़ गए।

गंगा टकटकी लगाकर सामने की ओर के अँधेरों को देखती रह गई। उजाले की एक किरण भी कहीं से आती नज़र नहीं आ रही थी। यह कैसी स्वाधीनता! कैसा रामराज्य का स्वप्न है।

गंगा ने गहरी साँस ली। वह तो धरतीवासियों को अमृत पिलाकर उनके जीवन में लहलहाती फ़सल का स्वप्न उतारने आई है। लेकिन उसे उसी के भक्त मैली करने पर तुले हैं।

गंगा चौंकी। उसने थोड़ी दूर पर एक परछाईं झिलमिलाई अवश्य, परंतु प्रकाशशून्य होकर।

हैं! धीरे-धीरे वह मेचक परछाईं इनके प्रकाश के साथ उभरने लगी।

गंगा चौकन्नी होने लगी। उसमें जिज्ञासा के अंकुर फूटने लगे। अब यह परछाईं मद्धिम प्रकाश में पहचान में आने लगी। वह कह उठे—आप विवेकानंद, फिर, लौट आए। अच्छा किया। एक तुम्हीं हो, जो गंगा को उसकी संतान से मिला सकोगे।

—यदि उसकी संतान…।

—उसकी संतान पर अविश्वास क्यों?

—ये आप अपनी संतान से पूछो, वह क्या चाहती है:··· मैं चलता हूँ, इधर आपके श्रद्धालु···सावधान।

विवेकानंद ही नहीं, उनकी परछाईं भी ओझल हो गई। अँधेरा फिर से गहराया। धुआँ तिलमिलाया था। शून्य बिखर गया।

□

आबेहयात है ये ज़िंदगी

वेट्स वुल्ला साटन पायजामा और नाइटी विथ ओवरकोट में थीं और अल्ताफ फातिमा एंब्रॉइडरी शिरफॉन की साड़ी तथा उससे मैच करता एंब्रॉइडरी ब्लाउज पहने थीं। वह डियोडरेंट की सुगंध से कमरे को नशीला बना रही थीं। मोतिया फूल वाले ईयरिंग्स व गले में चोकर्स की जगमगाहट में उसकी मुसकान चहक रही थी। वह कह रही थीं, 'वुल्ला, तुम्हारा लुक भारतीय होना चाहिए।' 'मैंने कब इनकार किया है, अल्ताफ!'

'वैसे तुम पर मैरून ट्राउजर सेट तथा जैकेट भी खिलती है। आजकल तो भारतीय युवतियाँ यूरोपियन लड़कियों से कंप्टीशन में दो क़दम आगे ही नज़र आती हैं…हिमांशु को क्या पसंद है?'

'मुझे नहीं मालूम।'

'यह तो मालूम होना चाहिए। आख़िर तूने इतने दिन तक उसके साथ क्या किया?'

'जब-तब मिला तो बात, बस।'

'बाजार में साथ रही?'

'हाँ।'

'होटल में साथ रही?'

हाँ, डिनर लिया।

'ज़ाहिर है, वहाँ और भी लड़के-लड़कियाँ फुदक रहे होंगे और नज़दीक आकर, सबसे ऐसे आँख बचाकर, जिससे सबकी निगाहें उन पर आ टिकें, चिकोटियाँ काटते होंगे या हाथ पर हाथ फेरते हुए एक-दूसरे पर झुक आए होंगे।' अल्ताफ फातिमा की आँखों में नौका सहित नदी उछाल भरने लगी।

'होता होगा, पर मुझे नहीं मालूम।'

'क्यों, तू उसमें खोई होगी?'

'तो?'

'तो यह कि तुमने नोट किया होगा कि हिमांशु की निगाहें उनमें से किस पर टिकती थीं?'

'वह शर्मीला और रिजर्व नेचर का है।'

'तो क्या हुआ! दिल और निगाहों पर किसी का ज़ोर नहीं चलता, वुल्ला!'

'मुझे इसका, कुछ नहीं पता।'

'क्या तुम भी औरों की तरह···'

'नेवर, अल्ताफ, नेवर···'

'तो क्या तुम लोग बूढ़े हो गए हो?'

'तुम्हें क्या लगता है कि जवान होने के लिए हम बेशर्मी से नाता जोड़ लें?'

'अब बेशर्मी शब्द का कोई अर्थ नहीं रह गया, क्योंकि शर्म या हया ने संन्यास ले लिया है··· क्या कभी भी ऐसा हो नहीं सकता वुल्ला, कि आग का यह खेल राख में बदल जाए? तुम्हें हमारे इकलौते सिर की कसम है, झूठ नहीं बोलना, क्या कभी तुममें से किसी में आग जगी या अल्ताफ फातिमा की निगाहें वेट्रेस, वुल्ला के ब्रेसरी रहित उरोजों के सुगठित तनाव पर जा टिकी थीं।'

'आग से कौन बच पाया है, अल्ताफ! एक बार मैंने उसकी आँखों में धधकती सुर्ख आग की लपटें देखी थीं। वे पगला उठी थीं···'

'और तू···'

एक भारतीय युवती को अपने में जी लेने की तमन्ना रखती हूँ।

'यह अच्छी बात है, पर···'

'शादी पूर्व आग से खेलने की इज़ाज़त नहीं··· मैं नहीं जानती कि मुझे यह सब क्यों अच्छा नहीं लगने लगा है।' वेट्रेस वुल्ला का महीन स्वर और महीन होकर उभरा था। वह कुछ-कुछ व्रीड़ानत भी हुई थी।

'क्या कभी अच्छा लगता था?'

'नहीं, अल्ताफ···नहीं, दरअसल, मैं शुरू से ज़िंदगी के बारे में दार्शनिक दृष्टिकोण से प्रभावित रही हूँ। शादी को मैंने बंधन नहीं, मुक्ति पाना माना है। संयम के आकर्षण के सामने उच्छृंखलता का उछाल सदा मुझे फीका और उदास लगा है। संबंधों की पवित्रता का एक आधार मैं यौन-निष्ठा भी मानती हूँ, तब मैंने हिमांशु को मनोवैज्ञानिक ढंग से कुछ इस तरह से मोड़ा कि आग संयमित होकर द्युतिमान हो उठी।' वेट्रेस वुल्ला का मुखमंडल गंभीर हो गया था। वह कुछ समय के लिए

तपस्विनी-सी लगने लगी थी। वह कह रही थीं—आग उच्छृंखल होकर सब कुछ राख कर जाती है··· फिर ताज़िंदगी राख के ढेर पर बैठना होता है और अपनी उपेक्षाओं, दंशों और अभिशापों को क्रूस की तरह ढोते हुए ज़िंदगी जीना भी कला की बानगी है और सादगी की दीवानगी है। मुझे इसीलिए हिमांशु अच्छा लगा कि उसमें दूसरों के लिए जीने की उत्कृष्ट उत्कंठा है, समर्पण है और अपनत्व का गंगोतरी उत्स है। वह अपने मुख पर आकर रुकी लट की शांत भंगिमा से अभिभूत होने लगी थीं। अल्ताफ फातिमा भी उसकी ऐसी ही भोली अदा पर कुरबान हो चली थी। मन में पाप नहीं, कोई छिपाव नहीं, एकदम खुली किताब। वह खखारकर कहने लगी, 'हिमांशु का मन परखा?'

'क्या परखना है, अल्ताफ?

'क्यों?

'मैं उसके अलावा किसी और से शादी नहीं करूँगी।'

—उसने शादी नहीं की तो अपने प्रति ज़्यादती करोगी?'

'क्यों?'

'नहीं, अल्ताफ, ज़्यादती कदापि नहीं। देह से चाहे हिमांशु मुझसे दूर रहेगा, लेकिन मैंने जिस हिमांशु को मन में बसा लिया है, वह सदा मेरे साथ रहेगा। कोई ज़रूरी भी नहीं है कि जिसे चाहा जाए, उससे शादी भी हो··· तुम शायद हँसोगी! अल्ताफ···' इतना कहकर वेट्रेस वुल्ला अचानक चुप हो गई। उसकी भौंहें तनिक फैलीं और उसके होंठों पर कंपन थिरककर सिमट गया।

'किस बात के लिए?' अल्ताफ फातिमा ने बिना समय गँवाए पूछा।

'चलो, छोड़ो भी इस बात को।'

'कसम से, वुल्ला! मैं क़तई नहीं हँसूँगी, मुँह सिए रहूँगी।'

'यह मेरा पागलपन नहीं तो और क्या है, अल्ताफ, मैं अपना सबकुछ छोड़कर यहाँ चली आई हिंदुस्तान में और वह भी बसने के इरादे से, बिना यह सोचे कि मुझे कौन अपनाएगा और क्यों अपनाएगा? जो अपनाना भी चाहेगा, क्या मैं भी उसके प्रति आकर्षित हो सकूँगी?···अब जब यहाँ आ गई हूँ, तब सोच कई स्तरों पर चलने लगा है। जैसे हिमांशु को लेकर मुझ में निश्चिंतता बनी है, परंतु हिमांशु की अपनी ज़िंदगी है, उसे अपनी ज़िंदगी का फ़ैसला स्वयं करना है। उसका फ़ैसला लगता नहीं है कि हमारे पक्ष में हो और उसके परिवारवाले मान भी जाएँ एक विदेशी, विधर्मी और परायी संस्कृति-सभ्यता में पली-पोसी युवती को अपनी बहू बनाने के लिए। कई चीजें टकराती हैं। काफ़ी ऊँच-नीच सोची-विचारी जाती है। मेरे न कोई

आगे है, न कोई पीछे' वेट्रेस वुल्ला का स्वर तनिक कंपित था।

'ठहरो, वुल्ला! हिमांशु से संबंध रखनेवाले क्या आपके नहीं हैं?'

'शायद नहीं, अल्ताफ!''' ज़्यादा मैं जानती नहीं हूँ, लेकिन कुछ-कुछ समझती हूँ''' भारतीय संस्कृति, जहाँ तक मैं समझ पाई हूँ, संबंधों का ख़ज़ाना है। इतने संबंध दुनिया की किसी संस्कृति के पास नहीं हैं—संबंधों का मेला है। उनमें गरमाहट है, आत्मीयता है और आदर-सम्मान है। वे मुझे अच्छे लगते हैं।' वेट्रेस वुल्ला ने भावुक होकर कहा।

'तुम भी उन संबंधों के बीच अपने को पाओगी। हिमांशु के सारे संबंध स्वतः तुम तक पहुँच जाएँगे।' अल्ताफ फातिमा ने उसे समझाने की दृष्टि से कहा।

वेट्रेस वुल्ला चुप रह गई, यह जानकर कि वह मुद्दा बहस का नहीं है। फिर अभी से ख़याली पुलाव पकाने से क्या फ़ायदा?

वे दोनों उठीं और घड़ी की ओर देखकर एक-दूसरे की ओर देखने लगीं। 'अल्ताफ फातिमा ने कहा, भोजन के लिए चलना है।'

उनका भोजन वहाँ की मालकिन के यहाँ था। अल्ताफ फातिमा के स्वागत में दोनों चल पड़ीं। वेट्रेस वुल्ला ने ताला लगाया और अल्ताफ फातिमा के पीछे-पीछे चलने लगी यह सोचते हुए कि वह बलात् ही अपने आपको उधर धकेलने पर आमादा है। उसका भावुक हो उठना उचित नहीं है। उसे धैर्य से आगे क़दम बढ़ाना चाहिए और यह सोचकर बढ़ाना चाहिए कि जो कुछ हो रहा है, उसे वह रोक नहीं सकती।

वेट्रेस वुल्ला यह भी समझ रही है कि उससे कुछ होना भी नहीं है। वह भारतीय मूल की नहीं है। अल्ताफ फातिमा ने उसे समझाया था कि हिमांशु ने एम.ए. फाइनल अस्सी प्रतिशत अंक लेकर किया है। वह गोल्ड मैडलिस्ट हो गया है और शायद उसने अपने विषय में पुराना रिकॉर्ड भी तोड़ा है। इसका अर्थ यह हुआ कि उसका नाता तुम्हारे कॉलेज से आगे से नहीं रहेगा। उसे कॉलेज या यूनिवर्सिटी में लैक्चरर बनना होगा तो वह नेट या सलेक्ट क्लियर करेगा। और फिर पता नहीं वह कहाँ होगा? दूरियाँ बढ़ गईं तो''? वह तो का अर्थ समझा गई थी। उसने कुछ नहीं कहा।

अल्ताफ फातिमा उसे सुनना चाहती थी कि वह क्या इरादा रखती है। समय गूँगा होकर रिसने लगा था। वह उसकी तकलीफ़ को समझ रही थी और उसके मानस में उठ रही आवेग की शांत आँधी का एहसास कर रही थी। आख़िर वुल्ला ने कहा, 'अल्ताफ, हम एक सुनहरी याद के साथ ज़िंदगी बिता देंगे।'

'बस?'

'कोशिश करेंगे कि''इधर हमने कुछ कहानियाँ लिखी थीं ऐतिहासिक खोज

को विषय बनाकर···खँडहरों के वसंत और स्वर्णिम दिनों को लेकर।' वेट्रेस वुल्ला का स्वर गहरे कुएँ से उभरकर आ रहा था, बहुत धीमे और आत्मसात् की शैली में। उसकी आँखों में चमक तैर रही थी, नदी के ऊपर पंख फैलाकर अज़नबी परिंदों के अदृश्य हो जाने के बाद एक मखमली याद के साथ। वह कह रही थी, शायद लिखना ऐसे शुरू होता है।

'क्या किया उन कहानियों का?'

'क्या करती?'

'उन्हें मैगजीन्स में भेजतीं।'

'भेजीं, अल्ताफ!'

'क्या हुआ?'

'उनमें से कुछ छपीं।'

'उनमें कहीं हिमांशु था?'

'था, पर बहुत गहरे में···खोजी मन के छलाँग लगाकर वहाँ पहुँचने पर देखा जा सकता था कि वह और कोई नहीं, सिर्फ़ हिमांशु ही है।'

'हिमांशु जानता है?'

'नहीं भी, हाँ भी।'

'क्या मतलब?'

'हमने उन्हें अपने प्रचलित नाम से नहीं छपवाया।'

'तो?'

'इशा-शेफर के नाम से।'

'क्यों?'

'इशा···मैं अर्थ नहीं जानती पर इट इज अ हिंदी नेम और शेफर यूरोपियन देश का प्यारा सा नाम···जरमनी में कम प्रचलित पर पत्थरों को तराशने वाली उस जादूगरनी का नाम, जिसे यहूदी होने की सजा हिटलर के काल में दोनों हाथ काटकर भोगनी पड़ी थी और जो इस तमन्ना को लिये आल्प्स पर्वत के उस कोने में तब तक भूखी-प्यासी बैठी रही थी, जब तक उसकी चेतना का सूरज हमेशा के लिए अस्ताचल की गोद में नहीं समा गया था। तब एकबारगी लगा था कि वह बेहतरीन कला की शख़्सियत राइन नदी पर कुछ पल तैरकर डूब गई थी छपाक् से। मुझे इतिहास के गुम होते सफ़हों में उसकी आँखें सदा मुझसे कुछ कहती हुई नज़र आई हैं। काश! हाथ रहते हुए वह पत्थरों पर ऐसी आकृति में जान डाल पाती, जिसके दोनों हाथ काट दिए गए थे और जिसकी बाजुओं से गरम रक्त प्रवाहित हो रहा था, लेकिन जिसकी आँखों

में पीड़ा नहीं थी, करुणा थी, उसे क्षमा करना प्रभु की मौन स्वीकृति थी। ठीक ईसा की तरह क्रूस पर टँगे रहते हुए···क्या तुमने उस प्रार्थना से कभी दीदार किया, अल्ताफ? क्या यह सच है कि ताजमहल के आला कारीगरों के हाथ शहंशाह के नेक पाक इरादों की बलि इस डर से चढ़वा दिए गए थे कि कोई फिर से ताज न बनवा सके?'

'नहीं मालूम, वुल्ला!' अल्ताफ फातिमा ने गहरे में डूबकर ऐसे कहा जैसे उसने वेवज़ह चश्मदीद गवाह बनने से इनकार कर अफसोस मनाने का इरादा जाहिर किया हो, यह सोचकर कि उसने तो ज़िंदगी दे डाली, लेकिन उफ़ नहीं की और वह चश्मदीद गवाह होते हुए भी उस सच को क़बूल करने के लिए अपना मन नहीं बना सकी, कितनी हतभाग्या है वह!

'अल्ताफ, जब तालिबान ने अफगानिस्तान में महात्मा बुद्ध के बुतों को नेस्तनाबूद करना शुरू किया था, तब मुझे शेफर की बहुत याद आई थी और लगा था कि फनकारों को क़ब्र से निकालकर वे चील-कौओं के आगे डाल रहे हैं, जिनका अंत करीब है। पत्थरों में जीवन डालने वाले, आबेहयात को लानेवालों के साथ ऐसा सलूक क्यों? क्यों ऐसा जल्लादी पागलपन?···क्यों ऐसा दहशती ख़वाब बौने की बर्बर तमन्ना खाक के पुतलों में?' वेट्रेस वुल्ला का चेहरा नवांकुरित पत्ते की तरह काँपने लगा। वह उसके फलैनेली जिस्म पर मँडराती चीटिंयों की आहट को सुन-देख रही थी। 'तुम्हें शीरी-फरहाद की कभी याद आती है, अल्ताफ?' वेट्रेस वुल्ला ने माहौल बदलना चाहा, 'वही फरहाद, जिसने शीरी से मिलने के लिए कोई वेसितून से शीरीं के महल तक नहर लाने की शर्त को पूरा किया था?'

'हाँ वही, अल्ताफ···वह नहर नहीं, आबेहयात लाया था, सिर से बल चलकर···सारी इनसानियत को फरशी सलाम किया था उसने, शीरी की नूरी आँखों, सुर्ख होंठों और चमकते माथे को चूमकर···मुझे लगता है कि वे जहान कुर्आन का वही पाक सफ़हा है, जिसने अल इलाह को अल्लाह ने याद किया है। ऋग्वेद में भी ईल्म यानी पूजनीय, इबरानी में ईल अर्थात् ईश्वर में उसका ही प्रकाश है। वही प्रकाश मुझे फरहाद और शीरी में नज़र आया है। जो ईश्वर को जानना चाहते हैं, वे शीरी-फरहाद को जानें, ऐसा मेरा मन कहता है।'

इस बार अल्ताफ फातिमा चौंकी। उसने कुर्आन कभी नहीं पढ़ी थी, दूर से देखी भर थी। उसने अपने को सँभालते कहा, 'क्या तुम फरहाद की भूमिका में उतरना चाहती हो?'

'नहीं, अल्ताफ, ऐसा नहीं है। हम कहाँ शीरी हैं, हम तो हम भी नहीं हैं।'

'तो हो जाओगे।' अलताफ फातिमा ने अपनी ग़लती पर जीभ काटकर कहा,

'वुल्ला, हम भी भटक गए थे। अरे भाई, क्यों नहीं उन कहानियों को हिमांशु को पढ़वाया?'

'नहीं। वे जरमनी भाषा में छपी थीं···हाँ, मैंने हिमांशु को जरमनी भाषा सिखाने का प्रयत्न ज़रूर किया।'

'क्या हुआ?'

'वह सीखा भी, पर मेरी कहानियाँ पढ़ने में उसे कठिनाई होगी। हाँ, वह चाहे तो धीरे-धीरे उन्हें पढ़ सकेगा।'

'पर कब?'

'जब उसका मन पढ़ने के लिए लालायित होगा तब।'

'कब होगा?'

'इसका प्रश्न बना रहना ही ज़्यादा उचित है।'

'क्यों?'

'कुछ अहम् प्रश्न तर्क से नहीं, आत्मीय समझ से सुलझते हैं···और कभी-कभी उनके भाग्य में हल होना लिखा ही नहीं होता।'

'क्या वे प्रश्न ही बने रह जाते हैं?'

'बेशक, अल्ताफ।'

'तो तुमने क्या सोचा है, वुल्ला?'

'नथिंग, अल्ताफ···वेट ऐंड वाच!' वेट्रेस वुल्ला ने सहज ही कह डाला। अल्ताफ फातिमा समझ रही थी कि वेट्रेस वुल्ला की समझ गहरी है और वह क़तई उतावली नहीं है। लेकिन इस तरह वह समझना चाहती है ज़िंदगी के उन अहम् प्रश्नों को, जो स्त्री-पुरुष के रिश्तों से गुज़रते हुए शादी तक जाकर रुक नहीं जाते, बल्कि निरंतर प्रवहमान बने रहते हैं।

सोच के इस मोड़ पर आकर वेट्रेस वुल्ला चुपचाप किताब के मुख पृष्ठ पर बनी उस फोटो को देखती रही, जिसमें एक युवती पुरुष की नंगी बाँहों को चुनौती देती लग रही है, पुरुष उसको दबोच लेने की कोशिश करता हुआ सफल नहीं हो पा रहा और मिसमिसाकर दाँत पीसता हुआ अपने जबड़े को तिरछा किया था—किसी बदसूरत इरादे की नाक़ामयाबी से जद्दोजहद करता हुआ।···उसने वह किताब उठाकर मेज़ के नीचे सरका दी। अचानक उसमें एक शब्द आबेहयात कह उठा, क्या सोचती है? सच यह है कि यह ज़िंदगी ही आबेहयात है।

□

गौरैया

दो दिन और दो रात बीत गईं, पर वर्षा थमने का नाम नहीं ले रही थी। शनि को झड़ी शुरू हुई थी। आसमान खुलता-बंद होता रहा था। किसी को नहीं लगता था कि यह झड़ी ऐसा भयंकर रूप धारण कर लेगी।

नाले-पतनाले सीमा लाँघकर तेज़ी से बह रहे थे। सारे शहर का गंदा पानी एक साथ बह पड़ा था। इसी साल तो पंद्रह हज़ार रुपए देकर इस गंदे नाले के पास ज़मीन की जुगाड़ की थी। कब से मन था सरबती का कि इस नरक कुंड से निकलें। चोखी जगह डेरा डालें। यह चोखी जगह थी, क्योंकि वहीं थोड़ी दूरी पर ऊँची-ऊँची, कई-कई मंजिला नई इमारतें कतारबद्ध खड़ी हुई थीं। वहाँ सैकड़ों कारें थीं। भव्य मंदिर था। आला लोग थे। मजूरी मिलने में भी आसानी थी। साथ में मन से उतरा, फटा-पुराना कपड़ा-लत्ता भी जब-तब मुफ्त में मिल जाता था। बचा-खुचा खाना भी मयस्सर होता रहता था। बड़े लोगों के आसपास रहने का यह गणित सरवती के पति दुलारे की जब से समझ में आने लगा, तब से वह इस जगह को स्वर्ग समझने लगा था।

कर्जा किया, मदद ली और वहाँ नई-नवेली दुल्हन सी झोंपड़पट्टी डाल ली। सरवती बेलबूटे, अल्पना-कल्पना और साज-सजावट में माहिर थी, अतः उसने अपनी झोंपड़पट्टी को उस बस्ती में सबसे बढ़िया सजा लिया था, बस्तीवालों की दृष्टि में वह महल था।

यहाँ आकर सरवती खुश थी। हालाँकि बस्ती खुशी का कारण नहीं थी, क्योंकि हर बुरा काम वहाँ होता था। क्या तस्करी, क्या चकला, क्या झूठे मतदाताओं की फौज, क्या नारेबाजी, क्या भूख हड़ताल पर बैठनेवालों की जमात···वहाँ सबकुछ था। पुलिस को अपनी आँकड़ेबाजी पूरी करनी हो तो वह वहीं से करती थी। ऐयाशी करनी हो तो भी वह उसी तीर्थस्थली की शरण लेती थी। वहाँ चोर-

उचक्के, गुंडे आदि भी थे और उँगलियों पर गिनने लायक थे धरम-करम पर चलनेवाले, पाप-पुण्य में अंतर करनेवाले और मेहनत-मजूरी से रूखा-सूखा खाकर पेट भरनेवाले। सरवती और उसका मर्द दुलारे उनमें से एक थे। सबसे अलग, अपनी दुनिया में चुपचाप बंद। ना ऊधो से लेना, ना माधो को देना। फिर भी वह हारी-बीमारी में सबके काम आते। तीज-त्योहार पर सबसे मिलते। सबसे दुआ-सलाम करते। इस कारण बस्ती को उनका चुप रहना, अपनी राह पर अकेले चलना अखरता नहीं था।

सरवती अपने आप ही आखर बाँचना सीख गई थी। फिर पोथी पढ़ना सीख गई और अब रामायण बाँच लेती थी। राधेश्यामवाली रामायण बाँचकर वह समझ-समझा भी लेती थी। वह नित, बिना नागा किए झोंपड़पट्टी के कुछ बच्चे-बच्चियों को आखरज्ञान देती थी और ओम् जय जगदीश हरे या पतित पावन सीताराम अथवा हे भगवान् हमें दो ज्ञान बुलवा-बुलवाकर अब वह उन सबको याद करा चुकी थी। वह कभी-कभी चौपाई सुनाती। मतलब, जितना उसके भेजे में आता, समझाती। उसे लगता कि वह इस तरह जादू जान रही है, जादू सिखा रही है। उसकी देखा-देखी कुछेक झोंपड़पट्टियों में सुबह-शाम आरती होने लगी थी।

सरवती का यह काम कुछ को पसंद नहीं था। लेकिन वे अपनी नापसंदगी ज़ाहिर भी नहीं कर सकते थे। वह अपनी झोंपड़पट्टी के बाहर ही नहीं, वरन् दूसरों की झोंपड़पट्टी के बाहर भी बुहारना नहीं भूलती थी। अनेक झोंपड़पट्टियों को वह जहाँ-तहाँ से सजा भी आई थी। इन कारणों से औरतों में और बड़े-बूढ़ों में उसके प्रति झुकाव या आदर-भाव था।

दुलारे कसमसाया। हलका सा कराहा। सरवती क्या करे? किसे बुलाए? कहाँ जाए? दुलारे तीन रोज़ से तड़प रहा था। इतना तेज़ बुखार था कि···वह तुलसी की चाय देती रही दवा के नाम पर, कुछ फ़ायदा नहीं। बरखा महामारी पर उतर आई थी। न दिन उगने का पता, न दिन ढलने का। अब तो न चीनी बची थी, न चाय की पत्ती। ईंधन भी अंतिम साँस ले रहा था। रहा-सहा ईंधन गीला हो गया था। घर का राशन-पानी दो दिन पहले ही ख़त्म हो गया था। दुलारे लाला से कुछ उधारी लाना चाहता था कि सरवती ने उसे डाँट दिया, यह कहकर कि 'औरत का खसम मरद और मरद का खसम करज।' दो दिन एक बखत खा-पी लेंगे। एक बखत का लंघन। यों भी तो पुण्य-धरम के लिए लोग व्रत-उपवास रखते हैं कि नहीं। सो क्या है··· कि।

दुलारे ने उसे आगे नहीं बोलने दिया। आनन-फानन में उसे बाँहों में भर

लिया। वह नाह-नूह करती रही। वह कहती रही—''दिन है, कोई देख लेगा। कुछ तो शरम करो।''

''पगली, क्या बचा हमारे पास जिसे छिपाएँ। जा में कोई पैसा नहीं खरच होता है और···।''

सरवती ने मौका पाकर दुलारे के गुलगुली मचा दी और फुर्र से चिड़िया की तरह उड़कर आज़ाद हो गई।

''तुझे बुरा लगा क्या?'' दुलारे ने तनिक भारी आवाज़ में पूछा।

''नहीं रे! फिर तेरा क्या कुछ बुरा लगेगा!''

''तो?'' दुलारे की आँखों में खामोश मस्ती तैर रही थी, अकेले अनजान इंद्रधनुष सी।

सरवती उसके पास आ गई। बोली, उसके बालों को सहलाते हुए—''ये तो मरा हुआ शिकार है रे! जा शिकार में बचना कैसा! पर सब नेम-टेप से अच्छा लगता है। लगता है, तू बाप बन जाएगा।''

''ऐ···इ···सा···सच री!''

सरवती ने आँखें झपकाकर तरल हामी भरी। उसके कंधे पर सिर रखकर कहा, ''बाप बन जाने तक मेरी एक बात मानेगा।''

कुछ लमहे गुज़र जाने के बाद अपने में खोते हुए दुलारे ने पूछा, ''क्या?''

''तो आ, मेरे साथ।''

दुलारे चुपचाप उसके साथ चल पड़ा। झोंपड़पट्टी में एक जगह लगे राम-सीता, लखन और हनुमान के चित्र के सामने बैठाकर वह बोली, ''इन्हें मानता है?''

दुलारे ने हाथ जोड़कर मन-ही-मन कुछ दोहराने के बाद कहा—''जे ही तो हमारे सबकुछ हैं। इन्हें नहीं मानेंगे तो किसे मानेंगे? और है भी कौन हमारा? बोल, क्या बात है?''

''कह दूँ?'' सरवती ने लजाकर कहा। उसकी साँवली देह की ललाई और बड़ी-बड़ी आँखों की मयवाली लाली बीजुरी सी कौंध गई दुलारे के मन-आकाश पर। कितने फबते नाक-नक्श, कितना भोलापन और कितना धरम-करम! साक्षात् पूजा की सौगात। दुलारे ने अपने भाग्य को सराहा। कहाँ वह कोयले सा काला, छोटी-छोटी आँखें, कुछ-कुछ बौना, पर मरद पूरा, पक्का, गठीला और धाँसू। जिस्म का भराव पूरा और हँसमुख।

''ऐसे क्या देखती है?'' दुलारे ने धीरे से पूछा। उसकी कातर चितवन की

मार से वह सटपटा उठता था।

सरवती कुछ नहीं बोली। टुकुर-टुकुर उसकी ओर देखती रही। वह क्या वादा लेने जा रही है! वह ठीक भी है कि··· । पढ़ा-जाना, सुना-समझा, वह ग़लत भी नहीं होगा। आख़िर किसके लिए? छोटे सुख को छोड़कर बड़े सुख के लिए ना। फिर उसमें ग़लत क्या! वह झटपट बोल पड़ी, ''बुरा लगे तो थूक देना। औरत की अक़्ल मरद से कम होती है। गुस्सा न करना। कोई ज़ोर-ज़बरदस्ती नहीं। ना यहाँ, भगवानजी के खूँटे लाकर विवश करने का कोई इरादा है। मानना ना मानना थारी मरज़ी।''

दुलारे को उसकी इन अदाओं और भोलेपन ने पागल बना दिया था। तभी तो वह उसे गौरैया कहता था—''एकदम सीधी-सादी, तौल-तौलकर प्रिय बोलनेवाली, शांत और मन-मोहक। उस रोज़ उसने झोंपड़पट्टी में घुसते ही उसने चुटकी भरते हुए कहा था, ''गौरैया!''

''कहाँ?'' सरवती ने चारों ओर देखकर पूछा था।

''तू देखना चाहती है न उसे।''

''हाँ, बहुत प्यारा नाम है—गौरैया।''

''तो आँख बंद कर।''

''सच, गौरैया दिखा दोगे।''

''झूठ क्यों? आँख बंद कर और जब कहूँ तब खोलना।'' दुलारे ने गंभीर होकर कहा। सरवती ने आँख बंद कर ली। कुछ पल बाद दुलारे ने कहा, ''आँख खोल।''

दुलारे उसके सामने काँच लिये खड़ा था। वह चौंकी—''ये क्या!''

''गौरैया!''

''मैं गौरैया हूँ''

''गौरैया बहुत प्यारा नाम है। तूने उसे नहीं देखा, पर मैंने देखा है।'' दुलारे कहता। सरवती चुप रहती। तनिक नाराज़ भी होती। वह बोलता होता—''तू मेरी गौरैया है, सरवती। अब मैं असली गौरैया को नहीं देखना चाहता।···सपना रहे, अच्छा रहता है। जिस दिन वह भरम भी टूट गया, फिर क्या बचेगा? किसके सहारे जिएँगे। सच में··· तू ही मेरी गौरैया है··· प्यारी गौरैया।'' सरवती सुनती रही। अमृतरस में भींजती रही। वह पगला गया। दुनिया का सारा सुख उसमें समा गया।

दुलारे झल्ला पड़ा—''कुछ कहेगी या यों ही हाथ में हाथ लिये गूँगी बनी रहेगी।''

इस बार सरवती की तंद्रा टूटी और उसने सहज कह डाला—"बच्चा··· हमारे इन भगवानजी, सीता माता की देन है। इनके हाथ जोड़ो। इनसे कहो कि बच्चा आ जाने तक बोलोगे नहीं।"

"सरवतीऽ।···" दुलारे इतना कहकर गहरे सोच में पड़ गया।

"अपने बच्चे के लिए दुनिया क्या कुछ नहीं करती और तुम··· ।"

दुलारे ने उसका वाक्य पूरा करते हुए, अपने कंठ को छूकर भगवानजी की ओर देखा और कुछ देर बाद पुनः कहा, "भगवान्जी, हमारा बच्चा सुंदर हो, नेक हो, बड़ा आदमी बने, बिल्कुल आप जैसा। हमारे जैसा नहीं अनपढ़, गँवार।"

"चुप-चुप।···तुझसे अच्छा कौन है? कोई नहीं। तू ऐसी बात मत कर। तू बहुत बड़ा है। साक्षात् मेरा भगवान्।···चल, उठ। कुछ खा-पी ले।" सरवती ने हाथ पकड़कर उसे उठाया और उसके सीने से लगकर कहा, "बुरा तो नहीं मान गया।"

दुलारे ने उसका माथा चूम लिया। उसकी आँखें भर आईं। गला गीला हो गया। वह सिर्फ़ इतना ही कह पाया—"ऐसा फिर कभी मत कहना, मेरी गौरैया!"

सरवती ने गीले नयनों से उसे आँख भर देखा और आहिस्ता से वह अलग होकर उससे दूर खड़ी हो गई।

शिशु सा लिहाफ में दुबका अतीत सरवती में मुसकरा उठा। चौथा महीना लग रहा था। पर क्या मजाल है कि उसने उस पर कभी दूसरी नज़र डाली हो। दुलारे के लिए वह भगवानजी की मूरत हो गई थी। एकदम पवित्तर, देवी जैसी।

कितना खयाल रखता था वह उसका। कितना काम करा जाता वह उसका। वह मना करती रहती थी, पर वह मानता नहीं था। वह यह सोच ही रही थी कि दुलारे ज़ोर-ज़ोर से खाँसने लगा।

सरवती घबराकर उसके पास आई। झोंपड़ीपट्टी में अँधेरा सर्प की कैंचुल-सा पसरा हुआ था। घासलेट भी ख़त्म हो गया था। रोशनी का और कोई प्रबंध नहीं था। आधी से ज़्यादा झोंपड़पट्टी अँधेरे में डूबी हुई थी। उसने अपने को सँभालकर पूछा, "क्या बात है? जी ज़्यादा घबरा रहा है क्या?"

सरवती ने दुलारे का हाथ अपने हाथ में लेकर आँखों से लगाया और हिम्मत दिलाते हुए कहा, "तू ठीक है न।···रात को दो बार चौंकी थी। पता नहीं क्या बड़बड़ा रही था?"

"यहाँ आसपास कोई डागडर-वागडर भी नहीं है।"

"क्यों ?" दुलारे पूछता।

"बुला लाती।"

"क्यों ?"

"तुम्हें दिखा लाती।"

"पगली, मेरी चिंता छोड़, मैं तो ठीक-ठाक हूँ। तूने कुछ खाया क्या! क्या खाया होगा! जो था, वह चुक गया होगा।" दुलारे रुक-रुककर कह रहा था।

"नहीं।" सरवती ने दृढता से कहा।

"खा म्हारी क़सम···।" इसके साथ ही उसने उसका हाथ अपने सिर पर रख लिया। सरवती हिचकिचा गई। पर अब वह सचाई छिपा भी नहीं सकती थी। सो उसने उसकी हथेली पर अपना चेहरा रखकर समझा दिया। वह चिंता नहीं करे। बरखा थम जाने दे। सब ठीक हो जाएगा। परभु की मरज़ी मानने में सुख है, उससे लड़ने या उसे ताने देने में नहीं। फिर पूरब करम के फल भोगने तो पड़ते हैं—चाहे रोते भोगें या हँसते। वह हलकी सिसकियों के बीच सहज कहती-समझाती रही।

"पेट का बच्चा कुछ उसकी सोच। वह···।" इस तरह दुलारे प्रश्न की गाँठ खोलता और फिर लगाता रहा। बरखा थमने का नाम नहीं ले रही थी। कई बार ज़ोर का धमाका हुआ। लगा कि कोई-न-कोई झोंपड़ी ढह गई।

घुप्प अँधेरा। न कोई कुत्ता भूँकता, न कोई आवाज़ सुनाई देती। सिर्फ़ नाले की तेज़ आवाज़ भागती बदहवास भीड़-सी कानों में पड़ रही थी और बरखा के शोर में गरजते बादल तथा कड़कड़ाती बिजली का राक्षसी अट्टहास सुनाई पड़ रहा था।

सरवती अंदर-ही-अंदर प्रभु को याद कर रही थी। उसमें अनजाना डर धीरे-धीरे समाता जा रहा था।

झोंपड़ी कई जगह से चू पड़ी थी। वह इधर का सामान उधर हटाती। कहीं टाट लगाती। पर उससे क्या होनेवाला था। वहाँ से टाट निकल जाता। फिर पतनाला पड़ने लगता। क्या यही परलय है?

दुलारे उठना चाहता, लेकिन उठ नहीं पाता। कमज़ोरी उसे खटिया से जकड़ चुकी थी। सरवती उसे ढाढ़स बँधाती। लेकिन वह यह भी जानती थी कि दुलारे बच्चा नहीं है। सब समझता है। मज़बूर है। कुछ नहीं कर पाने की छटपटाहट उसे घेरे हुए है। ज़िंदगी कितनी लाचार-पंगु है, सिर्फ़ एक तिनके के समान।

सरवती को भूख अंदर-ही-अंदर छील रही थी। भरता व्रण फिर से छिल गया था। वह गडुए से पानी पीती और भगवान् से प्रार्थना करती।

सरवती ने दुलारे को पुकारा। वह बोला नहीं। उसे लगा कि वह भूख-प्यास और जड़ैया बुखार की जकड़न से पस्त होकर सो गया है। आख़िर दो रातों की नींद भी तो…। काश, वह भी सो पाती।

वह दीवार का सहारा लेकर बोरी के ऊपर एक तरफ़ बैठ गई। अंदर तो गीला-ही-गीला था सब तरफ़। एक टूटी खटिया। उस पर दुलारे पड़ा था। बिछौना भी टाट का था। वह भी अधगीला।

सरवती को झपकी-सी लगी ही थी कि उसने आहट सुनी। फिर टॉर्च की मारक रोशनी देखी। रोशनी आगे बढ़ रही थी।

''जे ही है।'' किसी ने कहा।

कुछ देर चुप्पी। रोशनी कूच। फुसफुसाना और बूट की आवाज़ सन्न।

सरवती ने शायद कुछ सोचा या नहीं, पर वह उठी नहीं। उसकी झोंपड़ी में दरवाजा नहीं था। दरवाजे की जगह लटका हुआ था तार-तार हुआ बेरंग टाट। अब वह भी पानी से भीग-भीगकर अचेत हो गया था।

बूट फिर बजे। टॉर्च फिर घूमी। भारी-भरकम आवाज़ गूँजी। लटका हुआ अचेत टाट एक तरफ़ फेंक दिया गया।

''कौन?'' सरवती यह कह पाती कि इससे पहले टॉर्च उसके मुँह पर पड़ी। वह चौंधिया गई पलभर के लिए।

''बाँध दो स्साले को खटिया से।'' एक आवाज़ बिजली सी कड़की।

दो आदमी आगे बढ़े। दुलारे जग गया। टॉर्च उसके मुँह पर पड़ी। वह आदमी फिर गुर्राया और बोला, ''पहचाना दुलारे?''

''सा'ब आप!'' दुलारे ने हाथ जोड़ते हुए कहा। इतने में दोनों आदमी उसे बाँधने लगे।

अब सरवती घबराई। यह क्या बखेड़ा है? वह गिड़गिड़ाई, ''हुजूर!''

''चुप कंजड़ी।'' बूट की ठोकर मारते हुए उसने कहा।

''मालिक…।'' दुलारे थूक गटकता हुआ बोला।

''गंदे नाले के कीड़े, तेरी ये मजाल कि थानेदार रुस्तम से मुँहजोरी करे। समझाया था कि नहीं, यहाँ हमारा राज चलता है। हम जो चाहते हैं, वही होता है।'' उसके मुँह से शराब की बदबू आ रही थी। वह बीच-बीच में डंडा फटकार रहा था।

''माई-बाप, मेरा बच्चा पेट से है।'' दुलारे गिड़गिड़ाया।

थानेदार रुस्तम जोर से हँसा। फिर बोला, ''उस रोज़ कैसी शान से, सीना

फुला करके बोल रहा था—मेरी बय्यर की ओर बुरी नज़र···हुजूर···। मैं सबकुछ बरदाश्त कर सकता हूँ, हुजूर पर···। हरामी की औलाद, तुझे रुस्तम की ताक़त का पता नहीं। स्साले के मुँह पर चिप्पी चिपका दो सरकारी। बोहत टें-टें करता है।''

दुलारे के मुँह पर चिप्पी चिपका दी गई। थानेदार रुस्तम ने पुलिसवालों को आँख के इशारे से बाहर जाने के लिए कहा। फिर वह सरवती के मुँह पर टॉर्च मारते हुए बोला, ''तुझे ये रुस्तम राजरानी बनाएगा। तेरा मरद भी मौज़ उड़ाएगा। समझ रही है ना, पर तू हमें खुश करती रह। तुझे उस दिन थाने के सामने से जाते क्या देखा कि अपना ईमान डगमगा गया। समझी कि नहीं। रुस्तम का ईमान डगमगाता है तो या तो फूलों की बरखा होती है अथवा क़यामत आती है। तेरे मरद को समझाया था, बहोत समझाया था कि रुस्तम की बात मान ले, उससे पंगा लेना ठीक नहीं। पर··· ख़ैर, अब तू तो समझ रही है ना, या तुझे भी समझाने की ज़रूरत पड़ेगी।''

''माई-बाप, रहम।··· रहम। मैं पेट से हूँ। आने वाले बच्चे के लिए।'' सरवती गिड़गिड़ाई। रुस्तम ने दुलारे पर टॉर्च मारी। दुलारे रस्सी से बँधा हुआ भी कसमसाया। रुस्तम ज़ोर से क़हक़हे लगा उठा। धीरे से वह बोला, ''इधर आ, दुलारे की गौरैया। चल, उठ।''

सरवती पानी-पानी हो गई। उसके होंठ नीले पड़ने लगे। उसकी आँखें झपझप करने लगीं। उसकी भूख-प्यास जाती रही। उसने परभु की ओर देखा। मन-ही-मन कहा, ''ईश्वर होगा तो बचाएगा। नहीं होगा तो क्या बचाएगा! उसने ईश्वर की अग्निपरीक्षा लेनी चाही। उसने अपना सारा पूजा-पाठ दाँव पर लगा दिया।

रुस्तम उठा। उसे पकड़कर टप्पड़-सा खड़ा कर लिया। सरवती गिड़गिड़ाती रही। पर उस राक्षस का दिल नहीं पसीजा। वह रोती रह गई। उसका परभु हार गया। उसकी पूजा व्यर्थ हो गई।

''खटिया सहित उस स्साले को नाले में फेंक दो। बाद में कोई लफड़ा खड़ा कर सकता है।'' रुस्तम ने चलते हुए कहा, ''और अब तू भी ऐश कर, स्साली···।''

सरवती ने कुछ नहीं सुना। उसे कुछ नहीं पता, उसके जाने के बाद किस-किसने उसके साथ क्या किया! वह पथरा गई।

सुबह हुई। मौसम खुला। सारी बस्ती का पता था। बस्ती ताक-झाँक करती हुई गूँगी हो गई। वहाँ दुलारे नहीं था। सरवती नंगधड़ंग पड़ी थी अचेत। पता नहीं, ज़िंदा थी या मर गई थी।

अब क्या होगा? यह प्रश्न आत्महत्या की मुद्रा में, आँखें नटेरकर आसमान की ओर देख रहा था।

कोई आहट नहीं। सारी बस्ती को साँप सूँघ गया। "आज़ादी मिलने के बाद से अकसर ऐसा ही होता रहा है।" एक सिरफिरा बोल गया। सब गूँगे बने रहे, भित्ति पर लगे चित्र से।

अब झोंपड़ी में गौरैया थी, पर उसे देखनेवाला कोई नहीं था। धीरे-धीरे सब सरक लिये थे, यह सोचकर कि अब पुलिस आएगी। सवाल उठाएगी। बस्ती आफ़त में फँस जाएगी। किस-किसको तंग करेगी? किस-किसको अंदर करेगी। उसे तो जागरूक जनता का मुँह बंद करना और अपनी मुस्तैदी ज़ाहिर करनी है। यह वह कर सकेगी। बस।

□

किस्सा एक एफ.आई.आर. का

आज दिन चूनर बाँधकर उपजा था। पता नहीं रात कब रिमझिम हुई। आकाश में अब भी हल्के-हल्के मेघ नज़र आ रहे थे। सूर्य आधा और कभी पूरा छिप जाता था। छिपने पर भी उसका उजास सामने रहता था। सारा नैनीताल ऐसे सुंदर उजले उजास से नहाया महक रहा था। वह एकदम लाल भी नहीं था, पीला भी नहीं था, नारंगी भी नहीं। किस रंग के नाम से बाँधूँ हरियाली मन की डोर। अचानक इंद्रधनुष का मेला। एक नहीं, अनेक इंद्रधनुष एक छोर से उठे और दूसरे छोर से समाते इंद्रधनुष। अनेक इंद्रधनुष अर्द्ध-वृत्ताकार। कुछ छोटे-मोटे इंद्रधनुष और परस्पर रंगों में भिन्नता लिये।

जमीन रँगी हुई, मकान रँगे हुए, पताकाएँ रँगी हुई, मंदिर, मसजिद और गिरजे रँगे हुए, जड़जंगम और संगम रँगे हुए, बाल-बच्चे, स्त्री-पुरुष, लड़के-लड़की, झील-झरने, पर्वत सब-के-सब रँगे हुए। मन रँगे हुए, हिये रँगे हुए, तन रँगे हुए और वस्त्र रँगे हुए। गली-कूचे और बाजार, घाट और पाट, वृक्ष और पौधे-सब के सब रँगे और खिले हुए। शालू पागल हो उठी थी, इतनी सुंदर प्रत्यूषकालीन वेला देखकर। उसने कई कोणों से, पास से और दूर से, लेटकर और बैठकर स्नैप-पर-स्नैप लिए ये। बाजार के, पोखर के, घुड़सवार के, नाचते-कूदते बच्चों के, पर्वत के, आकाश के···और···और एक पूरी रील समाप्त।

प्रकृति से बड़ा रँगरेज कौन? कौन है उससे बड़ा चित्रकार? किसमें ताक़त है सारी सृष्टि को रँगने की? उसका जी चाह रहा था कि नाच उठे जंगल के मोर की तरह। मन तो नाच ही रहा था रसमग्न हुआ। आकाश की ओर देखें तो नानाविध नृत्य, रंग-प्रेमियों का मेला और पहाड़िनों की ठसकेदार मतवाली चाल।

पता नहीं, शालू को कितना समय हो गया था घर से बाहर निकले! अब भी

वह एक पहाड़ी पर खड़ी थी। अपने को रोक नहीं पाई। रंगों का ऐसा मेला और रंगराज, चित्रकार और छायाकार नदारद हो, यह असंभव है। फिर वह अपने मन को कैसे बाँध पाती! चुपके से नोहरा पार कर बाहर आई और मकान के पीछे से उस पहाड़ी पर जा पहुँची। सबकी आँखों की ओट होकर और सबको दूरबीन से देखती हुई। सुना था कि पाप पुण्य से धुलकर पुण्य हो जाते हैं। आज वह उसका अनुभव कर रही थी कि कैसे गंगा नदी-नालों को अपना जैसा कर लेती है और कोई अंतर नहीं रहने देती। वह भी कितने दिनों बाद स्वत: ही प्रकृति का मौन निमंत्रण पाकर उसकी ओर भागती चली आई और उसके रंग में रँग गई।

अब वह लौटने लगी। लौटने का मन तो नहीं हो रहा था, लेकिन लौटना था। अधिक प्रसन्नता उसके भाग्य में नहीं है। हालाँकि वह भाग्य को तर्क के आधार पर नहीं मानती थी, लेकिन उसका हृदय को इससे भी इनकार नहीं हो पाता था। वह अपने आपको मना नहीं पाती थी, फिर किसी दूसरे को क्या मनाती?

उस दिन वह अपनी ताई की लड़की के साथ स्कूटर पर बैठकर आई थी डॉक्टर आहूजा के नर्सिंग होम में। डॉक्टर आहूजा को अपने क्लीनिक में न पा कर कुछ देर तक वह नर्स का इंतज़ार करती रही। नर्स रूम नं. 5 में गई थी मरीज़ को दवा व इंजेक्शन देने। वह लौटी तो उसने बैठने के लिए कहा। जब डॉक्टर को लौटते नहीं देखा, तब नर्स ने उससे स्लिप पर नाम, पता और मिलने का कारण लिखवा लिया और नर्स अंदर चली गई। उसे याद आया कि ताई की लड़की अभी तक ऊपर नहीं आई। वह उसे देखने नीचे चली गई।

नीचे आकर क्या देखती है, वहाँ पुलिस खड़ी है और उसके खड़े स्कूटर को कोई टक्कर मारकर भाग गया है। वह उसके पास आई, 'तूली, कौन था वह, कुछ पता चला?'

'नहीं, कुछ पता नहीं चला। पुलिस पूछ रही है, कोई कुछ बताता नहीं है। सबने देखा है उसे। शायद वे उसे पहचानते भी हैं, पर चुप हैं।'

'क्या तूने नहीं देखा उसे?'

'नहीं, मैं स्कूटर खड़ा करके नर्सिंग होम की तरफ़ बढ़ने लगी थी। अभी कुछ सीढ़ियाँ ही चढ़ी थी कि किसी चीज़ के जोर से घिसटने की आवाज़ सुनी। मैंने जैसे ही पीछे मुड़कर देखा तो चकित रह गई। अपने ही स्कूटर को एक जीपवाला टक्कर मारकर नौ-दो ग्यारह हो गया था।'

एक स्कूटर ठीक करने वाला स्वयं आया और बोला, 'बेटी, यह स्कूटर मैं ठीक कर देता हूँ। तुम लोग चिंता नहीं करें, तुम्हारे दादा मैं को जानता हूँ।' उस बूढ़े ने अपने लड़के को बुलाकर स्कूटर अपनी दुकान पर पहुँचवा दिया। फिर वह पुलिसवाले से बोला, 'दारोग़ाजी, वह जीप तेज़ बहादुर के लड़के चला रहे थे। मैं इस दुर्घटना का चश्मदीद गवाह हूँ। आप रिपोर्ट लिखें।'

एक व्यक्ति उसके पास आकर बोला, 'मियाँ, क्यों अपनी जान के दुश्मन हो रहे हो? जानते नहीं कि तेज़ बहादुर इस क्षेत्र का एमएलए है?'

'तू चूप कर। मेरा जो होगा, वह मैं देखूँगा। मरने के बाद खुदा की अदालत में भी मुझे ही ज़वाब देना होगा। उनकी ये मजाल कि हमारी बेटियों के साथ ऐसी गुस्ताख़ी कर सकें, तेरी तरह जवान होता तो उन्हें वहीं पकड़कर वो सबक सिखलाता कि छह महीने खटिया से न उठते। चलो, दारोग़ा, थाने चलो, रिपोर्ट लिखो। आओ बेटियो, मेरे साथ आओ। ओ कल्लू, तू स्कूटर ठीक करके थाने ले आना, ये बच्चियाँ वहीं से सीधे घर चली जाएँगी।'

वे चारों थाने की ओर चल पड़े। उनके पीछे तीन-चार लड़के और हो लिये। वह बोला, 'दारोग़ाजी, साथ चल रहे इन पिल्लों को तो रास्ता दिखाओ। क्या ज़माना आ गया कि आज पिल्ले पुलिसवालों को मुँह चिढ़ाते हैं। कोई सुनने वाला नहीं रहा। जब घर बिगड़ने को होता है, तब ऐसे आसार नज़र आने लगते हैं।''

पुलिसवाले ने घुड़की पिलाई। वे लौंडे हँसते हुए रफूचक्कर हो गए।

थाने के करीब आने पर वह बोला, 'मियाँ बात का बतंगड़ न बने तो अच्छा है। स्कूटर ठीक तुम कर रहे हो, उसका पैसा किसी गुरगे से दिलवा देंगे।'

'आप पुलिस में होकर डरते हो, दरोगाजी?'

'मैं कहाँ का दारोग़ा हूँ, मियाँ। कांस्टेबल हूँ। वे एमएलए के बिगड़ैल लौंडे हैं। उनसे पंगा लेना ठीक नहीं।' कांस्टेबल का स्वर विनम्र था और घनी मूँछें फन फैलाए, ऊँची पैंट से निकलता पेट कुछ ज़्यादा ही थुलथुल और चाल बेढंगी थी। लापरवाह क़िस्म का डीलडौल। सरकारी तंत्र का मजाक उड़ाता जोकर। हथेली पर तंबाकू बनाकर फूँक मारता और फिर सीधे हाथ की उँगली से उसे चुटकी में भरकर मुँह में डालता।

'पंगा तो मैं ले रहा हूँ, दारोग़ाजी!'

'फिर कांस्टेबल को दारोग़ा? मियाँ, तो असली दारोग़ा को क्या कहोगे?'

उसने मुँह से कई तरह के वाद्यों का एक साथ प्रदर्शन करते हुए कहा।

'उसे भी दारोग़ा साब। हमारे दारोग़ा सबसे बड़ा लफ्ज़ है, माई-बाप! पुलिस की कुतिया पर पिल्ले टूट पड़ें तो भी हम उसे दारोग़ा कहकर बचाते हैं, हुजूर!' मियाँ ने गंजी खोपड़ी को खुजलाते हुए कहा।

'इतना बढ़-चढ़कर न बोलो, मियाँ। हमें सब मालूम है, तुम किसलिए खिचड़ी पका रहे हो। झूठी सहानुभूति जताकर अपना उल्लू सीधा करना चाहते हो'। तनिक तिरछा होकर पुलिसवाला खड़ा हो गया।

'उल्लू भी क्या उल्लू को सीधा करेगा, हुजूर! नंगे के पास है ही क्या, सिवा आसमानी चादर तानकर सोने के और अल्लाह के नाम पर जीने के।'

'बनो मत मियाँ!' कुछ दूर हटकर वह बोला, 'अल्लाह को बीच में मत लाओ, मियाँ! अब तुम ख़तरनाक खेल खेलने की तैयारी कर रहे हो।' साथ ही पिच करके थाने की दीवार पर गोली दाग दी।

'हुजूर, पुलिस रिश्वत देगी तो ख़ानदानी रिश्वतख़ोरों का क्या होगा? माई-बाप से गुज़ारिश यही है कि खुद को बीच में न लाएँ और रिपोर्ट लिख डालें रोजनामचे में अपने ईष्टदेव का नाम लेकर।' मियाँ की आँखों में चमक मुसकराई।

'अबे कुत्ते की दुम, आँख न दिखा वरना···'

'धमकी न दो सरकार, राज अवाम का है। अवाम बिगड़ गई तो लेने के देने पड़ जाएँगे।' मियाँ ने रंग बदलना शुरू किया और लापरवाही का प्रदर्शन किया।

वह समय को खराब न करने के इरादे से आगे बढ़ गया। सीधे दारोग़ा के सामने जा पहुँचा। दारोग़ा की फ़ोन पर बातचीत चल रही थी। दारोग़ा बार-बार कहे जा रहा है, 'हुजूर···मालिक···हुक्म सिर माथे···आप निश्चिंत रहें। आज से पहले क्या कभी ऐसा हुआ है कि हुजूर ने हुक्म किया हो और हुजूर के हुक्म का पालन न किया हो···राजनीति कुछ-कुछ मेरी समझ में आने लगी है, मालिक··· वो मिया··· उसकी तो···' आँख उठाकर मियाँ और उसके साथ आई दोनों लड़कियों को घूरता है, 'यह इलाक़ा मेरा है और मैं इसकी नस-नस से वाक़िफ़ हूँ, हिंदुओं की वहाँ भीड़भाड़ है और हाँ···हाँ··· वोट बाँटने के इरादे से··· स्सालों की ऐसी-तैसी··· मेरी आँख में भी सुअर का बाल है···अच्छा, नमस्ते, हुजूर!' इसके बाद उसने रिसीवर को क्रेडिल पर इतनी जोर से पटका कि सामने वाला डर जाए। फिर वह बोला, 'मियाँजी, मसजिद की पाक जगह छोड़कर यहाँ··· कहिए, हुकुम कीजिए, बंदा क्या ख़िदमत करे?' फिर उसे खड़े देखकर कहा, 'आप बैठें, मियाँजी।'

मियाँ बैठ तो गया, पर उसका माथा ठनका। ज़रूर दाल में कुछ काला है। अव्वल दरजे के बदमाश एमएलए ने पहले ही उसे घुट्टी पिला दी है।

दारोग़ा ने एक सिपाही से तेज़ आवाज़ में कहा, 'जा चार-पाँच चाय ला मलाई मारकर।' फिर उन लड़कियों की ओर देखकर कहने लगा, 'तुम भी बैठो बेटियो, यह जगह अच्छी नहीं है। इधर पाँव करके भी कोई शरीफ़ज़ादा नहीं सोता। तुम कैसे आईं, बेटी?'

शालू चुप।

तूली घबरा रही थी। उसकी मियाँ और सिपाही की बातें बड़ी ऊलजलूल लग रही थीं।

मियाँ बोलने को हुआ तो सिपाही चायवाले लड़के को साथ लेकर आ गया। दारोग़ाजी के इशारे से उसने समझ लिया कि चाय किस-किस को देनी है। वह बोला, 'यह बची चाय हवलदार को दे देना। हाँ, तो मियाँजी, चाय लीजिए।'

'हुजूर, क्या फ़रमा रहे हैं? अल्लाह क़सम, इस छोटी सी मोटी बुद्धि में कुछ समझ नहीं आ रहा।'

इस बार पुलिसवाले ने पिच कर पिचकारी चलाई। उसका कुछ भाग खाकी वरदी को छू गया। उसे हाथ से साफ़ करते हुए वह बोला, 'यह डंडा देखते हो, अच्छे से अच्छे तुर्रम खाँ की अक़्ल ठिकाने लगा देता है। एकदम लंपलेट कर देता है, मियाँ, चूतड़ टेकना दुश्वार कर देता है, समझे क्या?' वह गुर्राया।

'अल्लाह क़सम, हुजूर!'

'फिर अल्लाह, तुझे कहा नहीं कि बीच में मज़हब को न ला। हम सब समझते हैं, मियाँ, पर यहाँ तेरी दाल नहीं गलने देंगे। ये बजाए देते हैं कि पुलिस के हाथ इतने लंबे हैं कि…' पिच कर थूक के साथ एक कानूनी गाली उछाल दी आहिस्ता से, देह भंगिमा को तिरछा करके वह कुछ कड़क हुआ कि पैंट नीचे खिसकने लगी।

'हुजूर, पुलिस के हाथ लंबे नहीं होंगे तो क्या हम जैसे फटेहाल, गर्दिश का विज्ञापन बने पोस्टरों के हाथ लंबे होंगे? लेकिन माई-बाप, यह भी सच है कि पुलिस उनके साथ है, जो सत्ता में हैं या उसके पास हैं…' मियाँ धीरे-धीरे एक पाँव को दूसरे पाँव से रगड़ रहा था।

'मियाँ, जिनको ख़तरा होगा, पुलिस उनके पास न होगी तो क्या कंगालों की झोंपड़ियों के पास अलाव जलाकर हाथ सेंकेगी? तुम मियाँ! चालाक परिंदा हो।

तुम्हारी उलटबासियों के फेर में जो पड़ जाए, वह घर का रहे न घाट का', उसने यह कहते हुए फिर पीक पिच से दीवार पर छोड़ दी।

'झुनझुना देखा है न हुजूर, बड़े काम की चीज़ है।' मियाँ ने पैंतरा बदला और मैले-कुचैले पायजामे को तनिक ऊपर खींचा, फिर दाढ़ी पर हाथ फेरने लगा।

'तू हमें झुनझुना समझता है, नालायक?'

'ना-ना, हुजूर, आप झुनझुने हो गए तो झुनझुनेवालों का क्या होगा! मालिक, झुनझुना अदब की चीज़ है, जो बच्चे के हाथ में दे दो तो किलकारियाँ मचा देता है और बड़े के हाथ में दो तो…' कहते-कहते वह रुक गया।

'हरामी की औलाद, तो क्या तेरा सिर…'

'वज़ा फरमाया मेरे सरकार ने।'

'चल बे, अब यह झगड़ा निबटा। वे लौंडे बड़े शातिर हैं, फिर पानी में रह कर मगरमच्छ से वैर नहीं किया जाता, तू अपनी चिंता मुझ पर छोड़। मूज़ी से मुँह बंद करवा दूँगा, अब इन छोरियों को समझा दे, मेरे बाप!' पुलिसवाला उसके मन की जानकर कह रहा था। जानता था कि वह मुन्ने खाँ पालतू है, भौंकने के दाम बटोरना चाहता है।

न चाहते हुए उसे चाय उठानी पड़ी।

दारोग़ा ने फ़ोन का चोंगा उठाया। किसी से फ़ोन पर बात की और फिर रिसीवर क्रेडिल पर पटक कर वह कहने लगा, 'मियाँजी हालचाल खराब होने का अंदेशा है।'

'कैसे हुजूर?'

'दाऊद इब्राहिम और ओसामा बिन लादेन के आदमी यहाँ भी आ पहुँचे हैं। अब उनका ध्यान पर्यटनवाले नगरों को दहशत के घेरे में लाना है। मुझे जल्दी जाना है। बार-बार ऊपर से फ़ोन आ रहे हैं।' इतना उसने चाय एक बार में ख़त्म करके गिलास मेज पर पटक दिया और उन लड़कियों की ओर इशारा करके पूछा, 'हाँ तो आप लोगों का यहाँ आना किसलिए हुआ? कोई चंदे-चुंदे की बात है क्या?'

'जी हुजूर, बात यह है कि…'

'ये लड़कियाँ आपके साथ हैं क्या, मियाँजी?'

मियाँ के पाँव जूझने लगे और दिमाग़ चकराने लगा। दारोग़ा बोला, 'क्या

नाम है तुम दोनों का?'

'मैं शालू और ये तूली।'

'बेटे मियाँजी से तुम्हारा क्या रिश्ता है?'

'कुछ नहीं सर, पर…'

'बात यह है, हुजूर कि इनके खड़े स्कूटर में एक जीप टक्कर मार गई।'

'किसी को चोट आई क्या?'

'नहीं, पर…'

'स्कूटर का नुक़सान हो गया, यही न? आप तो जानते हैं, मियाँजी, वहाँ मोटे-मोटे हरफ़ों में तख़्ती पर लिखवाकर कितनी बार टँगवाया है कि कार-स्कूटर पार्किंग पर ही खड़े करें, इधर-उधर नहीं। जनाब, बात यह है कि यह हिल स्टेशन है… लोग मौज़-मस्ती के लिए आते हैं। शराब में धुत्त रहते हैं और कार-जीप हवाई जहाज की तरह उड़ाते हैं बिना लाइसेंस के, किस-किस का रोकें… ज़बान कतराती है… एक झंझट हो जान को तो कुछ कर पाएँ, यहाँ चकलेबाजी शुरू हो गई है धड़ल्ले से। सबको पैसा चाहिए, चाहे जैसे मिले, पढ़ाई-लिखाई होती नहीं तो धंधा शुरू कर दिया… परेशान कर दिया है मियाँ जी, समझ रहे हैं न आप। वही थाना, वही गिनती के सिपाही, जबकि आबादी दोगुनी से भी ज़्यादा… अपराध पँचगुने और सबकी सुनना… क़मजोर की लुगाई सबकी भौजाई होती है, वह हाल है हमारा। हाँ, तो कोई ख़ास बात?' कहकर हवलदार को आवाज़ लगाई, 'मियाँ जी, हमारे ख़ास आदमी हैं। यह लड़कियाँ इनके साथ हैं, कुछ सिरफिरे इनके स्कूटर को टक्कर मार गए थे, कितनी देर पहले, मियाँ जी?'

'कोई पौना घंटा हो रहा है।'

'जीप का नंबर-संबर?'

मियाँ अगले-बगले झाँकने लगा।

'कोई बात नहीं मियाँजी, सब उम्र की मेहरबानी है, आजकल के चिराग़ों के तो छोटी उम्र में मोटे काँच का चश्मा टँग जाता है, वो आपने देशी घी खाया है तो अस्सी बरस के तो आप हो गए होंगे?'

'दो ऊपर अस्सी।'

'ग़ज़ब की ज़िंदादिली है। आलस्य नाम का नहीं, कैसे चले आए दोनों बच्चियों के लिए… हवलदार, गाड़ियों की नाकाबंदी करवा दो। चौकियों पर वायरलेस से सूचना दे दो। मियाँ जी, जीप रंग-रोगन कैसा था, हुलिया कुछ याद

हो तो··· क्या कहा, जीप का रंग हरा, पुराने मॉडल की··· चार लड़के··· उनमें से एक एमएलए का लड़का··· नहीं नहीं···ऐसा ज़िक्र नहीं करना है।'

'पर मैंने देखा है, हुजूर!'

'ठीक है, पहले वे पकड़े जाएँ।'

'पर मैं कह रहा हूँ, हुजूर।'

'हमें आप पर पूरा भरोसा है' एक बार वे लौंडे हाथ तो लग जाएँ। फिर देखना, स्सालों की चमड़ी उधेड़ दूँगा···टाँग-हाथ काट डालूँगा···आख़िर हरामज़ादों ने समझा क्या है? मियाँ जी, आप निश्चिंत रहें, आपकी इज़्ज़त मेरी इज्जत है। ये लड़कियाँ मेरी लड़कियाँ हैं···चाहूँ तो एनकाउंटर में मामला साफ़ कर दूँगा··· मुझे किसी एमपी, एमएलए की चिंता नहीं, दो रोटी मेहनत की जहाँ जाऊँगा, मिल जाएँगी।' दारोग़ा बरसता रहा, ऐंठता रहा, आँखें बघेर सी निकालकर गुर्राता रहा। पता नहीं किस पर, उन लड़कों पर या उस पर।

'सा'ब स्कूटर ठीक हो कर आ गया।'

'आओ, मियाँजी, जरा उसका निरीक्षण करें।'

अब वे सब थाने के बरामदे में आ गए। हवलदार ने स्कूटर स्टार्ट किया। दारोग़ा बोला, 'क्यों, मियाँजी आवाज़ तो बराबर है?'

'जी हुजूर, एकदम फर्स्ट क्लास।'

'जाओ, शालू-तुली। बेटे, उन बदमाशों से निबटना हमारा काम है।'

'पर, हुजूर वो···'

'मियाँ, बनी बात में टाँग नहीं अड़ाते, जानते नहीं, कितनी बार म्यूनिसपैलिटी वालों ने कहा है कि इस मुल्ला ने दुकान आगे बढ़ा ली है, स्साले की दुकान को खँडहर बनाने दो, ना दोस्त, ना··· मियाँ जैसे-तैसे अपनी और अपने परिवार की गुज़र कर पाता है···' मैं किसी के पेट पर लात मारने के पक्ष में नहीं हूँ। जाओ मियाँ, तुम भी लंबे पाँव पसारकर नींद निकालो। होए वही जो राम रचि राखा। अच्छा, मुझे जल्दी पहुँचना है।' कहकर दारोग़ा ने मोटरसाइकिल सँभालकर किक लगाई और यह गया कि वह। वे दोनों लड़कियाँ भी चल दीं। मियाँ भी फिर वहाँ नहीं रुका। ऐसी स्थिति में कोई क्या करता? कल तक जिसे नाक साफ़ करने का होश नहीं था, आज वह अपने नगर के शहरी क्षेत्र का एमएलए क्या बन बैठा कि अपने को वहाँ का बादशाह समझने लगा है। मियाँ हताशा से भरा पैर पटकता हुआ लौटने लगा। उसका दुकान पर जाने का मन नहीं हुआ। वह भुवाली वाली

सड़क की ओर मुड़ गया और सोचते हुए कि दारोग़ा बड़ा काँइयाँ निकला! मक्के में काबा की चौकोर इमारत की नींवें इब्राहिम ने रखी या नहीं रखीं, लेकिन इस लोकतंत्र की नींव में छाछ ज़रूर दारोग़ा जैसे चलते-पुरज़े ने डाला है, जिससे धूर्तता, मक्कारी, हरामखोरी, बेईमानी आदि कमीनी हरकतें सरेआम सिर चढ़कर बोलने लगी हैं। अब अपने एमएलए को, जिसे अभी गाली दे रहा था, अपनी दानिशमंदी की ख़बर देकर वाहवाही लूट लेगा। उसे अवाम से क्या, वह जाए जहन्नुम में उसकी बला से।

शालू की मस्ती में खलल पड़ गया। अगर वह उस फोटोग्राफर के ख़िलाफ़ एफआइआर लिखवाने जाती तो उसका भी हश्र वही होता, जो स्कूटर की रपट लिखवाने का हुआ था। उसकी चाल मद्धिम पड़ गई। दूसरे, अब आकाश भी वैसा लुभावना, सम्मोहक और इंद्रधनुषी नहीं रहा था, जैसा कुछ समय पहले था, सतरंगी प्रकाश का सुंदरतम लैंडस्केप।

□□□